名探偵コナン

隻《せき》眼《がん》の残像《フラッシュバック》

元《もと》同《どう》僚《りょう》の目《もく》的《てき》とは!?

小五郎《こごろう》の元同僚《もとどうりょう》・
鮫谷《ワニ》刑事から電話《でんわ》が…!

ある事故《じこ》について
知《し》りたいと言《い》う。

それは、小五郎《こごろう》が知《し》る
長野県警《ながのけんけい》・大和敢助《やまとかんすけ》刑事《けいじ》が
巻《ま》き込《こ》まれた
10カ月《げつ》前《まえ》の雪崩事故《なだれじこ》…

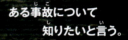

五

小《こ》五《ご》郎《ろう》に会《あ》いに来《き》た

待《ま》ち合《あ》わせ場所《ばしょ》に
響《ひび》く銃声《じゅうせい》!?
コナンたちが
駆《か》け寄《よ》るが……

倒《たお》れた鮫谷《ワニ》刑事と
かがみ込《こ》む犯人《はんにん》が!!

「ワニ、俺《おれ》に何《なに》か
言《い》いたかったんじゃねぇのかよ!」

コナンは犯人《はんにん》を
追《お》いかけるも見失《みうしな》い…

り、舞《ぶ》台《たい》は長《なが》野《の》へ…

鮫谷《ワニ》刑事、敢助《かんすけ》、
二人《ふたり》を結《むす》ぶ線《せん》の先《さき》に、
8年前《ねんまえ》、長野《ながの》で起《お》きた
強盗事件《ごうとうじけん》が。

現場《げんば》に居合《いあ》わせた
女性《じょせい》が負傷《ふしょう》…

二人《ふたり》の強盗犯《ごうとうはん》のうち、
一人《ひとり》が先《さき》に逮捕《たいほ》され、
もう一人《ひとり》の犯人《はんにん》・御厨《みくりや》は逃走《とうそう》したが……

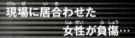

8年《ねん》前《まえ》の事《じ》件《けん》を巡《めぐ》

のちに逮捕《たいほ》され実刑《じっけい》を受《う》けた御厨《みくりや》は、
仮釈放中《かりほしゃくちゅう》に失踪《しっそう》。

10カ月《げつ》前《まえ》、敢助《かんすけ》が発見《はっけん》!
雪山《ゆきやま》で追《お》うも、左眼《ひだりめ》を負傷《ふしょう》、
雪崩《なだれ》に巻《ま》き込《こ》まれ……

一方《いっぽう》、長野《ながの》に着《つ》いた
コナンに盗聴器《とうちょうき》が!?

安室《あむろ》へ情報提供《じょうほうていきょう》を
依頼《いらい》するが…

れた真《しん》相《そう》とは!?

雪崩《なだれ》ののち御厨《みくりや》は再逮捕《さいたいほ》。
敢助《かんすけ》も発見《はっけん》されるが……

諸伏刑事《もろふしけいじ》に発見《はっけん》され、
復帰《ふっき》した敢助《かんすけ》だが、
その後《ご》たびたび発作《ほっさ》を起《お》こす

侵入事件《しんにゅうじけん》の捜査《そうさ》に入《はい》った
八ヶ岳《やつがたけ》の天文台《てんもんだい》で……

鮫谷《ワニ》刑事の事件《じけん》を捜査《そうさ》するため
小五郎《こごろう》とともに御厨《みくりや》と面会《めんかい》するが……

「俺《おれ》は、あのとき一体《いったい》誰《だれ》を見《み》たんだ……」

天

天《てん》文《もん》台《だい》に隠《かく》さ

隠

記憶《きおく》を取《と》り戻《もど》すため、
当時《とうじ》の雪崩《なだれ》現場《げんば》に来《き》た
敢助《かんすけ》たちが狙撃《そげき》された!?

近《ちか》くに来《き》ていた
光彦《みつひこ》と元太《げんた》が銃声《じゅうせい》を聞《き》き…!?
狙撃犯《そげきはん》は逃亡《とうぼう》!

「雪崩《なだれ》を起《お》こして雪崩《なだれ》を止《と》める!」

犯人《はんにん》を捜索中《そうさくちゅう》、
突然《とつぜん》雪崩《なだれ》が!

襲《おそ》い来《く》る雪崩《なだれ》に
コナンたちは!?

江戸川《えどがわ》コナン
（工藤新一《くどうしんいち》）
Conan Edogawa

毛利《もうり》小五郎《こごろう》
Kogorō Mōri

毛利《もうり》 蘭《らん》
Ran Mōri

諸伏《もろふし》高明《たかあき》
Takaaki Morofushi

大和《やまと》敢助《かんすけ》
Kansuke Yamato

上原《うえはら》由衣《ゆい》
Yui Uehara

少年探偵団《しょうねんたんていだん》
Detective Boys

安室《あむろ》 透《とおる》
Tōru Amuro

名探偵コナン

隻眼の残像《フラッシュバック》

水稀しま／著
青山剛昌／原作
櫻井武晴／脚本

★小学館ジュニア文庫★

オレは高校生探偵《こうこうせいたんてい》、工藤新一《くどうしんいち》。

幼《おさな》なじみで同級生《どうきゅうせい》の毛利蘭《もうりらん》と遊園地《ゆうえんち》に遊《あそ》びに行《い》って、黒《くろ》ずくめの男《おとこ》の怪《あや》しげな取《と》り引《ひ》き現場《げんば》を目撃《もくげき》した。

取《と》り引《ひ》きを見《み》るのに夢中《むちゅう》になっていたオレは、背後《はいご》から近《ちか》づいてくるもう一人《ひとり》の仲間《なかま》に気《き》づかなかった。オレはその男《おとこ》に毒薬《どくやく》を飲《の》まされ、目《め》が覚《さ》めたら――体《からだ》が縮《ちぢ》んで子《こ》どもの姿《すがた》になっていた!!

工藤新一《くどうしんいち》が生《い》きていると奴《やつ》らにバレたら、また命《いのち》を狙《ねら》われ、周《まわ》りの人間《にんげん》にも危害《きがい》が及《およ》ぶ。だからオレは阿笠博士《あがさはかせ》の助言《じょげん》で正体《しょうたい》を隠《かく》すことにした。

蘭《らん》に名前《なまえ》を訊《き》かれてとっさに『江戸川《えどがわ》コナン』と名乗《なの》り、奴《やつ》らの情報《じょうほう》をつかむために、父親《ちちおや》が探偵《たんてい》をやっている蘭《らん》の家《いえ》に転《ころ》がり込《こ》んだ。

毛利探偵事務所《もうりたんていじむしょ》の下《した》にある喫茶《きっさ》『ポアロ』で働《はたら》く、安室透《あむろとおる》。

その正体《しょうたい》は公安警察《こうあんけいさつ》を指揮《しき》する警察庁警備局《けいさつちょうけいびきょく》の秘密組織《ひみつそしき》『ゼロ』に所属《しょぞく》する警察官《けいさつかん》で、本名《ほんみょう》は降谷零《ふるやれい》。

そんな降谷《ふるや》の部下《ぶか》で、警視庁公安部《けいしちょうこうあんぶ》の風見裕也《かざみゆうや》。そして、諸伏景光《もろふしひろみつ》。彼《かれ》は降谷《ふるや》の同期《どうき》で、やはり公安刑事《こうあんけいじ》と思《おも》われるが、どうも殉職《じゅんしょく》しているらしい。その景光《ひろみつ》の兄《あに》、諸伏高明《もろふしたかあき》。通称《つうしょう》コウメイは長野県警捜査一課《ながのけんけいそうさいっか》の刑事《けいじ》だ。

長野県警捜査一課《ながのけんけいそうさいっか》には、高明《たかあき》と小学生《しょうがくせい》からの同級生《どうきゅうせい》の大和敢助《やまとかんすけ》、そして大和《やまと》と幼《おさな》なじみの上原由衣《うえはらゆい》もいる。

どうやら今回《こんかい》は、彼《かれ》らを巻《ま》き込《こ》む大《おお》きな事件《じけん》になりそうだ——。

小《ちい》さくなっても頭脳《ずのう》は同《おな》じ。迷宮《めいきゅう》なしの名探偵《めいたんてい》。真実《しんじつ》はいつも一《ひと》つ！

1

十カ月前《じっげつまえ》。長野県《ながのけん》・未宝岳《みたからだけ》。

長野県警刑事部捜査一課《ながのけんけいけいじぶそうさいっか》に所属《しょぞく》する大和敢助《やまとかんすけ》は、雪《ゆき》が降《ふ》り積《つ》もる林《はやし》の中《なか》を走《はし》っていた。

前方《ぜんぽう》には、ライフルを持《も》った男《おとこ》が走《はし》っている。

男《おとこ》は走《はし》りながら振《ふ》り返《かえ》り、拳銃《けんじゅう》を持《も》って追《お》いかけてくる大和《やまと》の姿《すがた》を見《み》つけて、ヒッと声《こえ》を上《あ》げた。

「待《ま》てッ！」

走《はし》るスピードを速《はや》めた男《おとこ》を、大和《やまと》が追《お》う。

するとそのとき、男《おとこ》が走《はし》る獣道《けものみち》より一段高《いちだんたか》いところにある林道《りんどう》に、一台《いちだい》の車《くるま》が停《と》まっているのに気《き》づいた。吹雪《ふぶ》いているせいでよく見《み》えないが、上着《うわぎ》のフードを被《かぶ》った何者《なにもの》かが車《くるま》の外《そと》で作業《さぎょう》をしている。

「おいッ！　そこで何《なに》してる！　逃《に》げろッ！」

大和《やまと》が呼《よ》びかけたとたん、前《まえ》を走《はし》っていた男《おとこ》が足《あし》を止《と》めて振《ふ》り返《かえ》り、ライフルを構《かま》えた。

ダーーンと尾《お》を引《ひ》く銃声《じゅうせい》が雪山《ゆきやま》に響《ひび》く。

ライフルの弾《たま》は左眼《ひだりめ》をかすめ、大和《やまと》は顔《かお》を押《お》さえながらがくりと片膝《かたひざ》をついた。白《しろ》い雪《ゆき》の上《うえ》に、鮮血《せんけつ》がボタボタと落《お》ちる。

銃《じゅう》の反響音《はんきょうおん》が止《や》んだとたん、地鳴《じな》りのような音《おと》が上《うえ》の方《ほう》から聞《き》こえてきた。

顔《かお》を押《お》さえながら山頂《さんちょう》を見上《みあ》げると——雪煙《ゆきけむり》の中《なか》に巨大《きょだい》な白《しろ》い壁《かべ》が立《た》ち上《あ》がっていた。

——雪崩《なだれ》だ！

轟音《ごうおん》と共《とも》に落下《らっか》する白《しろ》い壁《かべ》は、凄《すさ》まじい勢《いきお》いで行《ゆ》く手《て》にあるものをなぎ倒《たお》しながら、大和《やまと》に向《む》かって押《お》し寄《よ》せてくる。

次《つぎ》の瞬間《しゅんかん》、強烈《きょうれつ》な爆風《ばくふう》が大和《やまと》を襲《おそ》った。吹《ふ》き飛《と》ばされた大和《やまと》の目《め》に、間近《まぢか》に迫《せま》った巨大《きょだい》な白《しろ》い雪煙《ゆきけむり》が映《うつ》る。

真《ま》っ白《しろ》な瀑流《ばくりゅう》は、一瞬《いっしゅん》のうちに大和《やまと》をのみ込《こ》んだ。雪《ゆき》に紛《まぎ》れていた鋭《するど》くとがった木《き》の枝《えだ》が左眼《ひだりめ》に突《つ》き刺《さ》さり、大和《やまと》は暗闇《くらやみ》の中《なか》をどこまでも流《なが》されていった——。

2

未宝岳《みたからだけ》の雪崩《なだれ》から十カ月後《じっげつご》。

雪《ゆき》をかぶった八ヶ岳《やつがたけ》の麓《ふもと》の高原《こうげん》に立《た》つ『国立天文台《こくりつてんもんだい》　野辺山《のべやま》』では、敷地内《しきちない》に並《なら》んだ大小《だいしょう》さまざまなパラボラアンテナが満天《まんてん》の星《ほし》を仰《あお》いでいた。

さらにその奥《おく》にそびえ立《た》つ巨大《きょだい》なパラボラアンテナが、低《ひく》い音《おと》を立《た》てながらゆっくりと動《うご》き、そばにある建物《たてもの》の屋上《おくじょう》に設置《せっち》された銀色《ぎんいろ》のドームから、一本《いっぽん》のレーザー光《こう》が夜空《よぞら》に伸《の》びていく。

観測棟《かんそくとう》の二階《にかい》にある観測室《かんそくしつ》では、一人残《ひとりのこ》った研究員《けんきゅういん》・円井《つぶらい》まどかがモニターを見《み》ながらコーヒーを飲《の》んでいた。

すると突然《とつぜん》、部屋《へや》の照明《しょうめい》が消《き》えた。

「……？」

まどかは室内《しつない》を振《ふ》り返《かえ》った。誰《だれ》かが電気《でんき》を消《け》したのかと思《おも》ったが、真《ま》っ暗《くら》になった部屋《へや》は機器《きき》の動作音《どうさおん》と空調《くうちょう》の音《おと》が聞《き》こえてくるだけで、人《ひと》の気配《けはい》はない。

まどかはスマホを取《と》ってライトをつけると、立《た》ち上《あ》がって入《い》り口《ぐち》に向《む》かった。周囲《しゅうい》をライトで照《て》らす。すると、壁《かべ》の前《まえ》に上着《うわぎ》のフードを被《かぶ》った人物《じんぶつ》が立《た》っていた。

「誰《だれ》!?」

ライトで照《て》らされたフードの人物《じんぶつ》はまぶしげに手《て》をかざすと、すぐに逃《に》げ出《だ》した。狭《せま》い通路《つうろ》に置《お》かれた機器《きき》を倒《たお》しながら走《はし》っていく。まどかもライトで照《て》らしながら追《お》いかけた。

フードの人物《じんぶつ》が曲《ま》がった先《さき》は、行《い》き止《ど》まりだ。

足元《あしもと》が暗《くら》くてつまずきそうになったまどかは、つんのめりながら角《かど》から飛《と》び出《だ》して、正面《しょうめん》をライトで照《て》らした。すると、引《ひ》き返《かえ》してきたフードの人物《じんぶつ》が走《はし》ってきて、まどかに体当《たいあ》たりした。

「きゃっ！」

悲鳴《ひめい》を上《あ》げたまどかが壁《かべ》に叩《たた》きつけられて、壁《かべ》に掛《か》けてあった鍵《かぎ》が落《お》ちた。

真《ま》っ暗《くら》な中《なか》、フードの人物《じんぶつ》が駆《か》けていく足音《あしおと》が響《ひび》く。

尻餅《しりもち》をついたまどかのそばには、ウサギのキーホルダーに付《つ》けられた二本《にほん》の鍵《かぎ》が落《お》ちていた。

二台《にだい》の覆面《ふくめん》パトカーが『国立天文台《こくりつてんもんだい》　野辺山《のべやま》』の観測棟《かんそくとう》の前《まえ》で急停止《きゅうていし》した。

前《まえ》の車《くるま》から降《お》りてきた上原由衣《うえはらゆい》は、観測棟《かんそくとう》から出《で》てきたまどかたちに近《ちか》づき、警察手帳《けいさつてちょう》を見《み》せた。

「長野県警《ながのけんけい》の上原《うえはら》です。通報《つうほう》したのは――」

「私《わたし》です。越智准教授《おちじゅんきょうじゅ》に言《い》われて」

手《て》を上《あ》げた守衛《しゅえい》は、まどかに付《つ》き添《そ》う中年《ちゅうねん》の男《おとこ》、越智豊《おちゆたか》を見《み》た。

「彼女《かのじょ》の悲鳴《ひめい》が聞《き》こえたんで……」

温厚《おんこう》そうな顔立《かおだ》ちをした越智《おち》がメガネ越《ご》しに見《み》ると、まどかは不安《ふあん》げな顔《かお》を上《あ》げた。

「私《わたし》が観測棟《かんそくとう》で襲《おそ》われたとき、すぐ越智《おち》さんが来《き》てくれたんです」

「アンタを襲《おそ》ったという犯人《はんにん》の顔《かお》は見《み》たのか？」

遅《おく》れて車《くるま》から出《で》てきた大和敢助《やまとかんすけ》は、カツカツと杖《つえ》をついて由衣《ゆい》の前《まえ》に出《で》ると、ぶっきらぼうな口調《くちょう》でまどかにたずねた。

まどかは大和《やまと》の凄《すご》みのある顔《かお》を見《み》て、思《おも》わず目《め》をそらす。

色黒《いろぐろ》で無精髭《ぶしょうひげ》を生《は》やした大和《やまと》の左眼《ひだりめ》には大《おお》きな二本《にほん》の傷《きず》が刻《きざ》まれていたのだ。

「いえ、フードを被《かぶ》っていたので……」

まどかが答《こた》えたとたん、大和《やまと》たちの背後《はいご》からゴウンッと地響《じひび》きのような音《おと》がした。

大和《やまと》と由衣《ゆい》が振《ふ》り返《かえ》ると、夜空《よぞら》を仰《あお》ぐ巨大《きょだい》なパラボラアンテナがゆっくりと動《うご》いている。

「45m《メートル》電波望遠鏡《でんぱぼうえんきょう》です。今《いま》、観測中《かんそくちゅう》なんで動《うご》くんです」

越智《おち》の言葉《ことば》を背《せ》に受《う》けながら、大和《やまと》は巨大《きょだい》なパラボラアンテナを見上《みあ》げた。そのとたん、左眼《ひだりめ》の傷《きず》がズキンとうずく。

大和《やまと》はうずく左眼《ひだりめ》を手《て》で覆《おお》った。光《ひかり》を失《うしな》った目《め》の奥《おく》がズキズキとひどく痛《いた》む。杖《つえ》を落《お》とした大和《やまと》は、その場《ば》にうずくまった。

「大和警部《やまとけいぶ》？　敢《かん》ちゃん！」

駆《か》け寄《よ》った由衣《ゆい》が、大和《やまと》の丸《まる》まった背中《せなか》に手《て》を添《そ》える。

「どうしたの？　大丈夫《だいじょうぶ》!?」

大和《やまと》はううう……と低《ひく》い声《こえ》でうめいた。

目《め》の奥《おく》の痛《いた》みは側頭部《そくとうぶ》にまで広《ひろ》がり、頭《あたま》が割《わ》れるように痛《いた》い。

この痛《いた》みは何《なん》だ。今《いま》ごろになってどうしてこんなに痛《いた》む。

十カ月前《じっげつまえ》の雪崩事故《なだれじこ》で負傷《ふしょう》した左眼《ひだりめ》がこれほど痛《いた》むのは、初《はじ》めてのことだった。


冬休《ふゆやす》みに入《はい》る直前《ちょくぜん》のある日《ひ》。

コナンは吉田歩美《よしだあゆみ》、小嶋元太《こじまげんた》、円谷光彦《つぶらやみつひこ》と共《とも》に阿笠博士《あがさはかせ》の家《いえ》でテレビを見《み》ていた。衛星《えいせい》放送《ほうそう》で『劇場版《げきじょうばん》・仮面《かめん》ヤイバー』が放送《ほうそう》されているのだ。

クライマックスを迎《むか》える映画《えいが》の中《なか》では、雪原《せつげん》に立《た》った仮面《かめん》ヤイバーがジョッカーたちに囲《かこ》まれていた。ジョッカーたちがジリジリと迫《せま》る。

リビングのソファに座《すわ》った子《こ》どもたちは、食《く》い入《い》るようにテレビ画面《がめん》を見《み》つめている。

『雷鳴轟《らいめいとどろ》く大空《おおぞら》よ……俺《おれ》の心《こころ》の刃《やいば》に、力《ちから》を与《あた》えよ！』

ヤイバーが右手《みぎて》を天《てん》へ大《おお》きく掲《かか》げると、雷《かみなり》が落《お》ちてヤイバーの全身《ぜんしん》を突《つ》き抜《ぬ》けた。オーラをまとったヤイバーのマントが大《おお》きく翻《ひるがえ》り、突《つ》き出《だ》した拳《こぶし》にスパークが走《はし》る。

『行《い》くぞ！　必殺《ひっさつ》‼　ヤイバー――雷《らい》・神《じん》・拳《けん》‼』

振《ふ》りかぶったヤイバーが必殺技《ひっさつわざ》を放《はな》とうとした瞬間《しゅんかん》——突然《とつぜん》、映像《えいぞう》と音《おと》が乱《みだ》れた。画面《がめん》が真《ま》っ暗《くら》になって、『受信《じゅしん》できません。アンテナの設定《せってい》や調整《ちょうせい》を確認《かくにん》してください』というテロップが表示《ひょうじ》される。

「あれー!? なんでなんでーッ!?」

「いいところなのに、なんで消《き》えちまったんだぁ?」

子《こ》どもたちが前《まえ》のめりになる中《なか》、コナンはテレビのリモコンを手《て》に取《と》り、ボタンを押《お》した。地上波《ちじょうは》デジタル放送《ほうそう》に切《き》り替《か》わった画面《がめん》では、天気予報《てんきよほう》を伝《つた》える気象予報士《きしょうよほうし》の姿《すがた》が映《うつ》っている。

「地上波《ちじょうは》は映《うつ》るんだけどなぁ」

「ダメね」

ソファの後《うし》ろに立《た》っていた灰原《はいばら》がぼやくと、光彦《みつひこ》が探偵《たんてい》バッジで庭《にわ》にいる阿笠博士《あがさはかせ》に呼《よ》びかけた。

「博士《はかせ》! 応答願《おうとうねが》います! 博士《はかせ》ーッ!」

衛星放送《えいせいほうそう》が映《うつ》らなくなったと言《い》われた阿笠博士《あがさはかせ》は、庭《にわ》に設置《せっち》したパラボラアンテナを調《しら》べた。アンテナを左右《さゆう》や上下《じょうげ》に動《うご》かして角度《かくど》を調整《ちょうせい》するが、テレビの画面《がめん》はエラーになったままだ。

『うーん。ダメじゃなぁ。やっぱりパラボラアンテナかのぉ……』

テレビの前《まえ》で探偵《たんてい》バッジを持《も》っていた灰原《はいばら》は、元太《げんた》たちの方《ほう》を向《む》いた。

「どっちにしろ、今日《きょう》は衛星放送《えいせいほうそう》は無理《むり》ね」

「うそーっ」

「いいとこでしたのに～」

「ったく！　なんで普通《ふつう》のテレビは見《み》られんのに、衛星放送《えいせいほうそう》は見《み》られねーんだッ！」

頭《あたま》を抱《かか》えてうなだれる歩美《あゆみ》と光彦《みつひこ》のそばで、元太《げんた》は悔《くや》しそうに拳《こぶし》を握《にぎ》りしめてフンッと前《まえ》に突《つ》き出《だ》す。

「それはだな……」

コナンが子《こ》どもたちに説明《せつめい》しようとすると、

『ワシが説明《せつめい》しよう！』

探偵《たんてい》バッジから阿笠博士《あがさはかせ》の声《こえ》が聞《き》こえてきて、コナンたちは庭《にわ》に出《で》た。

高《たか》い塀《へい》に囲《かこ》まれた広《ひろ》い庭《にわ》には、大《おお》きめのパラボラアンテナが設置《せっち》されていて、阿笠博士《あがさはかせ》はアンテナを操作《そうさ》するリモコンを元太《げんた》に手渡《てわた》した。

「衛星放送《えいせいほうそう》はパラボラアンテナで電波《でんぱ》を受《う》け取《と》るからじゃ」

「電波《でんぱ》を受《う》けるって、どこから？」

首《くび》を傾《かし》げる歩美《あゆみ》の隣《となり》で、光彦《みつひこ》が得意《とくい》げに言《い》う。

「宇宙《うちゅう》からですよね、博士《はかせ》！」

「そう、宇宙《うちゅう》からじゃ！」

「へぇー、すげーなー」

元太《げんた》は興味《きょうみ》なさげにあいづちを打《う》って、持《も》っていたリモコンでパラボラアンテナをやみくもに動《うご》かした。すると、

「お、忘《わす》れとった」

阿笠博士《あがさはかせ》が白衣《はくい》の内《うち》ポケットからパンフレットを取《と》り出《だ》した。

「じゃーん！　これ、なーんじゃッ？」

阿笠博士《あがさはかせ》がコナンたちに見《み》せたのは、巨大《きょだい》なパラボラアンテナの写真《しゃしん》が載《の》っている天文《てんもん》

台《だい》のパンフレットだった。

「『国立天文台《こくりつてんもんだい》　野辺山《のべやま》』？　長野《ながの》にある天文台《てんもんだい》だな」

「大学時代《だいがくじだい》の後輩《こうはい》がここの先生《せんせい》でな。遊《あそ》びに来《こ》んかと誘《さそ》われとったんじゃ。急《きゅう》じゃが、来《らい》週《しゅう》の月曜《げつよう》はどうじゃ？　ちょうど冬休《ふゆやす》みじゃろ。五人以上《ごにんいじょう》で行《い》けば『天体観測《てんたいかんそく》ツアー』を組《く》んでくれるぞい」

子《こ》どもたちが「わぁ～」と喜《よろこ》ぶ中《なか》、コナンは頭《あたま》をかいた。

「わりぃ、オレ行《い》けねぇ」

「えー！　なんでぇ？」

歩美《あゆみ》が灰原《はいばら》に抱《だ》きつきながらたずねる。

「その日《ひ》はサッカーの試合《しあい》があって、チケットもう取《と》っちまった」

「あら、誰《だれ》と行《い》くの？」

灰原《はいばら》が訊《き》くと、コナンは気《き》まずそうに目《め》をそらして頬《ほお》をポリポリとかいた。

「蘭《らん》……姉《ねえ》ちゃんと……」

「じゃあ仕方《しかた》ないわね」

灰原《はいばら》は納得《なっとく》したようだが、歩美《あゆみ》は不満《ふまん》そうだった。

「五人《ごにん》いないとツアーできない！」

「大丈夫《だいじょうぶ》。引率係《いんそつがかり》のワシを入《い》れて五人《ごにん》じゃよ」

阿笠博士《あがさはかせ》が五本《ごほん》の指《ゆび》を立《た》てて見《み》せると、

「やったーー!!」

子《こ》どもたちは喜《よろこ》んで、その場《ば》で踊《おど》り出《だ》した。

「いえーいっ！」「天体観測《てんたいかんそく》、天体観測《てんたいかんそく》♪」「天丼食《てんどんく》うぞー！」

喜《よろこ》びの舞《まい》を踊《おど》る子《こ》どもたちを見《み》て、コナンがフフッと微笑《ほほえ》む。そんなコナンを、灰原《はいばら》は複雑《ふくざつ》な表情《ひょうじょう》を浮《う》かべて見《み》つめていた。


その日《ひ》の夜《よる》。

キッチンで夕食《ゆうしょく》を作《つく》っていた蘭《らん》は、のれんから顔《かお》を出《だ》して、リビングにいる小五郎《こごろう》に声《こえ》をかけた。

「お父《とう》さん、ごはんもうすぐ……」

小五郎《こごろう》は日本酒《にほんしゅ》の瓶《びん》とグラスが置《お》かれた座卓《ざたく》に突《つ》っ伏《ぷ》して寝《ね》ていた。

「もぉ～、ごはん前《まえ》にお酒《さけ》飲《の》まないでって何度《なんど》言《い》ったらわかるの！　テレビもつけっぱなしで！」

つけっぱなしになったテレビでは、ニュースが流《なが》れていた。

『「刑事訴訟法改正案《けいじそしょうほうかいせいあん》」審議停滞《しんぎていたい》』というテロップが現《あらわ》れ、女性《じょせい》アナウンサーが某衆議院《ぼうしゅうぎいん》議員《ぎいん》の不祥事《ふしょうじ》を取《と》り上《あ》げている。

『このスキャンダルの追及《ついきゅう》により国会《こっかい》は停滞《ていたい》し、先《さき》に提出《ていしゅつ》された〈刑事訴訟法改正案《けいじそしょうほうかいせいあん》〉の審議《しんぎ》はストップしています。この法案《ほうあん》が可決《かけつ》されれば、これまで組織犯罪《そしきはんざい》や薬物銃器犯罪《やくぶつじゅうきはんざい》だけに適用《てきよう》されていた〈司法取引《しほうとりひき》〉の範囲《はんい》が広《ひろ》がり、〈証人保護《しょうにんほご》プログラム〉も始《はじ》まることになります……』

「あれ？　リモコンは？」

座卓《ざたく》の上《うえ》にあるはずのテレビのリモコンが見当《みあ》たらない。蘭《らん》が座卓《ざたく》の下《した》をのぞきこもうとすると、

「ただいま～」

阿笠博士《あがさはかせ》の家《いえ》からコナンが帰《かえ》ってきた。

「あ、コナン君《くん》。テレビのリモコン知《し》らない？」

蘭《らん》が振《ふ》り返《かえ》ったとたん、キッチンからジューッと鍋《なべ》から噴《ふ》きこぼれる音《おと》がした。

「お鍋《なべ》！　ごめん、リモコン探《さが》しといて！」

「はーい」

返事《へんじ》をしたコナンは、ニュース番組《ばんぐみ》を横目《よこめ》で見《み》ながらリモコンを探《さが》し始《はじ》めた。

しかしどれだけ探《さが》してもリモコンは見《み》つからなかった。夕飯《ゆうはん》の時間《じかん》になってしまったので、コナンは小五郎《こごろう》のスマホにアプリをインストールして、スマホをテレビのリモコンとして使《つか》えるようにした。

「ふー、食《く》った食《く》った」

夕飯《ゆうはん》の鍋《なべ》をたらふく食《た》べた小五郎《こごろう》は満足《まんぞく》そうにお腹《なか》をさすると、つまようじをくわえながら、リモコン代《が》わりのスマホでテレビのチャンネルをかえた。

「しっかし便利《べんり》だよなー。今《いま》やスマホがリモコン代《が》わりなんだからよ！」

歌番組《うたばんぐみ》では小五郎《こごろう》が大好《だいす》きな沖野《おきの》ヨーコが新曲《しんきょく》を歌《うた》っていた。小五郎《こごろう》のスマホの待《ま》ち受《う》け画面《がめん》も沖野《おきの》ヨーコの画像《がぞう》になっている。

「んじゃアレだな、もうスマホでいいな！　リモコンなんかいらねーな！」

ダーハハハッと豪快《ごうかい》に笑《わら》う小五郎《こごろう》を見《み》て、コナンは顔《かお》をしかめた。

「ダメだよ、アプリで代用《だいよう》しただけなんだから。ちゃんとリモコン探《さが》した方《ほう》がいいよ」

そのとき、家《いえ》の電話《でんわ》が鳴《な》った。皿《さら》を片《かた》づけようとしていた蘭《らん》が、棚《たな》に置《お》かれた電話《でんわ》の子《こ》機《き》に手《て》を伸《の》ばす。

「蘭姉《らんねえ》ちゃん、怒《おこ》ってたよ」

コナンが小声《こごえ》で言《い》うと、小五郎《こごろう》は「フンッ、知《し》るか」とそっぽを向《む》いた。電話《でんわ》に出《で》た蘭《らん》が、小五郎《こごろう》に電話《でんわ》の子機《こき》を差《さ》し出《だ》す。

「お父《とう》さん、電話《でんわ》。鮫谷《さめたに》さんって人《ひと》から」

「サメタニ？　知《し》らねーな」

「お父《とう》さんが警視庁《けいしちょう》にいたとき、一緒《いっしょ》に刑事《けいじ》してたって。ほら、早《はや》く」

「わーったよ」

子機《こき》を受《う》け取《と》った小五郎《こごろう》は、ボタンを押《お》して保留《ほりゅう》を解除《かいじょ》した。

「はい、毛利《もうり》です……あぁっ！　ワニか！」

耳《みみ》をかきながら電話《でんわ》に出《で》た小五郎《こごろう》の顔《かお》がパアッと明《あか》るくなって、

「ワニぃぃ？」

コナンと蘭《らん》は首《くび》を傾《かし》げた。


日本《にほん》の中枢機関《ちゅうすうきかん》が密集《みっしゅう》する東京《とうきょう》・霞《かすみ》が関《せき》。その官庁街《かんちょうがい》の一角《いっかく》、皇居《こうきょ》の桜田門前《さくらだもんまえ》に警視庁《けいしちょう》本部庁舎《ほんぶちょうしゃ》がある。

鮫谷浩二《さめたにこうじ》は警視庁本部庁舎《けいしちょうほんぶちょうしゃ》の一室《いっしつ》から、電話《でんわ》をかけていた。

『どうしたワニ、懐《なつ》かしいな。お前《まえ》、今《いま》も刑事《デカ》やってんのか？』

「いや、今《いま》は内勤《ないきん》だ。『改革準備室《かいかくじゅんびしつ》』ってとこにいる」

資料棚《しりょうだな》がずらりと並《なら》ぶ室内《しつない》は薄暗《うすぐら》かった。鮫谷《さめたに》の席《せき》のデスクライトが、椅子《いす》の背《せ》もたれに寄《よ》りかかってゴミ箱《ばこ》に足《あし》を掛《か》ける鮫谷《さめたに》の姿《すがた》をぼんやりと照《て》らす。

「まぁ……毎日《まいにち》、過去《かこ》の事件《じけん》ファイルを見《み》て、警察改革《けいさつかいかく》に活《い》かせるデータを見《み》つけては、採用《さいよう》されない報告書《ほうこくしょ》を書《か》いてるよ」

『なんだ、おもっきし窓際《まどぎわ》じゃねぇのか』

「はっきり言《い》うなよ」

鮫谷《さめたに》は軽《かる》く笑《わら》うと、受話器《じゅわき》を肩《かた》に挟《はさ》み、加熱式《かねつしき》タバコをくわえた。

『あんなに優秀《ゆうしゅう》な刑事《デカ》だったお前《まえ》が、今《いま》はそんなことになってるなんてな』

「優秀《ゆうしゅう》か……」

鮫谷《さめたに》はくわえた加熱式《かねつしき》タバコのスティックをデスクの灰皿《はいざら》に捨《す》てて、フタを閉《と》じた。

「ま、でも銃《じゅう》の腕前《うでまえ》だけはお前《まえ》に敵《かな》わなかったがな。コンビで捜査《そうさ》してた頃《ころ》が懐《なつ》かしいよ」

『あ~懐《なつ》かしいな。先《さき》に解決《かいけつ》した方《ほう》に酒《さけ》をおごったりしてたっけな』

「またお前《まえ》の撃《う》つ姿《すがた》を見《み》せてくれよ。今度《こんど》、銃《じゅう》持《も》っていってやろうか？」

『バーカ。そんなことができるかよ』

小五郎《こごろう》の憎《にく》まれ口《ぐち》にフッと笑《わら》い、くるりと回《まわ》って、資料《しりょう》ファイルや栄養《えいよう》ドリンクの空《あ》き瓶《びん》が転《ころ》がったデスクのノートパソコンに向《む》き合《あ》った。

「ところで小五郎《こごろう》。長野県警《ながのけんけい》の大和敢助警部《やまとかんすけけいぶ》って知《し》り合《あ》いか？」

『大和敢助《やまとかんすけ》？』

小五郎《こごろう》が思《おも》い出《だ》そうとしている間《あいだ》に、鮫谷《さめたに》はタッチパッドに指《ゆび》を置《お》いて、『未宝岳雪崩《みたからだけなだれ》事故《じこ》』のフォルダをクリックする。

『ああ、一緒《いっしょ》に事件《じけん》を解決《かいけつ》したことがあったな』

「やはりそうか。ちなみに十カ月《じっげつ》ほど前《まえ》、長野《ながの》の未宝岳《みたからだけ》で起《お》きた雪崩事故《なだれじこ》なんて知《し》らないよな？　その大和警部《やまとけいぶ》が被害《ひがい》に遭《あ》ったっていう……」

受話器《じゅわき》を持《も》ち替《か》えた鮫谷《さめたに》は、デスクに積《つ》まれた資料《しりょう》ファイルをめくった。

『聞《き》いたことあるな。誰《だれ》かを追《お》っている最中《さいちゅう》に雪崩《なだれ》に巻《ま》き込《こ》まれたってやつだろ？』

「!!」

思《おも》いがけない答《こた》えに、鮫谷《さめたに》は細《ほそ》い目《め》を大《おお》きく見開《みひら》いた。

「小五郎《こごろう》！　今《いま》すぐ会《あ》えないか⁉」

ガタンッ！

勢《いきお》いよく立《た》ち上《あ》がった鮫谷《さめたに》はゴミ箱《ばこ》に足《あし》を突《つ》っ込《こ》み、すねを思《おも》い切《き》りぶつけた。

小五郎《こごろう》の持《も》つ受話器《じゅわき》の向《む》こうから、大《おお》きな音《おと》と『ったったった……』と鮫谷《さめたに》の声《こえ》が聞《き》こえてきた。

「おい、大丈夫《だいじょうぶ》か。落《お》ち着《つ》けよ。こんな時間《じかん》にか？」

『す、すまん。じゃあ明日《あす》……あ、いや。明日《あす》はダメだ。長野《ながの》に行《い》かないと……』

鮫谷《さめたに》の慌《あわ》てた独《ひと》り言《ごと》が聞《き》こえてくる。

『週明《しゅうあ》けの月曜《げつよう》、会《あ》えないか？』

「いいけど、どうしたんだよ？」

『じゃあ、朝九時《あさくじ》に警視庁《けいしちょう》に……いや、本部《ほんぶ》はマズイな。近《ちか》くの日比谷公園《ひびやこうえん》でいいか？』

「おう、わかった」

小五郎《こごろう》は床《ゆか》にあった酒瓶《さかびん》を座卓《ざたく》に置《お》くと、器用《きよう》に片手《かたて》でキャップを回《まわ》して、グラスにつ
いだ。

『悪《わる》い。恩《おん》に着《き》るよ、小五郎《こごろう》』

「ワニの頼《たの》みじゃな。そんなに恩《おん》を感《かん》じるなら、また昔《むかし》みたいにおごってもらうことにな
りそうだな」

またお酒《さけ》を飲《の》もうとする小五郎《こごろう》に、皿《さら》を片《かた》づけていた蘭《らん》がじろりとにらむ。

「もー、お父《とう》さんたら」

「それよりワニ。お前《まえ》、結婚《けっこん》は……やっぱしてねぇか！　ったく、お前《まえ》は昔《むかし》から理想《りそう》が高《たか》すぎるんだよ！」

蘭《らん》の隣《となり》で腕《うで》を組《く》んだコナンは、雑談《ざつだん》に花《はな》を咲《さ》かせる小五郎《こごろう》を険《けわ》しい表情《ひょうじょう》で見《み》つめていた。元同僚《もとどうりょう》の刑事《けいじ》からの突然《とつぜん》の電話《でんわ》に、なんだか胸騒《むなさわ》ぎがしたのだ。

3

週明《しゅうあ》けの月曜日《げつようび》。午前九時前《ごぜんくじまえ》。

皇居《こうきょ》や霞《かすみ》が関《せき》に隣接《りんせつ》するように広《ひろ》がる日比谷公園《ひびやこうえん》に、小五郎《こごろう》は皇居側《こうきょがわ》の桜門《さくらもん》から入《はい》った。

「てか、お前《まえ》らまでなんでついてくんだよ」

後《うし》ろからついてくる蘭《らん》とコナンを見《み》て、小五郎《こごろう》が不満《ふまん》げにつぶやく。

「だって会《あ》ってみたいもん。お父《とう》さんと仲良《なかよ》しだった刑事《けいじ》さん」

「お前《まえ》ら、この後《あと》サッカーだろ？　休《やす》みにガキとデートなんて暇《ひま》だな！」

小五郎《こごろう》の言《い》い草《ぐさ》に、蘭《らん》がムッとする。

「いいじゃない別《べつ》に。ホントは新一《しんいち》を誘《さそ》ったんだけど、用《よう》があって来《こ》られないって言《い》うから……ったく、あの推理《すいり》バカ」

蘭《らん》の隣《となり》を歩《ある》いていたコナンは、思《おも》わず苦笑《にがわら》いした。

（……ちゃんと来《き》てますよ、推理《すいり》バカ）

小五郎《こごろう》たちが桜門《さくらもん》から日比谷公園《ひびやこうえん》に入《はい》って奥《おく》に進《すす》む頃《ころ》。

鮫谷《さめたに》は公園内《こうえんない》にある心字池《しんじいけ》の遊歩道《ゆうほどう》を歩《ある》いていた。木々《きぎ》に囲《かこ》まれた人気《ひとけ》のない道《みち》を、スーツのポケットに手《て》を突《つ》っ込《こ》んでゆっくりと進《すす》む。

その後《うし》ろ姿《すがた》を木陰《こかげ》からじっと見《み》つめる視線《しせん》があったが、鮫谷《さめたに》は気《き》づかなかった。

鮫谷《さめたに》はふと立《た》ち止《ど》まり、加熱式《かねつしき》タバコをくわえた。

タバコをひと吸《す》いして息《いき》を吐《は》き出《だ》そうとした瞬間《しゅんかん》、

ズドーンッ！

銃声《じゅうせい》が轟《とどろ》いて、鮫谷《さめたに》の胸部《きょうぶ》から血《ち》が噴《ふ》き出《だ》した。

小五郎《こごろう》やコナンが歩《ある》いているところにも、銃声《じゅうせい》が聞《き》こえてきた。心字池《しんじいけ》の方《ほう》から、銃声《じゅうせい》に驚《おどろ》いた鳥《とり》の群《む》れが空《そら》に飛《と》び立《た》っていく。

「今《いま》のは……」

「銃声《じゅうせい》だ！」

コナンは駆《か》け出《だ》した。

「待《ま》って！　コナン君《くん》！」

蘭《らん》と小五郎《こごろう》も後《あと》を追《お》う。

コナンが心字池《しんじいけ》に向《む》かうと、遊歩道《ゆうほどう》に男性《だんせい》が倒《たお》れていた。フードを被《かぶ》った人物《じんぶつ》がそのそばでかがみ、男性《だんせい》の首《くび》に触《ふ》れようとしている。

「触《さわ》らないで！」

コナンが叫《さけ》ぶと、フードの人物《じんぶつ》はすばやく立《た》ち上《あ》がって走《はし》り出《だ》した。

「待《ま》て！」

フードの人物《じんぶつ》は遊歩道《ゆうほどう》を横切《よこぎ》って林《はやし》の中《なか》へ逃《に》げ込《こ》んだ。木《き》に隠《かく》れてあっという間《ま》に姿《すがた》が見《み》えなくなって、男性《だんせい》のもとに駆《か》け寄《よ》ったコナンはクソッと歯噛《はが》みした。

遅《おく》れてやってきた小五郎《こごろう》は、胸《むね》から血《ち》を出《だ》して倒《たお》れている男性《だんせい》が鮫谷《さめたに》だと気《き》づいて、足《あし》を止《と》めた。

「ワニ!?　どうした、ワニ！」

「ワニって、その人《ひと》が!?」

小五郎《こごろう》の背後《はいご》で、倒《たお》れた鮫谷《さめたに》を見《み》た蘭《らん》が青《あお》ざめる。

コナンは背中《せなか》のバックパックからスケボーを取《と》り出《だ》して地面《じめん》に置《お》くと、

「逃《に》がすか！」

スケボーに乗《の》って走《はし》り出《だ》した。

すると、前方《ぜんぽう》の林《はやし》からブオォォンッといきなりバイクが飛《と》び出《だ》してきた。フードを被《かぶ》った人物《じんぶつ》だ。

フードの人物《じんぶつ》はコナンを一瞥《いちべつ》すると、遊歩道《ゆうほどう》を猛《もう》スピードで走《はし》り抜《ぬ》け、右《みぎ》に曲《ま》がった。

スケボーに乗《の》ったコナンは心字池《しんじいけ》の柵《さく》をジャンプして越《こ》え、その奥《おく》にある大《おお》きな石《いし》を踏《ふみ》切台《きりだい》にして飛《と》んだ。目《め》の前《まえ》の石垣《いしがき》を垂直《すいちょく》に走《はし》って、上《うえ》の遊歩道《ゆうほどう》に出《で》る。

バイクで走《はし》っている人物《じんぶつ》は、風《かぜ》でフードが脱《ぬ》げて、フルフェイスのヘルメットがあらわになっていた。

コナンは石垣《いしがき》の上《うえ》の遊歩道《ゆうほどう》から飛《と》び下《お》りて、バイクが走《はし》る遊歩道《ゆうほどう》に着地《ちゃくち》した。スケボーを加速《かそく》させて、バイクを追《お》いかける。

（どこに逃《に》げるつもりだ？）

バイクは心字池《しんじいけ》のそばにある大通《おおどお》りに出《で》ることなく、公園《こうえん》の中心《ちゅうしん》に向《む》かっていた。噴水《ふんすい》広場《ひろば》をぐるりと回《まわ》り、心字池《しんじいけ》とは反対側《はんたいがわ》にある大音楽堂《だいおんがくどう》の方《ほう》へ向《む》かう。

「くっ！」

コナンは加速《かそく》するために身《み》を低《ひく》くした。スケボーのエンジンから火花《ひばな》が飛《と》び散《ち》る。

大音楽堂《だいおんがくどう》に入《はい》ったバイクは、すり鉢状《ばちじょう》の観客席《かんきゃくせき》の間《あいだ》を駆《か》け抜《ぬ》けた。搬入口《はんにゅうぐち》の柵《さく》を飛《と》び越《こ》えて、公園外《こうえんがい》に出《で》る。

コナンもバイクが倒《たお》した柵《さく》をジャンプして飛《と》び越《こ》え、大通《おおどお》りを走《はし》るバイクを追《お》った。

大通《おおどお》りは渋滞《じゅうたい》していて、スピードを緩《ゆる》めたバイクは車《くるま》の間《あいだ》を縫《ぬ》うように走《はし》った。霞門交《かすみもんこう》差点《さてん》を左《ひだり》に曲《ま》がったところで、距離《きょり》を縮《ちぢ》めてきたコナンをチラリとうかがうと、突然《とつぜん》バイクをU《ユー》ターンさせて、コナンの方《ほう》へ一直線《いっちょくせん》に向《む》かってきた。

「!?」

バイクと正面衝突《しょうめんしょうとつ》する寸前《すんぜん》、コナンは横《よこ》に飛《と》んだ。一回転《いっかいてん》して道路《どうろ》に着地《ちゃくち》したコナンは、すばやくボール射出《しゃしゅつ》ベルトのボタンを押《お》した。バックルからサッカーボールが飛《と》び出《だ》して、

「行《い》っけえぇぇー!!」

大《おお》きくジャンプしたコナンが空中《くうちゅう》で蹴《け》る――！

バイクはとっさにフロントをウイリーさせて、飛《と》んできたサッカーボールを避《よ》けた。すばやく体勢《たいせい》を立《た》て直《なお》して、車線《しゃせん》を走《はし》っていく。

「クソッ！」

ボールを蹴《け》った勢《いきお》いで道路《どうろ》の生垣《いけがき》に突《つ》っ込《こ》んだコナンは、すぐに起《お》き上《あ》がって、バイクが走《はし》っていった方向《ほうこう》に向《む》かった。

中央合同庁舎《ちゅうおうごうどうちょうしゃ》と東京地方裁判所《とうきょうちほうさいばんしょ》の間《あいだ》を走《はし》り、霞《かすみ》が関一丁目交差点《せきいっちょうめこうさてん》の横断歩道《おうだんほどう》を渡《わた》ると、霞ケ関駅《かすみがせきえき》の地上出口《ちじょうでぐち》のそばにバイクが乗《の》り捨《す》てられていた。

（これはさっきのバイク……）

バイクに駆《か》け寄《よ》ったコナンは、周囲《しゅうい》を見回《みまわ》した。

（逃《に》げられた……か）

ここにバイクを乗《の》り捨《す》てたということは、地下鉄《ちかてつ》に逃《に》げ込《こ》んだのか――。

コナンは地上出口《ちじょうでぐち》の前《まえ》にそびえる建物《たてもの》を見上《みあ》げた。警察庁《けいさつちょう》が置《お》かれている中央合同庁舎《ちゅうおうごうどうちょうしゃ》第二号館《だいにごうかん》。その隣《となり》にあるのは警視庁本部庁舎《けいしちょうほんぶちょうしゃ》だ。

日比谷公園《ひびやこうえん》の一部《いちぶ》には規制線《きせいせん》が張《は》られ、大勢《おおぜい》の捜査員《そうさいん》が集《あつ》まっていた。鮫谷《さめたに》の遺体《いたい》の周《まわ》りでは、濃紺《のうこん》の作業服《さぎょうふく》を着《き》た鑑識課員《かんしきかいん》たちが状況写真《じょうきょうしゃしん》を撮《と》ったり、遺留品《いりゅうひん》や証拠品《しょうこひん》を捜《さが》そうと植《う》え込《こ》みをかき分《わ》けている。

小五郎《こごろう》は近《ちか》くのベンチでうなだれていた。そばには蘭《らん》とコナン、そして機動捜査隊《きどうそうさたい》の刑《けい》事《じ》が二人《ふたり》いて、コナンたちは事情聴取《じじょうちょうしゅ》を受《う》けていた。

「毛利《もうり》さん！」

佐藤美和子警部補《さとうみわこけいぶほ》と共《とも》に小五郎《こごろう》のもとに走《はし》り寄《よ》ってきた高木渉巡査部長《たかぎわたるじゅんさぶちょう》は、「あとは引《ひ》き継《つ》ぎます」と機動捜査隊《きどうそうさたい》の刑事《けいじ》に敬礼《けいれい》した。

「ねぇ、犯人《はんにん》のバイクは調《しら》べた？」

コナンがたずねると、高木《たかぎ》は振《ふ》り返《かえ》ってうなずいた。

「ナンバーから持《も》ち主《ぬし》を調《しら》べてるよ」

高木《たかぎ》と肩《かた》を並《なら》べた佐藤《さとう》がコナンの方《ほう》を向《む》く。

「そのバイク、地下鉄《ちかてつ》の入《い》り口《ぐち》にあったけど、犯人《はんにん》は地下鉄《ちかてつ》で逃《に》げたの？」

「と思《おも》ったんだけど……見《み》つからなかった」

バイクを見《み》つけた後《あと》、コナンはすぐに地下鉄《ちかてつ》の駅《えき》に下《お》りて犯人《はんにん》を捜《さが》したが、すでに電車《でんしゃ》に乗《の》ってしまったのか、見《み》つけることができなかった。

佐藤《さとう》はベンチでうつむいている小五郎《こごろう》に声《こえ》をかけた。

「毛利《もうり》さん、殺害《さつがい》された鮫谷警部《さめたにけいぶ》とお知《し》り合《あ》いだったとか……」

「……警部《けいぶ》」

うなだれた小五郎《こごろう》が、ピクリと眉《まゆ》を動《うご》かす。

「ワニは……警部《けいぶ》になっていたのか。フンッ、偉《えら》そうに……」

涙《なみだ》を浮《う》かべた目《め》を手《て》で覆《おお》うと、顔《かお》を上《あ》げてベンチの背《せ》もたれに寄《よ》りかかった。覆《おお》った指《ゆび》の間《あいだ》から、涙《なみだ》が一筋《ひとすじ》流《なが》れる。

佐藤《さとう》と高木《たかぎ》は顔《かお》を見合《みあ》わせた。

「ワニ……？」

「ワニって？」

高木《たかぎ》がこっそりたずねると、蘭《らん》は「鮫谷警部《さめたにけいぶ》のあだ名《な》みたいです」と答《こた》えた。

そのとき、小五郎《こごろう》がいきなり立《た》ち上《あ》がった。

「ワニ、お前《まえ》よぉ。俺《おれ》に何《なに》か訊《き》きたかったんだろッ！」

フラフラとした足取《あしど》りで、鮫谷《さめたに》の遺体《いたい》の方《ほう》へ歩《ある》いていく。

「毛利《もうり》さん！」

高木《たかぎ》が小五郎《こごろう》の肩《かた》をつかんで止《と》めた。しかし、小五郎《こごろう》は高木《たかぎ》の手《て》をふりほどいて、鮫谷《さめたに》の遺体《いたい》に迫《せま》ろうとする。

「俺《おれ》に何《なに》かよぉ、言《い》いたかったんじゃねぇのかよ！　なぁ、ワニ！」

高木《たかぎ》に後《うし》ろから組《く》みつかれた小五郎《こごろう》は、ううっと唸《うな》ってうなだれると、

「返事《へんじ》しろよ！　ワニ……ワニ――ッ!!」

黄色《きいろ》いバリケードテープの向《む》こうに横《よこ》たわる鮫谷《さめたに》に手《て》を伸《の》ばして叫《さけ》んだ。


目暮十三警部《めぐれじゅうぞうけいぶ》が『刑事総務課《けいじそうむか》・改革準備室《かいかくじゅんびしつ》』と書《か》かれたプレートの部屋《へや》を訪《おとず》れたのは、これが初《はじ》めてだった。

「目暮警部《めぐれけいぶ》。こちらが鮫谷警部《さめたにけいぶ》のデスクです」

先《さき》に部屋《へや》に入《はい》っていた白鳥任三郎警部《しらとりにんざぶろうけいぶ》が、ノートパソコンやファイルが乱雑《らんざつ》に置《お》かれたデスクを示《しめ》す。

目暮《めぐれ》は部屋《へや》の半分以上《はんぶんいじょう》を占《し》める資料棚《しりょうだな》を見《み》ながら、部屋《へや》の奥《おく》へと進《すす》んだ。

「『改革準備室《かいかくじゅんびしつ》』か……同《おな》じ刑事部《けいじぶ》にいても知《し》らん部署《ぶしょ》だな」

「でしょうね」

部屋《へや》の奥《おく》にある室長席《しっちょうせき》に座《すわ》った男《おとこ》が言《い》った。

「ダメ警官《けいかん》の飼《か》い殺《ごろ》し部屋《べや》ですから」

「彼《かれ》は？」

目暮《めぐれ》がたずねると、白鳥《しらとり》は「室長《しっちょう》の須賀警部《すがけいぶ》です」と答《こた》えた。

目暮《めぐれ》は須賀《すが》に会釈《えしゃく》した。

「捜査一課《そうさいっか》の目暮《めぐれ》です。鮫谷警部《さめたにけいぶ》は捜査一課《そうさいっか》にいたと思《おも》うんですが……」

「最近《さいきん》、飛《と》ばされてきました」

須賀《すが》がそっけなく答《こた》える。

「飛《と》ばされた？　彼《かれ》は優秀《ゆうしゅう》な刑事《けいじ》だったと……」

目暮《めぐれ》が独《ひと》り言《ごと》のようにつぶやくと、鮫谷《さめたに》のデスクに移動《いどう》した白鳥《しらとり》がノートパソコンを操作《そうさ》しながら「警部《けいぶ》」と呼《よ》んだ。

「彼《かれ》が最後《さいご》にアクセスしたファイルです」

うむ、と目暮《めぐれ》は鮫谷《さめたに》のデスクに近《ちか》づいて、パソコンの画面《がめん》を覗《のぞ》き込《こ》んだ。

画面《がめん》に表示《ひょうじ》されていたのは、十カ月前《じっげつまえ》に長野県《ながのけん》の未宝岳《みたからだけ》で起《お》きた雪崩事故《なだれじこ》の記事《きじ》だ。

「長野《ながの》で起《お》きた雪崩事故《なだれじこ》……」

目暮《めぐれ》は眉《まゆ》をひそめた。

警視庁《けいしちょう》の刑事《けいじ》が、なぜ管轄外《かんかつがい》の事故《じこ》ファイルにアクセスしていたのか――。

警視庁《けいしちょう》のエントランスで、小五郎《こごろう》は白鳥《しらとり》から鮫谷《さめたに》の殺《ころ》される前《まえ》の行動《こうどう》を聞《き》いて、金曜日《きんようび》の電話《でんわ》で話《はな》したことを思《おも》い出《だ》した。

「そういや、ワニは長野《ながの》に行《い》くって言《い》ってた」

小五郎《こごろう》の言葉《ことば》に、白鳥《しらとり》は「ええ」とうなずく。

「しかし長野県警《ながのけんけい》に確認《かくにん》したら、鮫谷警部《さめたにけいぶ》は来《き》ていないそうです」

「なんだと⁉」

小五郎《こごろう》は目《め》を見張《みは》った。するとそこに、高木《たかぎ》と佐藤《さとう》が通路《つうろ》から歩《ある》いてきて、

「白鳥警部《しらとりけいぶ》。被疑者《ひぎしゃ》の物《もの》と思《おも》われるバイクを調《しら》べたんですが、盗難車《とうなんしゃ》で追跡《ついせき》できませんでした」

高木《たかぎ》の報告《ほうこく》を一同《いちどう》からやや離《はな》れたところで聞《き》いていたコナンは、吹《ふ》き抜《ぬ》けになった二階《にかい》の通路《つうろ》に、公安警察官《こうあんけいさつかん》の風見裕也《かざみゆうや》の姿《すがた》を見《み》つけた。

コナンの視線《しせん》に気《き》づいた風見《かざみ》は、慌《あわ》ててスマホを取《と》り出《だ》し、横《よこ》を向《む》いて耳《みみ》に当《あ》てる。

とっさにごまかしたようだが、コナンたちを監視《かんし》しているのはバレバレだった。

（なんで公安《こうあん》が？　警察官《けいさつかん》が殺害《さつがい》された事件《じけん》だからか……？）

コナンは電話《でんわ》するふりをする風見《かざみ》をにらみつけると、白鳥《しらとり》たちのところへ歩《あゆ》み寄《よ》った。

「とにかく、もうすぐ捜査本部《そうさほんぶ》が立《た》つ。私《わたし》はそっちに出《で》るが、君《きみ》たちは――」

白鳥《しらとり》が佐藤《さとう》と高木《たかぎ》を見《み》ると、佐藤《さとう》は胸《むね》に手《て》を当《あ》てた。

「私《わたし》たちは長野《ながの》に行《い》きます」

「鮫谷警部《さめたにけいぶ》が県警《けんけい》に行《い》ってなくても、目撃者《もくげきしゃ》は見《み》つかるかもしれません」

「わかった。長野《ながの》の情報《じょうほう》は逐一《ちくいち》、捜査本部《そうさほんぶ》に上《あ》げてくれ」

佐藤《さとう》と高木《たかぎ》が「はい！」と敬礼《けいれい》する。すると、

「俺《おれ》も行《い》く」

小五郎《こごろう》が一歩前《いっぽまえ》に出《で》た。

「毛利《もうり》さん、警察《けいさつ》の越境捜査《えっきょうそうさ》に民間人《みんかんじん》を――」

「俺《おれ》のダチが殺《ころ》されたんだ！」

小五郎《こごろう》は佐藤《さとう》に詰《つ》め寄《よ》った。

「俺《おれ》は殺人現場《さつじんげんば》にいたし、チラッとだが犯人《はんにん》も見《み》た。そもそも犯人《はんにん》は、俺《おれ》が知《し》っている何《なに》かを聞《き》かせたくねぇから、殺《ころ》したのかもしれねぇんだぞ！」

さらに白鳥《しらとり》にも迫《せま》る小五郎《こごろう》を、蘭《らん》が「お父《とう》さん！」と注意《ちゅうい》する。

「俺《おれ》を連《つ》れていかねぇ手《て》はねぇだろうが！」

食《く》ってかかる小五郎《こごろう》の言《い》い分《ぶん》にも一理《いちり》あった。小五郎《こごろう》は殺《ころ》された鮫谷《さめたに》の友人《ゆうじん》で、犯人《はんにん》の目撃者《もくげきしゃ》でもあり、この事件解決《じけんかいけつ》の鍵《かぎ》を握《にぎ》っているかもしれないのだ。

「そ、そうですね」

「では捜査協力《そうさきょうりょく》ってことで……」

佐藤《さとう》と高木《たかぎ》が小五郎《こごろう》を迎《むか》え入《い》れようとしたとき、

「じゃあボクも！　犯人見《はんにんみ》たし！」

コナンは走《はし》り出《だ》して、小五郎《こごろう》の脚《あし》にしがみついた。と同時《どうじ》に、小五郎《こごろう》のベルトに盗聴器《とうちょうき》を付《つ》ける。

「ついてくんな！」

小五郎《こごろう》はコナンを振《ふ》り払《はら》った。

「遊《あそ》びじゃねぇんだ！」

そう言《い》って、高木《たかぎ》や佐藤《さとう》と玄関《げんかん》の方《ほう》へ歩《ある》いていく。

「では私《わたし》はこれで……」

白鳥《しらとり》も捜査一課《そうさいっか》のフロアへ戻《もど》っていった。

エントランスに残《のこ》されたのは、蘭《らん》とコナンの二人《ふたり》だった。

「あ、コナン君《くん》」

蘭《らん》はショルダーバッグのふたを開《あ》けて、チケットを二枚取《にまいと》り出《だ》した。

「サッカーのチケットなんだけど……これ、どうしようか？」

「あー……、蘭姉《らんねえ》ちゃんゴメン！」

長野《ながの》に行《い》きたいコナンは、申《もう》し訳《わけ》なさそうに両手《りょうて》を頭《あたま》の前《まえ》で合《あ》わせた。

4

東京《とうきょう》から北陸新幹線《ほくりくしんかんせん》で約八十分《やくはちじっぷん》の佐久平駅《さくだいらえき》に到着《とうちゃく》した元太《げんた》、歩美《あゆみ》、光彦《みつひこ》は、改札口《かいさつぐち》を出《で》たところで走《はし》り出《だ》した。

大《おお》きなからくり時計《どけい》を通《とお》り過《す》ぎた先《さき》には展望台《てんぼうだい》があり、走《はし》ってきた子《こ》どもたちは柵《さく》に足《あし》を掛《か》けて目《め》の前《まえ》に広《ひろ》がる景色《けしき》を眺《なが》めた。

「うわあぁぁ～」

視界《しかい》いっぱいに広《ひろ》がる青空《あおぞら》のもとには、雪化粧《ゆきげしょう》をした八《やつ》ヶ岳連峰《がたけれんぽう》の山々《やまやま》が連《つら》なり、美《うつく》しい稜線《りょうせん》を描《えが》いている。

「はーかせ～！」

子《こ》どもたちは、先《さき》に駅《えき》から出《で》てロータリーにいる阿笠博士《あがさはかせ》に手《て》を振《ふ》った。

子《こ》どもたちに気《き》づいた阿笠博士《あがさはかせ》も「おー」と手《て》を振《ふ》り返《かえ》す。するとそこに、メガネを掛《か》けた中年男性《ちゅうねんだんせい》が近《ちか》づいてきた。

「……先輩《せんぱい》？」

その声《こえ》に阿笠博士《あがさはかせ》が振《ふ》り返《かえ》ると、大学時代《だいがくじだい》の後輩《こうはい》、越智豊《おちゆたか》が立《た》っていた。

「やあ、越智君《おちくん》！」

「阿笠先輩《あがさせんぱい》、お久《ひさ》しぶりです」

穏《おだ》やかな笑《え》みを浮《う》かべて手《て》を上《あ》げる越智《おち》に、阿笠博士《あがさはかせ》は「あれが子《こ》どもたちじゃ」と展《てん》望台《ぼうだい》を見上《みあ》げる。

「こんにちはー！」

子《こ》どもたちが大《おお》きな声《こえ》で挨拶《あいさつ》をすると、

「こんにちはー！　天文台《てんもんだい》の越智《おち》です」

越智《おち》も口元《くちもと》に両手《りょうて》を当《あ》てて声《こえ》を上《あ》げる。そのとき、阿笠博士《あがさはかせ》のポケットに入《はい》ったスマホが振動《しんどう》した。

「おっ、ちょっとすまん」

ポケットからスマホを取《と》り出《だ》して画面《がめん》を見《み》ると、それは新一《しんいち》からの着信《ちゃくしん》だった。

電話《でんわ》をしている阿笠博士《あがさはかせ》からやや離《はな》れたところで、灰原《はいばら》は駅舎《えきしゃ》の前《まえ》に設置《せっち》された鐘《かね》を見《み》ていた。

『幸《しあわ》せの鐘《かね》』と名付《なづ》けられた鐘《かね》の紐《ひも》を、カップルがはしゃぎながら引《ひ》っ張《ぱ》って鐘《かね》を鳴《な》らす。

カーン、カーン、と甲高《かんだか》い音《おと》が灰原《はいばら》の耳《みみ》にも届《とど》いた。


「わかった、天文台《てんもんだい》に直接行《ちょくせつい》くから。ありがと。じゃあ」

警視庁《けいしちょう》のエントランスでコナンが通話《つうわ》を切《き》ると、ベンチに座《すわ》っていた蘭《らん》が立《た》ち上《あ》がって歩《あゆ》み寄《よ》ってきた。

「まさか、長野《ながの》に行《い》くことになるなんてね」

「えっ、いいよ。一人《ひとり》で――」

蘭《らん》は「ダメ」と言葉《ことば》をかぶせた。

「それにお父《とう》さんが心配《しんぱい》で、サッカー楽《たの》しむ気《き》になれないし。チケットもったいないけど……あ、そうだ！」

残念《ざんねん》そうに微笑《ほほえ》んでいた蘭《らん》は、突然《とつぜん》、ポンと手《て》を打《う》った。

鈴木園子《すずきそのこ》が自分《じぶん》の部屋《へや》のドレッサーに向《む》かって化粧《けしょう》をしていると、蘭《らん》から電話《でんわ》がかかってきた。

「え、サッカー？」

蘭《らん》たちが行《い》けなくなったので代《か》わりに行《い》かないかと言《い》われたが、

「いいわよ、今日《きょう》は真《まこと》さんと映画《えいが》デートだし」

園子《そのこ》は断《ことわ》った。すると蘭《らん》がさらに言《い》った。

『映画《えいが》はいつでも見《み》られるけど、サッカーは今日《きょう》しか見《み》られないんだよ』

「う〜ん……真《まこと》さん、サッカーに興味《きょうみ》あるかなぁ」

『園子《そのこ》は興味《きょうみ》あるでしょ？　スピリッツのヒデ、イケメンだし』

「スピリッツの試合《しあい》なの⁉」

スピリッツと聞《き》いて、園子《そのこ》はちょっと心《こころ》が揺《ゆ》らいだ。ヒデこと赤木英雄《あかぎひでお》は東京《とうきょう》スピリッツの選手《せんしゅ》で、確《たし》かに園子《そのこ》の大好《だいす》きなイケメンなのだ。

『そう。ヒデに黄色《きいろ》い声上《こえあ》げたら、京極《きょうごく》さん嫉妬《しっと》して、恋《こい》の炎《ほのお》が燃《も》え上《あ》がっちゃうかもよ！』

蘭《らん》の言葉《ことば》に、園子《そのこ》はハッと立《た》ち上《あ》がった。

恋《こい》の炎《ほのお》――⁉
園子《そのこ》は瞬時《しゅんじ》に頭《あたま》の中《なか》で、サッカー観戦《かんせん》をする自分《じぶん》と京極《きょうごく》を想像《そうぞう》した。

＊　＊　＊

大歓声《だいかんせい》に包《つつ》まれるスタジアム。園子《そのこ》と京極《きょうごく》は肩《かた》を並《なら》べて座《すわ》っている。

スピリッツのユニフォームを着《き》てご機嫌《きげん》な園子《そのこ》とは対照的《たいしょうてき》に、なぜか道着姿《どうぎすがた》の京極《きょうごく》は不《ふ》機嫌《きげん》そうに両腕《りょううで》を組《く》んで目《め》をつぶっている。

『ヒデー！　シュート撃《う》ってー！』

園子《そのこ》が口元《くちもと》に両手《りょうて》を当《あ》てて叫《さけ》ぶと、

『園子《そのこ》さん！』

京極《きょうごく》が突然《とつぜん》向《む》き直《なお》った。園子《そのこ》も背筋《せすじ》を伸《の》ばして『はいっ！』と返事《へんじ》をする。

京極《きょうごく》は園子《そのこ》の目《め》をまっすぐ見《み》つめて言《い》った。

『自分《じぶん》だったら、シュートなんか撃《う》たせませんよ！　園子《そのこ》さんというゴールに、一本《いっぽん》たりとも!!』

＊　＊　＊

「キャ――――ッ♥」
想像《そうぞう》しただけで胸《むね》がキューンと締《し》め付《つ》けられて、園子《そのこ》はスマホを持《も》ったまま部屋《へや》をとび回《まわ》った。

警視庁《けいしちょう》を出《で》た蘭《らん》は、歩道《ほどう》を歩《ある》きながら園子《そのこ》に電話《でんわ》をかけていた。
『蘭《らん》、策士《さくし》！　アンタは恋《こい》の策士《さくし》よ!!』
スマホの向《む》こうから、興奮《こうふん》した園子《そのこ》の声《こえ》が聞《き》こえてくる。
『そのチケット、わたしにちょうだい♥』
長野《ながの》に向《む》かう新幹線《しんかんせん》の中《なか》、小五郎《こごろう》は高木《たかぎ》や佐藤《さとう》と三列《さんれつ》シートに並《なら》んで座《すわ》った。

「十カ月前《じっげつまえ》の雪崩《なだれ》って、大和警部《やまとけいぶ》が山《やま》で誰《だれ》かを追《お》ってて巻《ま》き込《こ》まれたんだよな？」

通路側《つうろがわ》の席《せき》に座《すわ》った小五郎《こごろう》がたずねると、真《ま》ん中《なか》の席《せき》でタブレットを持《も》った高木《たかぎ》が「ええ、逃走中《とうそうちゅう》だった御厨貞邦《みくりやさだくに》です」と答《こた》える。

「八年前《はちねんまえ》、長野《ながの》の銃砲店《じゅうほうてん》に二人組《ふたりぐみ》の強盗《ごうとう》が猟銃《りょうじゅう》や弾丸《だんがん》を盗《ぬす》みに侵入《しんにゅう》しました。そのとき、深夜《しんや》にもかかわらず、従業員《じゅうぎょういん》の舟久保真希《ふなくぼまき》さんが店《みせ》に戻《もど》ってきていて、犯人《はんにん》が逃《に》げる際《さい》にぶちまけた刃物《はもの》で足《あし》を怪我《けが》されたようです」

高木《たかぎ》はタブレットに表示《ひょうじ》された『銃砲店強盗傷害事件《じゅうほうてんごうとうしょうがいじけん》』の資料《しりょう》を小五郎《こごろう》に見《み》せながら、説明《せつめい》を続《つづ》けた。

「店《みせ》からの通報《つうほう》で、そのとき巡回中《じゅんかいちゅう》だった甲斐玄人《かいくろと》巡査《じゅんさ》が、二人組《ふたりぐみ》の一人《ひとり》、鷲頭隆《わしずたかし》を発見《はっけん》し逮捕《たいほ》。翌日《よくじつ》、その鷲頭《わしず》の供述《きょうじゅつ》で、山《やま》に潜伏《せんぷく》していたもう一人《ひとり》、御厨貞邦《みくりやさだくに》を発見《はっけん》。逮捕《たいほ》しました」

小五郎《こごろう》が、よしと手《て》を打《う》つ。

「長野《ながの》に着《つ》いたら、二人《ふたり》を逮捕《たいほ》したその巡査《じゅんさ》に話《はなし》をきけばいいんだな」

「それは無理《むり》です」

高木《たかぎ》が険《けわ》しい表情《ひょうじょう》で言《い》った。「甲斐巡査《かいじゅんさ》は六年前《ろくねんまえ》、山《やま》で転落死《てんらくし》しています」

窓側《まどがわ》の席《せき》に座《すわ》った佐藤《さとう》が、頭《あたま》を傾《かたむ》けて小五郎《こごろう》を見《み》る。

「記録《きろく》によるとそれに関《かか》わる事件《じけん》は、毛利《もうり》さんが長野県警《ながのけんけい》と共《とも》に解決《かいけつ》したとか」

「え？　俺《おれ》が？」

驚《おどろ》いて自分《じぶん》を指差《ゆびさ》した小五郎《こごろう》は、そういえば……と、数ヶ月前《すうかげつまえ》に大和《やまと》と初《はじ》めて会《あ》った事件《じけん》を思《おも》い出《だ》した。

長野《ながの》の名家《めいか》の跡取《あとと》り息子《むすこ》が転落死《てんらくし》し、別《べつ》の名家《めいか》の息子《むすこ》も撲殺《ぼくさつ》された事件《じけん》。その後《ご》も両家《りょうけ》の関係者《かんけいしゃ》が次々《つぎつぎ》と殺害《さつがい》されたのだが、最初《さいしょ》の犠牲者《ぎせいしゃ》は六年前《ろくねんまえ》に転落死《てんらくし》した甲斐巡査《かいじゅんさ》だった
——。

「つか、その事件《じけん》。いつの間《ま》にか解決《かいけつ》してたような……」

長野《ながの》には名家当主《めいかとうしゅ》から捜査依頼《そうさいらい》を受《う》けた小五郎《こごろう》の他《ほか》に、別《べつ》の名家当主《めいかとうしゅ》から依頼《いらい》を受《う》けた西《にし》の高校生探偵《こうこうせいたんてい》、服部平次《はっとりへいじ》がいた。平次《へいじ》やコナン、大和《やまと》らが犯人一味《はんにんいちみ》と一戦交《いっせんまじ》えて逮捕《たいほ》したのだ。

高木《たかぎ》は眉《まゆ》をひそめる小五郎《こごろう》を不思議《ふしぎ》そうに見《み》た。

「六年前《ろくねんまえ》に御厨《みくりや》は仮釈放《かりしゃくほう》になっていましたが、その後《ご》すぐに失踪《しっそう》しました」

「失踪《しっそう》？」

佐藤《さとう》が「ええ」と顔《かお》を向《む》ける。

「その御厨《みくりや》を十《じっ》カ月前《げつまえ》、大和警部《やまとけいぶ》が見《み》つけ、追《お》いかけていた際《さい》、雪崩《なだれ》に巻《ま》き込《こ》まれ行方不明《ゆくえふめい》に……」


小五郎《こごろう》たちが乗《の》っている新幹線《しんかんせん》の別車両《べつしゃりょう》に、コナンと蘭《らん》は乗《の》っていた。

コナンは靴《くつ》ひもを結《むす》びながら、メガネのつるの先端《せんたん》に搭載《とうさい》された受信機《じゅしんき》で、小五郎《こごろう》たちの会話《かいわ》を聞《き》いていた。

『まさか刑事《けいじ》が雪崩《なだれ》に遭《あ》っているとは思《おも》わず、ずっと見《み》つからなかったそうです』

高木《たかぎ》の声《こえ》が聞《き》こえると同時《どうじ》に、窓側《まどがわ》の席《せき》に座《すわ》った蘭《らん》がコナンのはいているキック力増強《りょくぞうきょう》シューズを見《み》て話《はな》しかけてくる。

「コナン君《くん》、それ新《あたら》しいトレッキングシューズ？」

「う、うん。博士《はかせ》にもらったんだ」

「カッコいいねー」

コナンはハハ……と笑《わら》いながら、受信機《じゅしんき》から聞《き》こえてくる声《こえ》に集中《しゅうちゅう》した。

『大和警部《やまとけいぶ》の安否《あんぴ》が絶望視《ぜつぼうし》された中《なか》、御厨貞邦《みくりやさだくに》は運《うん》よく雪崩《なだれ》から逃《のが》れたようで、そのまま山《やま》に潜伏《せんぷく》していました。その御厨《みくりや》を、長野県警《ながのけんけい》の諸伏高明《もろふしたかあき》という警部《けいぶ》が発見《はっけん》し、再逮捕《さいたいほ》となりました』

高木《たかぎ》に続《つづ》いて、佐藤《さとう》の声《こえ》が聞《き》こえてくる。

『雪崩《なだれ》があった事実《じじつ》を知《し》った諸伏警部《もろふしけいぶ》は、雪崩《なだれ》の方角《ほうがく》から、大和警部《やまとけいぶ》が長野県《ながのけん》ではなく山梨県《やまなしけん》にいる可能性《かのうせい》を考《かんが》え、山梨《やまなし》の麓《ふもと》の病院《びょういん》で意識不明《いしきふめい》となっていた大和警部《やまとけいぶ》をようやく見《み》つけたそうです』

小五郎《こごろう》たちを乗《の》せた新幹線《しんかんせん》は、やがて長野駅《ながのえき》に到着《とうちゃく》した。

大《おお》きな庇《ひさし》と大型提灯《おおがたちょうちん》が並《なら》ぶ列柱《れっちゅう》が印象的《いんしょうてき》な駅舎《えきしゃ》を出《で》ると、とたんに冷《つめ》たい空気《くうき》にさらされた。駅前広場《えきまえひろば》のところどころに除雪《じょせつ》された雪《ゆき》が積《つ》まれていて、小五郎《こごろう》は如是姫像《にょぜひめぞう》のそばでキョロキョロと辺《あた》りを見回《みまわ》した。

「お久《ひさ》しぶりです、毛利探偵《もうりたんてい》」

その声《こえ》に振《ふ》り返《かえ》ると、上原由衣《うえはらゆい》と杖《つえ》をついた大和敢助《やまとかんすけ》が近《ちか》づいてきた。

おう、と挨拶《あいさつ》した小五郎《こごろう》は、隣《となり》に並《なら》ぶ高木《たかぎ》と佐藤《さとう》を手《て》で示《しめ》した。

「こちら、警視庁《けいしちょう》のアベック」

紹介《しょうかい》された二人《ふたり》は照《て》れくさそうに笑《わら》いつつ、

「アベックって」

「古《ふる》いですよ」

やんわりと指摘《してき》する。

「そーか。じゃあこちら、長野県警《ながのけんけい》のカップルの――」

小五郎《こごろう》が今度《こんど》は由衣《ゆい》と大和《やまと》を紹介《しょうかい》しようとすると、

「べ、別《べつ》にカップルじゃないんですけど……」

由衣《ゆい》が慌《あわ》てて否定《ひてい》した。

「そ、そっかぁ。んじゃ、ワニの件《けん》で世話《せわ》んなる――」

「ワニ?」

今度《こんど》は大和《やまと》が口《くち》を挟《はさ》んだ。

「あだ名《な》みたいです。鮫谷警部《さめたにけいぶ》の」

「毛利《もうり》さんの友人《ゆうじん》だったそうで……」

高木《たかぎ》と佐藤《さとう》の説明《せつめい》にピンと来《こ》なかったようで、由衣《ゆい》と大和《やまと》は怪訝《けげん》そうに顔《かお》を見合《みあ》わせた。

そして、大和《やまと》が思《おも》い出《だ》したようにたずねる。

「そういや、あの小僧《こぞう》は？　アンタといつも一緒《いっしょ》にいる、やたらと勘《かん》のいい……」

「置《お》いてきた。遊《あそ》びじゃねぇんだ」

小五郎《こごろう》は真面目《まじめ》な顔《かお》で答《こた》え、ロータリーの方《ほう》へ歩《ある》き出《だ》した。

「車《くるま》、こっちだよな……」

大和《やまと》は車《くるま》を停《と》めた方《ほう》を見《み》ると、反対方向《はんたいほうこう》へ歩《ある》いていく小五郎《こごろう》を追《お》った。


長野駅《ながのえき》の二《ふた》つ手前《てまえ》の駅《えき》、佐久平駅《さくだいらえき》で降《お》りたコナンと蘭《らん》は、駅前《えきまえ》のロータリーにあるタクシー乗《の》り場《ば》に向《む》かった。

外《そと》は思《おも》ったより寒《さむ》くて、コナンがクシュン！　とくしゃみをする。

「大丈夫《だいじょうぶ》？　コナン君《くん》」

「う、うん……」

「ちょっと冷《ひ》えるよね」

蘭《らん》はコナンの前《まえ》でかがむと、首《くび》に巻《ま》いていたマフラーを外《はず》して、コナンの首《くび》に掛《か》けた。

「風邪《かぜ》引《ひ》いたらいけないから……はい、できた」

マフラーがリボンの形《かたち》に結《むす》ばれて、コナンは照《て》れくさそうに笑《わら》った。

「あ、ありがとう」

そのとき、コナンの後《うし》ろを歩《ある》いていた人《ひと》の鞄《かばん》が、コナンの背中《せなか》にドンッと当《あ》たった。コナンが思《おも》い切《き》りよろけて、蘭《らん》がとっさに支《ささ》える。

「あっ、ごめん。ボク、大丈夫《だいじょうぶ》？」

鞄《かばん》をぶつけてきた男《おとこ》は、慌《あわ》ててコナンに歩《あゆ》み寄《よ》ってかがむと、コナンの肩《かた》に手《て》を置《お》いた。

「あ、うん……」

「ホントにごめんね」

男《おとこ》はコナンの目《め》を見《み》て謝《あやま》ると、地面《じめん》に置《お》いた鞄《かばん》を持《も》って立《た》ち去《さ》った。

「大丈夫《だいじょうぶ》だった？　コナン君《くん》」

「うん、平気《へいき》。行《い》こう」

鞄《かばん》が当《あ》たった勢《いきお》いでよろけたものの、怪我《けが》はしていなかった。

コナンと蘭《らん》は再《ふたた》びタクシー乗《の》り場《ば》に向《む》かい、停《と》まっているタクシーに乗《の》り込《こ》んだ。助手席《じょしゅせき》に座《すわ》った蘭《らん》が、後部座席《こうぶざせき》を振《ふ》り返《かえ》る。

「コナン君《くん》、天文台《てんもんだい》でいいのね？」

「うん。今《いま》、県警《けんけい》に行《い》っても、おじさんに怒《おこ》られるだけだし」

蘭《らん》が、運転手《うんてんしゅ》に「『国立天文台《こくりつてんもんだい》　野辺山《のべやま》』までお願《ねが》いします」と告《つ》げる。

後部座席《こうぶざせき》に座《すわ》ったコナンは、シートベルトを締《し》めた。肩《かた》ベルトの位置《いち》を下《さ》げようとベルトに手《て》をかけたとき、上着《うわぎ》の襟《えり》に触《ふ》れた指先《ゆびさき》が丸《まる》い不自然《ふしぜん》な膨《ふく》らみを感《かん》じた。

盗聴器《とうちょうき》だ。盗聴器《とうちょうき》が付《つ》けられている。

（まさかさっきの男《おとこ》が——!?）

コナンは車《くるま》の窓《まど》から後方《こうほう》を見《み》た。コナンに鞄《かばん》をぶつけた男《おとこ》は駅《えき》へ向《む》かっている。

（何者《なにもの》だ。なんでオレに……）

あの男《おとこ》はわざとコナンに鞄《かばん》をぶつけて近《ちか》づき、コナンの上着《うわぎ》の襟《えり》に盗聴器《とうちょうき》を仕掛《しか》けたのだ。

「ええ、指示通《しじどお》りにしました」

コナンに鞄《かばん》をぶつけた男《おとこ》は、駅《えき》の階段《かいだん》の前《まえ》で立《た》ち止《ど》まると、スマホを取《と》り出《だ》して電話《でんわ》をかけた。

「しかしなぜ、あんな子《こ》どもに盗聴器《とうちょうき》を仕掛《しか》ける必要《ひつよう》があるんです？　風見警部補《かざみけいぶほ》」

小五郎《こごろう》たちは由衣《ゆい》が運転《うんてん》する車《くるま》で、長野県警《ながのけんけい》へ向《む》かった。

車《くるま》が大通《おおどお》りに出《で》たところで、後部座席左側《こうぶざせきひだりがわ》に座《すわ》った佐藤《さとう》が口《くち》を開《ひら》く。

「大和警部《やまとけいぶ》は十カ月前《じっかげつまえ》、雪崩《なだれ》に遭《あ》った後《あと》、どうやって山梨《やまなし》の病院《びょういん》へ運《はこ》ばれたんですか？」

助手席《じょしゅせき》に座《すわ》った大和《やまと》は、頬杖《ほおづえ》をつき窓《まど》の方《ほう》を向《む》いて言《い》った。

「それをずっと考《かんが》えてる」

「え？」

佐藤《さとう》は思《おも》わず身《み》を乗《の》り出《だ》した。黙《だま》り込《こ》んだ大和《やまと》に代《か》わって、運転席《うんてんせき》の由衣《ゆい》が口《くち》を開《ひら》く。

「あの雪崩《なだれ》から誰《だれ》かが大和警部《やまとけいぶ》を助《たす》け出《だ》したみたいなんです」

「誰《だれ》かって、わかってないんですか？」

由衣《ゆい》はルームミラー越《ご》しに佐藤《さとう》を見《み》て、「ええ」と答《こた》えた。

「麓《ふもと》の公衆電話《こうしゅうでんわ》から救急車《きゅうきゅうしゃ》を呼《よ》んでくれたようなんですが、指紋《しもん》は出《で》ませんでした」

車《くるま》は左《ひだり》ウインカーを出《だ》して、交差点前《こうさてんまえ》で停車《ていしゃ》した。

小五郎《こごろう》が後部座席《こうぶざせき》から身《み》を乗《の》り出《だ》してたずねる。

「諸伏警部《もろふしけいぶ》が捕《つか》まえた御厨《みくりや》って男《おとこ》は、今《いま》どうしてんだ」

「当然《とうぜん》、ムショに逆戻《ぎゃくもど》りだ」

大和《やまと》が答《こた》えると、今度《こんど》は佐藤《さとう》がたずねた。

「八年前《はちねんまえ》に捕《つか》まった鷲頭隆《わしずたかし》は、まだ服役中《ふくえきちゅう》なんですか？」

「鷲頭《わしず》は……服役《ふくえき》していない」

窓《まど》の外《そと》を眺《なが》めながら答《こた》えた大和《やまと》は、苦々《にがにが》しそうに顔《かお》をゆがめた。

天文台《てんもんだい》に向《む》かうタクシーの中《なか》、コナンはメガネのつるの受信機《じゅしんき》で、小五郎《こごろう》たちの会話《かいわ》を聞《き》いていた。

助手席《じょしゅせき》の蘭《らん》は、遠《とお》くに見《み》えてきた富士山《ふじさん》に興奮《こうふん》して、携帯電話《けいたいでんわ》で写真《しゃしん》を撮《と》っている。

『御厨《みくりや》も鷲頭《わしず》も同《おな》じ懲役三年《ちょうえきさんねん》だったが、鷲頭《わしず》は執行猶予《しっこうゆうよ》がついたからな』

受信機《じゅしんき》から聞《き》こえてくる大和《やまと》の言葉《ことば》に、コナンは目《め》を見張《みは》った。

(どうして判決《はんけつ》にそんな差《さ》がついたんだ……？)

『だから鷲頭《わしず》は服役《ふくえき》せず、自由《じゆう》……』

由衣《ゆい》の声《こえ》がノイズにかき消《け》され、やがて何《なに》も聞《き》こえなくなった。

長野県警《ながのけんけい》に向《む》かう小五郎《こごろう》たちと距離《きょり》が離《はな》れて、受信範囲《じゅしんはんい》を超《こ》えてしまったのだ。

(距離的《きょりてき》にここまでか……)

コナンはポケットからスマホを取《と》り出《だ》し、高木宛《たかぎあ》てにショートメッセージを打《う》ち始《はじ》めた。

しかしすぐに、高木《たかぎ》は小五郎《こごろう》と一緒《いっしょ》にいることに気《き》づく。

しばし考《かんが》えてから、コナンはスマホを一《ひと》つ前《まえ》の画面《がめん》に戻《もど》し、別《べつ》の人物宛《じんぶつあ》てにショートメッセージを打《う》った。

毛利探偵事務所《もうりたんていじむしょ》の階下《かいか》にある喫茶《きっさ》『ポアロ』には、数人《すうにん》の客《きゃく》が入《はい》っていた。

従業員《じゅうぎょういん》の榎本梓《えのもとあずさ》が注文《ちゅうもん》を取《と》り、カウンターの中《なか》ではアルバイトの安室透《あむろとおる》がコーヒーを淹《い》れている。

「梓《あずさ》さん、お願《ねが》いします」

安室《あむろ》はソーサーに載《の》せたコーヒーカップをカウンターに置《お》いた。

「はーい」

梓《あずさ》はカップとソーサーをトレイに載《の》せると、女性客《じょせいきゃく》の席《せき》へと運《はこ》ぶ。

そのとき、安室《あむろ》のポケットの中《なか》のスマホが振動《しんどう》した。

客席《きゃくせき》を背《せ》にして、スマホの画面《がめん》をチラリと見《み》ると、『江戸川《えどがわ》コナン』と表示《ひょうじ》されていた。

佐久平駅《さくだいらえき》から一時間《いちじかん》ほど車《くるま》を走《はし》らせると、『国立天文台《こくりつてんもんだい》　野辺山《のべやま》』が見《み》えてきた。

雪《ゆき》が残《のこ》る敷地内《しきちない》で目《め》を引《ひ》いたのは、電波《でんぱ》ヘリオグラフと呼《よ》ばれる小《ちい》さなパラボラアンテナの群《む》れだ。何十台《なんじゅうだい》ものパラボラアンテナがずらりと一列《いちれつ》に並《なら》んだ光景《こうけい》は実《じつ》に圧巻《あっかん》で、

「おー！」

「パラボラアンテナがいっぱいです！」

車《くるま》の窓《まど》から覗《のぞ》いた子《こ》どもたちは目《め》を輝《かがや》かせた。

「すっげー！　博士《はかせ》んちのアンテナより多《おお》いぞ！」

「そりゃそうじゃろ」

元太《げんた》の言葉《ことば》に、助手席《じょしゅせき》に座《すわ》った阿笠博士《あがさはかせ》が苦笑《にがわら》いする。

「わっ、見《み》ろよ！」

ワゴン車《しゃ》の一番後《いちばんうし》ろの席《せき》に座《すわ》った元太《げんた》が、前《まえ》を指差《ゆびさ》した。

「あのアンテナでけぇー!!」

フロントガラスの向《む》こうに見《み》えるのは、直径十《ちょっけいじゅう》メートルの巨大《きょだい》なパラボラアンテナを持《も》つミリ波干渉計《はかんしょうけい》だった。数台《すうだい》ある大《おお》きなパラボラアンテナの下《した》には幅《はば》が広《ひろ》めのレールが敷《し》かれ、敷地内《しきちない》をずっと延《の》びている。

「越智先生《おちせんせい》、ここ電車《でんしゃ》が走《はし》るの？」

レールに気《き》づいた歩美《あゆみ》がたずねた。

「電車《でんしゃ》じゃなく、あのパラボラアンテナが走《はし》るんだよ」

「え！　あんなに大《おお》きいのが走《はし》るの⁉」

「そうだよ」

一同《いちどう》が驚《おどろ》いている中《なか》、元太《げんた》の隣《となり》に座《すわ》った光彦《みつひこ》が「あ！」と叫《さけ》んだ。

「見《み》てください！　あのパラボラ、もっと大《おお》きいですよ！」

光彦《みつひこ》が指差《ゆびさ》した方向《ほうこう》を見《み》ると――ミリ波干渉計《はかんしょうけい》をはるかにしのぐ超巨大《ちょうきょだい》なパラボラアンテナがそびえていた。世界最大級《せかいさいだいきゅう》の口径《こうけい》を誇《ほこ》るアンテナの45m《メートル》電波望遠鏡《でんぱぼうえんきょう》だ。

「ホントだ！　でっけー！」

直径四十五《ちょっけいよんじゅうご》メートルもあるパラボラアンテナは、澄《す》み切《き》った青空《あおぞら》を仰《あお》ぐように、真上《まうえ》を向《む》いていた。

長野県《ながのけん》には警察本部庁舎《けいさつほんぶちょうしゃ》はなく、長野県警察本部《ながのけんけいさつほんぶ》は県庁本館棟九階《けんちょうほんかんとうきゅうかい》に置《お》かれている。

小五郎《こごろう》たちが一階《いっかい》の玄関《げんかん》ホールに入《はい》ると、受付《うけつけ》の前《まえ》で何《なに》やら騒《さわ》いでいる年配《ねんぱい》の男性《だんせい》がいた。

「うるさい！　そうじゃなく、大和敢助《やまとかんすけ》を呼《よ》べって言《い》ってんだ！」

作業着《さぎょうぎ》に帽子《ぼうし》を被《かぶ》り、細長《ほそなが》いケースを肩《かた》に掛《か》けた年配《ねんぱい》の男性《だんせい》が受付《うけつけ》のカウンターをバンと叩《たた》くと、

「ちょっと落《お》ち着《つ》いてください」

寄《よ》ってきた警官《けいかん》が、年配《ねんぱい》の男性《だんせい》の肩《かた》を押《お》さえてなだめる。男性《だんせい》はホールに入《はい》ってきた大和《やまと》に気《き》づいた。

「あっ、お前《まえ》！」

大和《やまと》に向《む》かってズカズカ歩《ある》いていくその男性《だんせい》を、警官《けいかん》が「待《ま》ってください」と遮《さえぎ》る。

「大丈夫《だいじょうぶ》だ。ありがとう」

大和《やまと》は警官《けいかん》に敬礼《けいれい》した。警官《けいかん》も敬礼《けいれい》を返《かえ》して、去《さ》っていく。

年配《ねんぱい》の男性《だんせい》は険《けわ》しい目《め》を大和《やまと》に向《む》けた。

「まだ見《み》つからんのか、鷲頭隆《わしずたかし》は」

大和《やまと》のそばにいた小五郎《こごろう》が、高木《たかぎ》に耳打《みみう》ちする。

「鷲頭《わしず》って……八年前《はちねんまえ》の犯人《はんにん》」

「ええ、執行猶予《しっこうゆうよ》になった――」

年配《ねんぱい》の男性《だんせい》には二人《ふたり》の会話《かいわ》が聞《き》こえていた。

「そうだ、その後姿《ごすがた》を消《け》した卑怯者《ひきょうもの》だ！」

「姿《すがた》を消《け》した？」

佐藤《さとう》のつぶやきに、由衣《ゆい》が反応《はんのう》する。

「執行猶予《しっこうゆうよ》が満了《まんりょう》したあと、すぐに……」

大和《やまと》は年配《ねんぱい》の男性《だんせい》に向《む》かって一歩前《いっぽまえ》に出《で》た。

「何度《なんど》も言《い》ったが、警察《けいさつ》が鷲頭《わしず》を捜《さが》すことはできない。執行猶予《しっこうゆうよ》が終《お》われば、罪《つみ》を償《つぐな》ったとみなされ――」

「ふざけるな！」

年配《ねんぱい》の男性《だんせい》は自分《じぶん》に向《む》けられた大和《やまと》の右手《みぎて》を弾《はじ》いた。

「真希《まき》を殺《ころ》しといて罪《つみ》を償《つぐな》っただと⁉」

「……殺《ころ》した？」

「八年前《はちねんまえ》の事件《じけん》の被害者《ひがいしゃ》、舟久保真希《ふなくぼまき》さんをですか？」

小五郎《こごろう》と佐藤《さとう》が怪訝《けげん》そうな顔《かお》をすると、由衣《ゆい》が年配《ねんぱい》の男性《だんせい》に近《ちか》づいて手《て》で示《しめ》した。

「そのお父様《とうさま》の舟久保英三《ふなくぼえいぞう》さんです」

「!!」

小五郎《こごろう》たちは目《め》を見張《みは》った。高木《たかぎ》が一歩前《いっぽまえ》に出《で》る。

「真希《まき》さんは怪我《けが》をしただけで、死亡《しぼう》したわけじゃありませんよね?」

事件記録《じけんきろく》によれば、舟久保真希《ふなくぼまき》は犯人《はんにん》が落《お》とした刃物《はもの》で足《あし》を怪我《けが》しただけで、死亡《しぼう》には至《いた》っていないはずだった。

大和《やまと》は「いや」と否定《ひてい》した。

「……その年《とし》に亡《な》くなられた」

「え⁉」

三人《さんにん》が思《おも》わず声《こえ》を上《あ》げると、舟久保《ふなくぼ》は小五郎《こごろう》たちの方《ほう》を向《む》いた。

「真希《まき》は、バイアスロンの選手《せんしゅ》だった」

「バイアスロン?」

小五郎《こごろう》が眉根《まゆね》を寄《よ》せる。

「スキーとライフル射撃《しゃげき》を組《く》み合《あ》わせた競技《きょうぎ》ですよね。オリンピック種目《しゅもく》でもある……」

佐藤《さとう》の言葉《ことば》に、舟久保《ふなくぼ》は「ああ、そうだ」とうなずいた。

「あのときの怪我《けが》で真希《まき》は成績《せいせき》が落《お》ち、オリンピックの強化指定選手《きょうかしていせんしゅ》から外《はず》された……。なのに真希《まき》を怪我《けが》させた連中《れんちゅう》は、一人《ひとり》は懲役三年《ちょうえきさんねん》、もう一人《ひとり》は執行猶予《しっこうゆうよ》……そんな軽《かる》い判《はん》決《けつ》で納得《なっとく》できるか!!」

舟久保《ふなくぼ》は訴《うった》えながら、真希《まき》のことを思《おも》い出《だ》した。

足《あし》に怪我《けが》を負《お》った真希《まき》は、一日《いちにち》でも早《はや》く復帰《ふっき》できるようにと、必死《ひっし》にリハビリに取《と》り組《く》んだ。怪我《けが》をしている間《あいだ》もスキー板《いた》の手入《てい》れを欠《か》かさなかった。しかし、怪我《けが》した右足《みぎあし》は元《もと》には戻《もど》らなかった。怪我《けが》をする前《まえ》のように滑《すべ》ることができず、真希《まき》は悔《くや》し涙《なみだ》を流《なが》した――。

由衣《ゆい》は険《けわ》しい表情《ひょうじょう》で言《い》った。

「その判決《はんけつ》に絶望《ぜつぼう》した真希《まき》さんは、スキーで滑《すべ》っているときに崖《がけ》から転落《てんらく》したんです」

「転落事故《てんらくじこ》……」

小五郎《こごろう》のつぶやきに、大和《やまと》が「いや」と否定《ひてい》する。

「遺書《いしょ》があった」

「まさか、自殺《じさつ》──」

「自殺《じさつ》じゃない」

舟久保《ふなくぼ》はきっぱりと言《い》った。

「殺《ころ》されたも同然《どうぜん》だ。奴《やつ》らは真希《まき》を殺《ころ》したんだ！」

小五郎《こごろう》たちは何《なに》も言《い》えずに、拳《こぶし》を震《ふる》わせる舟久保《ふなくぼ》を見《み》つめた。

遺書《いしょ》が残《のこ》っていたのならおそらく自殺《じさつ》だろうが、舟久保《ふなくぼ》は認《みと》めたくないのだ。そしてその悲《かな》しみの矛先《ほこさき》を、真希《まき》に怪我《けが》を負《お》わせた犯人《はんにん》たちに向《む》けている。

「だからここに通《かよ》ってるんだよ。鷲頭《わしず》の手掛《てが》かりを手《て》に入《い》れ、鷲頭《わしず》を見《み》つけ……同《おな》じ思《おも》いをさせてやるためにな！」

「何度《なんど》も言《い》ったが、手掛《てが》かりがあっても教《おし》えられねぇよ！」

大和《やまと》が鋭《するど》い眼光《がんこう》で舟久保《ふなくぼ》を見《み》つめると、

「……また来《く》る」

にらみ返《かえ》した舟久保《ふなくぼ》は、くるりと背中《せなか》を向《む》けて歩《ある》き去《さ》っていく。

大和《やまと》たちは舟久保《ふなくぼ》の後《うし》ろ姿《すがた》を見送《みおく》った。舟久保《ふなくぼ》が玄関《げんかん》の自動《じどう》ドアを抜《ぬ》けると同時《どうじ》に、エレベーターホールの方《ほう》からスーツ姿《すがた》の男《おとこ》が歩《ある》いてきた。

「ふむ。君子《くんし》、仇《あだ》を報《ほう》ずるに十年晩《じゅうねんおそ》からず」

吊《つ》り上《あ》がった眉《まゆ》に切《き》れ長《なが》の瞳《ひとみ》、口元《くちもと》にハの字髭《じひげ》を生《は》やした男《おとこ》は、自動《じどう》ドアの方《ほう》を見《み》て言《い》うと、小五郎《こごろう》に近《ちか》づいた。

「何年経《なんねんた》とうと恨《うら》みは消《き》えない、という中国《ちゅうごく》の歴史書《れきししょ》の一節《いっせつ》。——お久《ひさ》しぶりです、毛利《もうり》さん」

「おう。こちら、諸伏警部《もろふしけいぶ》だ」

小五郎《こごろう》に紹介《しょうかい》された佐藤《さとう》と高木《たかぎ》は、軽《かる》く頭《あたま》を下《さ》げた。

二人《ふたり》は諸伏高明《もろふしたかあき》と面識《めんしき》があった。以前《いぜん》、捜査一課《そうさいっか》の先輩《せんぱい》だった伊達航《だてわたる》のロッカーから高《たか》明宛《あきあ》ての小包《こづつみ》が見《み》つかり、高木《たかぎ》と佐藤《さとう》はその小包《こづつみ》を高明《たかあき》へ手渡《てわた》したのだ。

高明《たかあき》も二人《ふたり》のことを覚《おぼ》えているようで、会釈《えしゃく》を返《かえ》した。そして、小五郎《こごろう》に向《む》かって口《くち》を開《ひら》く。

「東京《とうきょう》で殺害《さつがい》された鮫谷警部《さめたにけいぶ》ですが、山梨刑務所《やまなしけいむしょ》にいる御厨《みくりや》に面会《めんかい》したことがわかりました」

「!!」

一同《いちどう》は大《おお》きく目《め》を見張《みは》った。

5

東京《とうきょう》・警視庁《けいしちょう》の大会議室《だいかいぎしつ》に設《もう》けられた特別捜査本部《とくべつそうさほんぶ》には、捜査一課《そうさいっか》の刑事《けいじ》をはじめ大勢《おおぜい》の捜査員《そうさいん》が集結《しゅうけつ》していた。

ひな壇《だん》には目暮警部《めぐれけいぶ》と黒田兵衛管理官《くろだひょうえかんりかん》が並《なら》び、向《む》かいの最前列《さいぜんれつ》には千葉和伸刑事《ちばかずのぶけいじ》、白鳥《しらとり》警部《けいぶ》、そして改革準備室長《かいかくじゅんびしっちょう》の須賀警部《すがけいぶ》が座《すわ》っている。

部屋《へや》の正面《しょうめん》に設置《せっち》された大型《おおがた》スクリーンには、鮫谷警部《さめたにけいぶ》の顔写真《かおじゃしん》や弾痕《だんこん》を印《しる》した全身図《ぜんしんず》などが映《うつ》し出《だ》されていた。

「鮫谷警部《さめたにけいぶ》の胸《むね》に、貫通銃創《かんつうじゅうそう》がありました。弾《たま》も現場《げんば》から見《み》つかっています。三十口径《さんじっこうけい》のライフル弾《だん》です」

千葉《ちば》の報告《ほうこく》に、黒田《くろだ》は「ライフル!?」とスクリーンを振《ふ》り返《かえ》った。刑事《けいじ》たちの間《あいだ》からもざわめきが起《お》きる。

「はい。大口径《だいこうけい》のライフル弾《だん》に分類《ぶんるい》され、山《やま》での狩猟《しゅりょう》によく使《つか》われます」

スクリーンには現場《げんば》から見《み》つかった弾丸《だんがん》の写真《しゃしん》が映《うつ》し出《だ》された。

「ライフル弾《だん》に前歴《ぜんれき》は？」

黒田《くろだ》の問《と》いに、千葉《ちば》は「ありませんでした」と答《こた》える。

「次《つぎ》、被害者《ひがいしゃ》の足取《あしど》りは」

目暮《めぐれ》の声《こえ》に、白鳥《しらとり》が「はい」と立《た》ち上《あ》がった。

「鮫谷警部《さめたにけいぶ》は先週《せんしゅう》の土曜《どよう》、山梨刑務所《やまなしけいむしょ》で受刑者《じゅけいしゃ》の御厨貞邦《みくりやさだくに》と面会《めんかい》していました。その後《ご》の足取《あしど》りは不明《ふめい》ですが、昨日《きのう》、日曜《にちよう》の夜《よる》、東京《とうきょう》に戻《もど》っています。そして今朝《けさ》、元警視庁警察《もとけいしちょうけいさつ》官《かん》の毛利小五郎氏《もうりこごろうし》と会《あ》う予定《よてい》でした」

スクリーンには、鮫谷《さめたに》の顔写真《かおじゃしん》の横《よこ》に小五郎《こごろう》の顔写真《かおじゃしん》が映《うつ》し出《だ》され、白鳥《しらとり》の隣《となり》に座《すわ》った須賀《すが》が浮《う》かない表情《ひょうじょう》で眺《なが》める。

「二人《ふたり》は友人関係《ゆうじんかんけい》ですが、会《あ》うのは毛利氏《もうりし》が警視庁《けいしちょう》を辞《や》めたとき以来《いらい》。しかし、会《あ》う前《まえ》に殺《ころ》されています」

「二人《ふたり》が会《あ》う約束《やくそく》をした理由《りゆう》は」

目暮《めぐれ》の質問《しつもん》に、白鳥《しらとり》は「それは不明《ふめい》ですが」と答《こた》えた。

「毛利氏《もうりし》いわく、長野県警《ながのけんけい》の大和警部《やまとけいぶ》に関《かん》して何《なに》か話《はなし》があったのではないかとのことです。こちらをご覧《らん》ください」

スクリーンには『未宝岳雪崩事故《みたからだけなだれじこ》』と題《だい》した資料《しりょう》が映《うつ》し出《だ》された。さらにその横《よこ》に大和《やまと》の顔写真《かおじゃしん》が並《なら》ぶ。

「鮫谷警部《さめたにけいぶ》が長野《ながの》へ行《い》く前《まえ》、最後《さいご》に見《み》ていたファイルです。この雪崩事故《なだれじこ》の被害者《ひがいしゃ》が大和《やまと》警部《けいぶ》でした」

スクリーンを見《み》た黒田《くろだ》は、白鳥《しらとり》に顔《かお》を向《む》けた。

「鮫谷警部《さめたにけいぶ》が殺害《さつがい》された原因《げんいん》に、大和警部《やまとけいぶ》が関係《かんけい》しているということか？」

「可能性《かのうせい》はあると思《おも》います」

「わかった。それについては長野県警《ながのけんけい》からの報告《ほうこく》を――」

そのとき、二列目《にれつめ》に座《すわ》っていた男《おとこ》が突然立《とつぜんた》ち上《あ》がった。長机《ながづくえ》の間《あいだ》の階段状《かいだんじょう》の通路《つうろ》に出《で》て、長机《ながづくえ》に軽《かる》くもたれると、顎《あご》に手《て》を当《あ》てる。

「黒田管理官《くろだかんりかん》。ただ待《ま》っているだけで、実《み》のある報告《ほうこく》が来《く》るとは思《おも》えません」

ストライプのダブルスーツを身《み》にまとった男《おとこ》はそう言《い》うと、階段《かいだん》を下《お》りて、黒田《くろだ》の前《まえ》で立《た》ち止《ど》まった。

「私《わたし》が長野県警《ながのけんけい》に行《い》き、現場《げんば》の指揮《しき》を執《と》ります」

「長谷部検事《はせべけんじ》」

黒田《くろだ》は目《め》の前《まえ》に立《た》つ男《おとこ》をそう呼《よ》んだ。

「あなたは東京地検《とうきょうちけん》から派遣《はけん》された、この捜査本部付《そうさほんぶつき》の検事《けんじ》。ここにいるべきです」

長谷部《はせべ》は刑事《けいじ》たちの方《ほう》を向《む》くと、両手《りょうて》を広《ひろ》げて言《い》った。

「捜査本部付検事《そうさほんぶつきけんじ》に、そんな法的規制《ほうてききせい》はありません。──管理官《かんりかん》」

ひな壇《だん》に向《む》き直《なお》った長谷部《はせべ》は、一歩前《いっぽまえ》へ出《で》て、さらに黒田《くろだ》に近《ちか》づいた。座《すわ》っている黒田《くろだ》を見下《みお》ろすようにして言《い》う。

「たとえあなたがこの捜査本部《そうさほんぶ》の責任者《せきにんしゃ》でも、あなた方警察《がたけいさつ》は、我々検察《われわれけんさつ》の指揮下《しきか》にあることを忘《わす》れないでください。わかりましたか？」

黒田《くろだ》を見《み》つめる長谷部《はせべ》は、ニヤリと口《くち》の端《は》を上《あ》げた。

佐久平駅《さくだいらえき》からコナンと蘭《らん》を乗《の》せたタクシーは、天文台《てんもんだい》の敷地内《しきちない》に入《はい》り、受付兼守衛所《うけつけけんしゅえいじょ》の前《まえ》で停《と》まった。

蘭《らん》が受付《うけつけ》をしている間《あいだ》、コナンは受付《うけつけ》のそばにある案内板《あんないばん》を眺《なが》めていた。

「おまたせ、コナン君《くん》。この先《さき》でみんな待《ま》ってるって」

コナンと蘭《らん》が一本道《いっぽんみち》を歩《ある》いていくと、ミリ波干渉計《はかんしょうけい》の近《ちか》くに子《こ》どもたちがいた。そばには車《くるま》が停《と》まっていて、屋根《やね》に設置《せっち》されたパラボラアンテナが立《た》ち上《あ》がってゆっくりと開《ひら》いていく。

「お～開《ひら》いたー！」

「お花《はな》みたい」

「あ、コナン君《くん》！　蘭姉《らんねえ》さん！」

歩《ある》いてくるコナンたちを見《み》つけた歩美《あゆみ》が、手《て》を振《ふ》る。

コナンたちが子《こ》どもたちのもとへ歩《あゆ》み寄《よ》ると、車《くるま》のドアが開《あ》いて越智《おち》が降《お》りてきた。

「コナン君《くん》と蘭《らん》さんですね。越智《おち》です」

「初《はじ》めまして」

「すみません、急《きゅう》に参加《さんか》させてもらって」

「構《かま》いませんよ」

越智《おち》はそう言《い》うと、車《くるま》の方《ほう》を振《ふ》り返《かえ》った。

「今《いま》、この移動観測車《いどうかんそくしゃ》の説明《せつめい》をしていたところです」

「移動《いどう》しながら天体観測《てんたいかんそく》できるんですか？」

蘭《らん》の質問《しつもん》に、そばにいた阿笠博士《あがさはかせ》が答《こた》える。

「というより、宇宙《うちゅう》からの電波《でんぱ》を受信《じゅしん》しやすい場所《ばしょ》へ行《い》き、解析《かいせき》できる優《すぐ》れものじゃ」

そのとき、コナンが掛《か》けたメガネのつるの先端《せんたん》から、ザッ、ザーッと波音《なみおと》のようなノイズが聞《き》こえてきた。盗聴器《とうちょうき》を仕掛《しか》けた小五郎《こごろう》が、電波《でんぱ》が届《とど》く範囲《はんい》に移動《いどう》したのだ。

『……で、山梨刑務所《やまなしけいむしょ》に着《つ》きました』

ノイズがクリアになって、聞《き》こえてきたのは由衣《ゆい》の声《こえ》だった。

(刑務所《けいむしょ》!?)

コナンが盗聴器《とうちょうき》の音声《おんせい》に集中《しゅうちゅう》していると、

「へぇー、だって、コナン君《くん》。コナン君《くん》？」

そばにいた蘭《らん》がコナンの顔《かお》を覗《のぞ》き込《こ》む。

「え？　へ、へぇ～、すごいねぇ」

コナンは慌《あわ》ててあいづちを打《う》った。

「それでは、この移動観測車《いどうかんそくしゃ》の内部《ないぶ》の説明《せつめい》をするよ」

「はーい」

子《こ》どもたちに続《つづ》いて蘭《らん》も移動観測車《いどうかんそくしゃ》に近《ちか》づいていき、コナンはその場《ば》で再《ふたた》び盗聴器《とうちょうき》の音《おん》声《せい》に集中《しゅうちゅう》した。

『……手続《てつづ》き、終《お》わりました。これで御厨貞邦《みくりやさだくに》に面会《めんかい》できます』

メガネの受信機《じゅしんき》から聞《き》こえてきたのは、聞《き》き慣《な》れない男《おとこ》の声《こえ》だった。

（この声《こえ》……）

けれど、コナンはこの男《おとこ》の声《こえ》をどこかで聞《き》いたような気《き》がした。しかもつい最近《さいきん》……。

――あっ、ごめん。ボク、大丈夫《だいじょうぶ》？

ふいに、佐久平駅《さくだいらえき》の前《まえ》でぶつかってきた男《おとこ》の顔《かお》が、コナンの頭《あたま》に浮《う》かぶ。

（あの男《おとこ》だ……！）

山梨刑務所《やまなしけいむしょ》を訪《おとず》れた小五郎《こごろう》たちが庁舎《ちょうしゃ》の中《なか》で待《ま》っていると、スーツ姿《すがた》の男《おとこ》が駆《か》けてきた。

「面会《めんかい》の手続《てつづ》き、終《お》わりました。これで御厨貞邦《みくりやさだくに》に面会《めんかい》できます」

「刑務所《けいむしょ》の方《かた》ですか？」

高木《たかぎ》が男《おとこ》にたずねると、大和《やまと》が「あ、紹介《しょうかい》し忘《わす》れた」と顎《あご》で男《おとこ》を示《しめ》した。

「コイツが〝やっさん〟だ」

「やっさん？」

佐藤《さとう》と高木《たかぎ》がきょとんとする。

「ちょっと、紹介《しょうかい》の仕方《しかた》」

大和《やまと》の後《うし》ろにいた由衣《ゆい》が、大和《やまと》の上着《うわぎ》の袖《そで》を引《ひ》っ張《ぱ》った。

「山梨県警《やまなしけんけい》の林警部補《はやしけいぶほ》です」

由衣《ゆい》が改《あらた》めて紹介《しょうかい》すると、林《はやし》は頭《あたま》に手《て》をやってハハッと笑《わら》った。

「山梨県警《やまなしけんけい》、総務課《そうむか》の林《はやし》です」

「警視庁捜査一課《けいしちょうそうさいっか》の佐藤《さとう》です」「同《おな》じく高木《たかぎ》です」

佐藤《さとう》と高木《たかぎ》が会釈《えしゃく》すると、隣《となり》の小五郎《こごろう》も軽《かる》く頭《あたま》を下《さ》げた。

「本日《ほんじつ》はワニの件《けん》で、世話《せわ》になります」

「では、あなたも警視庁《けいしちょう》の方《かた》――」

「いえ、探偵《たんてい》の毛利《もうり》と申《もう》します」

小五郎《こごろう》が名乗《なの》ると、高明《たかあき》が言《い》い添《そ》えた。

「毛利《もうり》さんは鮫谷警部《さめたにけいぶ》と親交《しんこう》があって、捜査協力《そうさきょうりょく》で同行《どうこう》しているそうです」

「そうでしたか」

林《はやし》は大和《やまと》の隣《となり》で、人懐《ひとなつ》っこい笑《え》みを浮《う》かべた。

「林警部補《はやしけいぶほ》、大和警部《やまとけいぶ》と親《した》しいみたいですね」

佐藤《さとう》が言《い》うと、大和《やまと》は林《はやし》を見《み》てフッと口《くち》の端《は》を持《も》ち上《あ》げた。

「入院中《にゅういんちゅう》、俺《おれ》の世話係《せわがかり》だったからな」

大和《やまと》は杖《つえ》をカツカツと鳴《な》らすと、杖《つえ》を持《も》ち上《あ》げて片足《かたあし》で立《た》った。

「こうして意識《いしき》が戻《もど》り杖《つえ》をつけるようになるまで、世話《せわ》になったよ」

そう言《い》って、林《はやし》を肘《ひじ》で小突《こづ》く。二人《ふたり》は顔《かお》を見合《みあ》わせて笑《わら》った。

高木《たかぎ》が「あの」と口《くち》を開《ひら》く。

「意識不明《いしきふめい》とはいえ、大和警部《やまとけいぶ》が警察官《けいさつかん》だってわからなかったんですか？」

「俺《おれ》の所持品《しょじひん》が雪崩《なだれ》で全部流《ぜんぶなが》されちまったからな」

大和《やまと》が答《こた》えると、林《はやし》が笑《わら》って大和《やまと》を指差《ゆびさ》した。

「それとこの顔《かお》ですからね。一応《いちおう》、前科者《ぜんかもの》や指名手配犯《しめいてはいはん》の指紋《しもん》と照合《しょうごう》しました」

大和《やまと》が「オイ」と突《つ》っ込《こ》む。

「でもこの顔《かお》でしょ？　まさか警察官《けいさつかん》とは思《おも》わなくって」

「顔顔《かおかお》、うるせーよ」

二人《ふたり》の絶妙《ぜつみょう》な掛《か》け合《あ》いに、高木《たかぎ》と佐藤《さとう》はハハハ……と苦笑《にがわら》いした。


蘭《らん》や子《こ》どもたちが野辺山天文台《のべやまてんもんだい》でミリ波干渉計《はかんしょうけい》を見《み》ている中《なか》、コナンは阿笠博士《あがさはかせ》の手《て》を引《ひ》っ張《ぱ》って、やや離《はな》れた案内板《あんないばん》のところまでやってきた。

「お、おい、なんじゃ。どうしたんじゃ」

何《なに》も聞《き》かされずに連《つ》れてこられてとまどう阿笠博士《あがさはかせ》に、コナンは上着《うわぎ》の襟《えり》をめくって、盗聴器《とうちょうき》を見《み》せた。

「それって――」

驚《おどろ》いた阿笠博士《あがさはかせ》が耳打《みみう》ちしようと中腰《ちゅうごし》になると、コナンは唇《くちびる》に人差《ひとさ》し指《ゆび》を当《あ》てた。

「ねぇ、コレの受信範囲《じゅしんはんい》ってどのくらいかな？」

と案内板《あんないばん》の方《ほう》を見《み》ながら、親指《おやゆび》で襟《えり》に付《つ》けられた盗聴器《とうちょうき》を指《さ》す。

阿笠博士《あがさはかせ》も上体《じょうたい》を起《お》こし、案内板《あんないばん》を見《み》るふりをして言《い》った。

「調《しら》べてみんとわからんが、このタイプならせいぜい五百《ごひゃく》メートルじゃろ」

「そっかぁ……」

五百《ごひゃく》メートルしか電波《でんぱ》が届《とど》かないとなると、ここからそれ以上《いじょう》の距離《きょり》がある山梨刑務所《やまなしけいむしょ》では盗聴《とうちょう》することができない。

（つまり、盗聴器《とうちょうき》を仕掛《しか》けたのは林警部補《はやしけいぶほ》でも、盗聴《とうちょう》している奴《やつ》は別《べつ》にいる……）

案内板《あんないばん》の前《まえ》で何《なに》やら話《はなし》をしているコナンと阿笠博士《あがさはかせ》を、灰原《はいばら》は怪訝《けげん》そうに見《み》ていた。

すると突然《とつぜん》、ミリ波干渉計《はかんしょうけい》を見《み》ていた子《こ》どもたちから歓声《かんせい》が上《あ》がった。

黄色《きいろ》い巨大《きょだい》な移動台車《いどうだいしゃ》に載《の》せられたミリ波干渉計《はかんしょうけい》が、レールの上《うえ》をゆっくりと動《うご》き出《だ》したのだ。

「こんなおっきいアンテナが走《はし》るなんてすごいね！」

「先生《せんせい》、オレも動《うご》かしてぇ、やらせて！」

元太《げんた》が声《こえ》をかけると、子《こ》どもたちの前《まえ》で停車《ていしゃ》した移動台車《いどうだいしゃ》の運転席《うんてんせき》から越智《おち》が顔《かお》を出《だ》した。

「そ、それは無理《むり》かな……あ、でもほら、あれ、なんだかわかる？」

越智《おち》が、45m《メートル》電波望遠鏡《でんぱぼうえんきょう》の奥《おく》にある建物《たてもの》を指差《ゆびさ》した。建物《たてもの》の天辺《てっぺん》に、大《おお》きな銀色《ぎんいろ》のドームがある。

「なんだあれ、大砲《たいほう》か？」

「違《ちが》いますよ。望遠鏡《ぼうえんきょう》ですよ」

元太《げんた》と光彦《みつひこ》の言葉《ことば》に、越智《おち》が「どっちも違《ちが》うんだ」と答《こた》えた。

「実《じつ》はあそこからレーザーを発射《はっしゃ》して、空《そら》に星《ほし》を描《えが》くんだよ」

「えー、すごーい！　見《み》たーい！」

歩美《あゆみ》が目《め》を輝《かがや》かせると、越智《おち》は「夜《よる》になったらね」とニッコリ微笑《ほほえ》んだ。そして元太《げんた》に向《む》かって、

「そのお手伝《てつだ》いなら、してもらえるかもしれない」

「え、やったー！」

元太《げんた》は胸《むね》の前《まえ》で両手《りょうて》を握《にぎ》りしめて喜《よろこ》んだ。その隣《となり》で光彦《みつひこ》と歩美《あゆみ》が不服《ふふく》そうに頬《ほお》をふくらませる。

「ズルイですよ、元太君《げんたくん》だけ」

「歩美《あゆみ》もやりたい！　お星《ほし》さま描《か》きたーい！」

「あなたたち、ワガママ言《い》わないの」

灰原《はいばら》が二人《ふたり》をなだめる傍《かたわ》らで、越智《おち》が困《こま》ったように頭《あたま》に手《て》をやった。

「困《こま》ったな。何人《なんにん》もは無理《むり》なんだ」

すると、子《こ》どもたちのところに戻《もど》ってきた阿笠博士《あがさはかせ》が嬉《うれ》しそうに言《い》った。

「よし、じゃあクイズで決《き》めよう！」

毎度恒例《まいどこうれい》の阿笠博士《あがさはかせ》のクイズに、子《こ》どもたちは少々《しょうしょう》うんざりしつつも、レーザーで星《ほし》を描《か》きたいので参加《さんか》することにした。

「宇宙《うちゅう》に散《ち》らばるたくさんのお星《ほし》さま。その中《なか》で、警察《けいさつ》が捜《さが》している犯人《はんにん》がいるのは、次《つぎ》のうちどれかな？」

天文台《てんもんだい》で出《だ》すだけあって、阿笠博士《あがさはかせ》のクイズは星《ほし》にちなんだものだった。

「一《いち》、太陽《たいよう》。二《に》、金星《きんせい》。三《さん》、地球《ちきゅう》。四《よん》、月《つき》。さあ、どれかな？」

子《こ》どもたちが首《くび》をひねりながら考《かんが》え始《はじ》めると、灰原《はいばら》が「あら」と口《くち》を開《ひら》いた。

「珍《めずら》しくわからないわね」

「灰原《はいばら》さんがわからないなんて、難《むずか》しすぎますよ」

「博士《はかせ》、ヒント～」

「どうせまたダジャレだろ？」

口《くち》をとがらせる子《こ》どもたちに、コナンがヒントを出《だ》す。

「ダジャレじゃねーよ、隠語《いんご》だ」

「ってことは、警察《けいさつ》の隠語《いんご》……」

と考《かんが》え始《はじ》めた灰原《はいばら》は、ピンと来《き》たようだった。

「犯人《はんにん》のことを『ホシ』っていうから、金星《きんせい》かしら」

光彦《みつひこ》が「そうか」と人差《ひとさ》し指《ゆび》を立《た》てる。

「今言《いまい》った中《なか》で『ホシ』が入《はい》っているのは金星《きんせい》だけです！」

阿笠博士《あがさはかせ》は顔《かお》をひきつらせた。

「あ……哀君《あいくん》、正解《せいかい》じゃ」

「あ……」

そこでようやく、灰原《はいばら》はしまったと気《き》づいた。レーザーで星《ほし》を描《か》く仕事《しごと》を手伝《てつだ》う人《ひと》を決《き》めるクイズなのに、子《こ》どもたちを差《さ》し置《お》いて答《こた》えてしまったのだ。

（オイオイ）

コナンも心《こころ》の中《なか》で突《つ》っ込《こ》む。

「じゃあ『レーザー棟《とう》』に行《い》くよ」

「はーい」

みんなで歩《ある》き出《だ》すと、元太《げんた》が不満《ふまん》そうにつぶやいた。

「オレがやるはずだったのによ」

「いいわよ、代《か》わってあげる」

「ダメですよ、博士《はかせ》のクイズで決《き》めたんですから」

そのとき、元太《げんた》たちの後《うし》ろを歩《ある》いているコナンのスマホが振動《しんどう》した。

ポケットからスマホを取《と》り出《だ》して着信表示《ちゃくしんひょうじ》を見《み》ると、安室《あむろ》からだった。

「こら、ここは携帯禁止《けいたいきんし》じゃ」

電話《でんわ》に出《で》ようとするコナンに気《き》づいて、阿笠博士《あがさはかせ》が注意《ちゅうい》する。

「あ、ごめん」

スマホから出《で》る電波《でんぱ》が観測《かんそく》の邪魔《じゃま》になるため、敷地《しきち》の一部《いちぶ》が携帯電話禁止《けいたいでんわきんし》エリアになっているのだ。

コナンは走《はし》って携帯電話禁止《けいたいでんわきんし》エリアから出《で》ると、襟《えり》に付《つ》けられた盗聴器《とうちょうき》を気《き》にしながら、応答《おうとう》ボタンをタップした。

「あ、メールにしてもらっていい？」

安室《あむろ》はポアロの前《まえ》の歩道《ほどう》を掃除《そうじ》しながら、マイク付《つ》きワイヤレスイヤホンでコナンに電《でん》話《わ》をかけていた。

電話《でんわ》に出《で》たコナンは、開口一番《かいこういちばん》メールにしてほしいと言《い》ってきた。

「近《ちか》くに話《はなし》を聞《き》かれたくない人《ひと》でもいるのかな？」

『それもあるけど……』

歯切《はぎ》れの悪《わる》い言《い》い方《かた》で、安室《あむろ》はピンと来《き》た。

「それもある……まさか、誰《だれ》かに盗聴《とうちょう》されてる？」

『うん』

「驚《おどろ》いたな。この電話《でんわ》は大丈夫《だいじょうぶ》？」

『大丈夫《だいじょうぶ》』

「じゃあ、後《あと》は黙《だま》って聞《き》いて」

安室《あむろ》はそう言《い》うと街路樹《がいろじゅ》の方《ほう》へ移動《いどう》して、落《お》ち葉《ば》やゴミを箒《ほうき》で掃《は》き集《あつ》めた。

「八年前《はちねんまえ》の銃砲店強盗傷害事件《じゅうほうてんごうとうしょうがいじけん》の当日《とうじつ》、二人組《ふたりぐみ》の犯人《はんにん》のうち一人《ひとり》は、その日《ひ》のうちに逮捕《たいほ》された。だが、もう一人《ひとり》は奪《うば》った銃《じゅう》と弾《たま》を持《も》ったまま逃亡《とうぼう》。事件《じけん》の早期解決《そうきかいけつ》を望《のぞ》んだ検察《けんさつ》は、先《さき》に逮捕《たいほ》した鷲頭隆《わしずたかし》と司法取引《しほうとりひき》をしたんだ。鷲頭《わしず》は求刑《きゅうけい》を軽《かる》くしてもらうのと引《ひ》き換《か》えに、共犯者《きょうはんしゃ》の御厨《みくりや》の名前《なまえ》、人相《にんそう》、素性《すじょう》、潜伏先《せんぷくさき》を供述《きょうじゅつ》した。おかげで御厨《みくりや》は翌日逮捕《よくじつたいほ》された」

安室《あむろ》は掃《は》き集《あつ》めたゴミをフタ付《つ》きのちりとりに箒《ほうき》で入《い》れると、ちりとりを持《も》ち上《あ》げてフタを閉《し》めた。

「以上《いじょう》、君《きみ》の問《と》い合《あ》わせにちゃんと答《こた》えられたかな？」

『うん。ありがとう、安室《あむろ》さん』

安室《あむろ》はイヤホンで通話《つうわ》を終了《しゅうりょう》させた。店内《てんない》に戻《もど》ろうと歩《ある》き出《だ》したとき、ポケットに入《い》れたスマホが震《ふる》えた。画面《がめん》を見《み》ると『非通知《ひつうち》』と表示《ひょうじ》されている。

応答《おうとう》ボタンをタップして無言《むごん》で電話《でんわ》に出《で》ると、風見《かざみ》の動揺《どうよう》した声《こえ》が聞《き》こえてきた。

『降谷《ふるや》さん、あの……』

「風見《かざみ》。お前《まえ》、江戸川《えどがわ》コナンに盗聴器《とうちょうき》を仕掛《しか》けたね？」

天文台《てんもんだい》の近《ちか》くに停《と》めた車《くるま》から、風見《かざみ》は安室《あむろ》に電話《でんわ》をかけていた。

「え……どうして」

コナンに盗聴器《とうちょうき》を仕掛《しか》けたことが安室《あむろ》にバレていて、風見《かざみ》は驚《おどろ》いた。

『鮫谷警部《さめたにけいぶ》が殺害《さつがい》された事件《じけん》の捜査《そうさ》を、お前《まえ》に命《めい》じたのは僕《ぼく》だよ』

スマホから聞《き》こえてくる安室《あむろ》の声《こえ》は、いつものごとく冷《ひ》ややかだった。

『その鮫谷警部《さめたにけいぶ》が調《しら》べていた長野県警《ながのけんけい》の事件《じけん》について、コナン君《くん》が問《と》い合《あ》わせてきた。しかも彼《かれ》は誰《だれ》かに盗聴《とうちょう》されていた。そんな彼《かれ》との電話《でんわ》を切《き》ったとたん、お前《まえ》から何《なに》か言《い》いたそうな電話《でんわ》が来《き》た』

いつもながらの完璧《かんぺき》な推理《すいり》に、風見《かざみ》は白状《はくじょう》せざるを得《え》なかった。

「……少年《しょうねん》に盗聴器《とうちょうき》を仕掛《しか》けるよう、山梨県警《やまなしけんけい》の〈隠れ公安《かくれこうあん》〉に依頼《いらい》しました」

『〈隠《かく》れ公安《こうあん》〉……警察《けいさつ》の公安以外《こうあんいがい》の部署《ぶしょ》に潜《ひそ》んでいる公安《こうあん》か』

「はい。それで盗聴《とうちょう》していたら、少年《しょうねん》が『安室《あむろ》さん』と言《い》ったので、思《おも》わず降谷《ふるや》さんに連絡《れんらく》した次第《しだい》です」

風見《かざみ》が全《すべ》て打《う》ち明《あ》けると、安室《あむろ》は低《ひく》い声《こえ》でたずねた。

『なぜ彼《かれ》に盗聴器《とうちょうき》を仕掛《しか》けた？』

「鮫谷警部《さめたにけいぶ》は長野県警《ながのけんけい》の事件《じけん》を調《しら》べていました。あの少年《しょうねん》も長野《ながの》へ向《む》かった。だから力《ちから》を借《か》りようと思《おも》いました」

風見《かざみ》は一呼吸置《ひとこきゅうお》いてから、さらに言《い》った。

「降谷《ふるや》さん。かつて、あなたがそうしたように……」

携帯電話禁止《けいたいでんわきんし》エリア外《がい》にいたコナンは、レーザー棟《とう》の前《まえ》でみんなと合流《ごうりゅう》した。

「お待《ま》たせしました。こちらです」

建物《たてもの》の中《なか》に入《はい》った越智《おち》が通路《つうろ》を進《すす》み、コナンたちも後《あと》に続《つづ》く。

そのとき、ポケットに入《い》れたコナンのスマホが振動《しんどう》した。コナンが立《た》ち止《ど》まって、スマホの画面《がめん》を見《み》る。

【盗聴器《とうちょうき》、嫌《いや》なら外《はず》していいよ】

安室《あむろ》からのショートメッセージだった。

「携帯《けいたい》は禁止《きんし》よ。急《いそ》ぎの用《よう》なの?」

コナンのところに戻《もど》ってきた灰原《はいばら》は、いきなりコナンの上着《うわぎ》の襟《えり》をつかんでめくり上《あ》げた。

「これが関係《かんけい》してる?」

と、襟《えり》の裏《うら》に付《つ》けられた盗聴器《とうちょうき》を指差《ゆびさ》す。灰原《はいばら》は気《き》づいていたのだ。

「うん。公安《こうあん》に仕掛《しか》けられちゃった」

「は⁉」

コナンは襟《えり》を元《もと》に戻《もど》して、歩《ある》き出《だ》した。

「ちょっと、外《はず》さないの？」

「うん。だって……」

（これを付《つ》けていれば、安室《あむろ》さんと情報《じょうほう》を共有《きょうゆう》できる）

「だって、何《なに》？」

灰原《はいばら》が近《ちか》づいてたずねると、コナンは両手《りょうて》を頭《あたま》の後《うし》ろで組《く》んで、灰原《はいばら》をチラリと見《み》た。

「だって、盗聴器《とうちょうき》の受信範囲《じゅしんはんい》にいつも公安刑事《こうあんけいじ》さんがいてくれるなんて――」

天文台《てんもんだい》の近《ちか》くに停《と》めた車《くるま》の中《なか》で、風見《かざみ》は缶《かん》コーヒーを飲《の》みながら、盗聴器《とうちょうき》の音声《おんせい》をイヤホンで聞《き》いていた。

『心強《こころづよ》いもん。――ね、風見《かざみ》さん』

コナンにいきなり名前《なまえ》を呼《よ》ばれて、風見《かざみ》はコーヒーを噴《ふ》き出《だ》しそうになった。

コナンは盗聴器《とうちょうき》を仕掛《しか》けられたことも、その盗聴音声《とうちょうおんせい》を誰《だれ》が聞《き》いているのかもわかっていたのだ。

「なんて子《こ》だ……」

力《ちから》を借《か》りるどころか逆《ぎゃく》に利用《りよう》されることになった風見《かざみ》は、思《おも》わずつぶやかずにはいられなかった。

6

山梨刑務所《やまなしけいむしょ》の面会室《めんかいしつ》に通《とお》された大和《やまと》たちは、パイプ椅子《いす》に腰《こし》かけ、アクリル板《ばん》の仕切《しき》りの向《む》こうにあるドアから御厨貞邦《みくりやさだくに》が入《はい》ってくるのを待《ま》った。

しばらくすると、ドアが開《あ》いて、刑務官《けいむかん》に付《つ》き添《そ》われた御厨《みくりや》が現《あらわ》れた。

仕切《しき》りの前《まえ》に置《お》かれた椅子《いす》の背《せ》もたれに手《て》をかけて腰《こし》を下《お》ろした御厨《みくりや》は、不機嫌《ふきげん》そうな顔《かお》で正面《しょうめん》の大和《やまと》たちを見《み》る。

その瞬間《しゅんかん》、大和《やまと》の左眼《ひだりめ》の傷《きず》がズキンとうずいた。うう っ、とうめいて左眼《ひだりめ》を押《お》さえる。

隣《となり》に座《すわ》った小五郎《こごろう》が、大和《やまと》の異変《いへん》に気《き》づいた。

「どうした？」

「敢《かん》ちゃん、またあの発作《ほっさ》⁉」

今《いま》にもうずくまりそうな大和《やまと》の体《からだ》を、由衣《ゆい》が慌《あわ》てて支《ささ》える。

コナンはレーザー棟《とう》の一室《いっしつ》の隅《すみ》で、山梨刑務所《やまなしけいむしょ》にいる小五郎《こごろう》たちの会話《かいわ》を聴《き》いていた。

『敢《かん》ちゃん、またあの発作《ほっさ》⁉』

受信機《じゅしんき》から聞《き》こえてきた由衣《ゆい》の言葉《ことば》に、コナンは目《め》を見張《みは》った。

(発作《ほっさ》？)


「すみません、ちょっと失礼《しつれい》します」

由衣《ゆい》は大和《やまと》を支《ささ》えながら、部屋《へや》を出《で》ていった。

ドアを押《お》さえていた高明《たかあき》は、二人《ふたり》を見送《みおく》ると、静《しず》かにドアを閉《し》めた。

出《で》ていった二人《ふたり》を心配《しんぱい》そうに見《み》ていた林《はやし》が、残《のこ》った一同《いちどう》に声《こえ》をかける。

「皆《みな》さん、あの、面会時間《めんかいじかん》があるので……」

「ええ、聴取《ちょうしゅ》に入《はい》りましょう」

佐藤《さとう》はそう言《い》って、高木《たかぎ》を見《み》た。

「そうですね」

高木《たかぎ》はコートの内《うち》ポケットに手《て》を入《い》れながらアクリル板《ばん》に近《ちか》づくと、ポケットから出《だ》した鮫谷《さめたに》の写真《しゃしん》を横長《よこなが》のカウンターに滑《すべ》らせた。

「御厨《みくりや》さん。先週《せんしゅう》の土曜《どよう》、この人《ひと》が来《き》ましたよね？」

「……ああ、警視庁《けいしちょう》の」

写真《しゃしん》をチラ見《み》した御厨《みくりや》が答《こた》えると、小五郎《こごろう》が横《よこ》から割《わ》り込《こ》んだ。

「ワニに何訊《なにき》かれた？」

「ワニ？」

御厨《みくりや》が訝《いぶか》しそうな目《め》で小五郎《こごろう》を見《み》る。

「いいから答《こた》えろ」

小五郎《こごろう》はカウンターの写真《しゃしん》を取《と》り上《あ》げて、アクリル板《ばん》の向《む》こうの御厨《みくりや》に突《つ》き付《つ》けた。すると、御厨《みくりや》が渋々答《しぶしぶこた》える。

「……雪崩《なだれ》に遭《あ》ったときのことだよ。そのとき誰《だれ》か見《み》なかったかって」

小五郎《こごろう》は写真《しゃしん》をカウンターに叩《たた》きつけた。

「誰《だれ》かって誰《だれ》だ」

「知《し》らねぇよ！」

御厨《みくりや》は投《な》げやりな口調《くちょう》で言《い》った。

『今出《いまで》てった刑事《けいじ》に追《お》われて、それどころじゃなかった。だからそう答《こた》えた。それだけだ！』

コナンのメガネのつるの受信機《じゅしんき》から、御厨《みくりや》の苛立《いらだ》った声《こえ》が聞《き》こえてきた。

盗聴音声《とうちょうおんせい》に耳《みみ》を傾《かたむ》けているコナンからやや離《はな》れたところでは、デスクに向《む》かった灰原《はいばら》が端末《たんまつ》を操作《そうさ》していた。

すると、屋上《おくじょう》に設置《せっち》されたドーム型《がた》のレーザー射出装置《しゃしゅつそうち》から、一本《いっぽん》のレーザー光《こう》が夕闇《ゆうやみ》の空《そら》に向《む》かって一直線《いっちょくせん》に伸《の》びた。

阿笠博士《あがさはかせ》や子《こ》どもたちがいるプラネタリウムの半球状《はんきゅうじょう》スクリーンにも、レーザーのライブ映像《えいぞう》が映《うつ》し出《だ》されて、

「わぁ〜、キレーイ」

投影機《とうえいき》の前《まえ》にある広《ひろ》いシートに寝転《ねころ》がった子《こ》どもたちは感嘆《かんたん》の声《こえ》を上《あ》げた。

蘭《らん》と二人《ふたり》で灰原《はいばら》の後《うし》ろからモニターを見《み》ていた越智《おち》は、灰原《はいばら》の巧《たく》みな操作《そうさ》に感心《かんしん》していた。

「レーザーによって空《そら》にあるナトリウム層《そう》が光《ひか》って、レーザーガイド星《せい》が生成《せいせい》される。これで人工《じんこう》の星《ほし》ができるってわけだ」

灰原《はいばら》が端末《たんまつ》をさらに操作《そうさ》すると、新《あら》たに別《べつ》のレーザー光《こう》が出現《しゅつげん》した。

「うまい！　そう、二種類《にしゅるい》のレーザーを同《おな》じ進路《しんろ》で空《そら》のナトリウム層《そう》に向《む》けて……」

思《おも》わず身《み》を乗《の》り出《だ》す越智《おち》の前《まえ》で、灰原《はいばら》は冷静《れいせい》にモニターを見《み》つめる。

(多分《たぶん》これは非線形光学《ひせんけいこうがく》の理論《りろん》。だとすると、この辺《あた》りにレーザーを当《あ》てれば……)

灰原《はいばら》はマウスを動《うご》かして、クリックした。

すると、モニター上《じょう》のレーザー光《こう》が三本《さんぼん》になった。

子《こ》どもたちがいるプラネタリウムのスクリーンにも、三《みっ》つのレーザー光《こう》が映《うつ》し出《だ》される。

「一本増《いっぽんふ》えました！」

「すげー！」

越智《おち》はただ驚《おどろ》くばかりだった。

「我々専門家《われわれせんもんか》でも初《はじ》めてじゃ成功《せいこう》しないのに……君《きみ》は、優秀《ゆうしゅう》な科学者《かがくしゃ》になれるかもしれないね」

「科学者《かがくしゃ》だって。すごいね、哀《あい》ちゃん」

越智《おち》と蘭《らん》がほめると、灰原《はいばら》はまんざらでもない顔《かお》で微笑《ほほえ》んだ。

「あらそう。嬉《うれ》しいわ」

その様子《ようす》を後《うし》ろから見《み》ていたコナンが心《こころ》の中《なか》で突《つ》っ込《こ》む。

(もう科学者《かがくしゃ》だけどな)


山梨刑務所《やまなしけいむしょ》では、御厨《みくりや》への聴取《ちょうしゅ》が続《つづ》いていた。

しかし、山梨刑務所《やまなしけいむしょ》を訪《おとず》れた鮫谷警部《さめたにけいぶ》のその後《ご》の足取《あしど》りは、御厨《みくりや》も知《し》らないようだった。

御厨《みくりや》と向《む》き合《あ》う小五郎《こごろう》の背後《はいご》で、じっと目《め》を閉《と》じていた高明《たかあき》が一歩前《いっぽまえ》に出《で》た。

「家《いえ》の財物《ざいぶつ》を散《さん》じ、尽《ことごと》く以《もっ》て、かつて困厄《こんやく》する所《ところ》の者《もの》に報《むく》ゆ」

一同《いちどう》がきょとんとする中《なか》、高明《たかあき》はさらに言《い》った。

「一飯《いっぱん》の徳《とく》も必《かなら》ず償《つぐな》い、睚眦《がいさい》の怨《うらみ》も必《かなら》ず報《むく》ゆ」

「また何《なに》かのことわざか?」

小五郎《こごろう》が怪訝《けげん》そうにたずねると、高明《たかあき》は「ええ」とうなずいてアクリル板《ばん》に近《ちか》づいた。

「中国《ちゅうごく》の古典《こてん》で、家財《かざい》や人生《じんせい》を捨《す》て、苦《くる》しかったときのお礼《れい》や復讐《ふくしゅう》をする」

高明《たかあき》の言葉《ことば》に、アクリル板《ばん》の向《む》こうの御厨《みくりや》がピクッと眉《まゆ》を動《うご》かし視線《しせん》を泳《およ》がせた。

「一度食事《いちどしょくじ》をふるまわれた小《ちい》さな恩《おん》を必《かなら》ず返《かえ》すように、にらまれた程度《ていど》の恨《うら》みも必《かなら》ず晴《は》らす、という意味《いみ》……」

アクリル板《ばん》の前《まえ》に立《た》った高明《たかあき》は、椅子《いす》に座《すわ》る御厨《みくりや》を見下《みお》ろした。

「君《きみ》は懲役三年《ちょうえきさんねん》、鷲頭隆《わしずたかし》は執行猶予《しっこうゆうよ》。不公平《ふこうへい》だと思《おも》いましたか？」

御厨《みくりや》は答《こた》えず、黙《だま》ったままだった。

「六年前《ろくねんまえ》、君《きみ》は仮釈放中《かりしゃくほうちゅう》に姿《すがた》を消《け》し、十《じっ》カ月前《げつまえ》、大和警部《やまとけいぶ》に見《み》つかった。君《きみ》は私《わたし》に捕《つか》まったとき、ライフルを撃《う》っていた。私《わたし》にはまるで練習《れんしゅう》のように見《み》えました」

高明《たかあき》は言《い》いながら、御厨《みくりや》を捕《つか》まえたときのことを思《おも》い返《かえ》した。

雪山《ゆきやま》で発見《はっけん》したとき、御厨《みくりや》はスコープ付《つ》きの中折《なかお》れ式《しき》ライフルで鹿《しか》を狙《ねら》っていた。高明《たかあき》は背後《はいご》から近《ちか》づき、拳銃《けんじゅう》で御厨《みくりや》の頭《あたま》を殴《なぐ》ると、ライフルの銃身《じゅうしん》を折《お》って弾薬《だんやく》を排出《はいしゅつ》したのだ。

アクリル板《ばん》の向《む》こうの御厨《みくりや》は、明《あき》らかに動揺《どうよう》していた。

佐藤《さとう》が「なるほど」と前《まえ》に出《で》て、高明《たかあき》の隣《となり》に並《なら》ぶ。

「鷲頭《わしず》は、司法取引《しほうとりひき》をして刑《けい》を軽《かる》くした。それを逆恨《さかうら》みしたあなたは仮釈放後《かりしゃくほうご》、長野《ながの》に戻《もど》った」

高木《たかぎ》が佐藤《さとう》を見《み》た。

「そうか、鷲頭《わしず》の故郷《こきょう》も長野《ながの》だから……」

「鷲頭《わしず》を殺《ころ》すつもりだったのか！」

前《まえ》のめりになった小五郎《こごろう》がアクリル板《ばん》に顔《かお》を近《ちか》づけ、御厨《みくりや》をにらみつけた。びくりと肩《かた》を跳《は》ねさせた御厨《みくりや》の瞳孔《どうこう》が、小刻《こきざ》みに震《ふる》え出《だ》す。

高明《たかあき》は淡々《たんたん》とした口調《くちょう》で問《と》いかけた。

「だがその前《まえ》に大和警部《やまとけいぶ》に見《み》つかり、追《お》われることになった。――違《ちが》いますか？」

「な、何《なん》なんだよ！」

御厨《みくりや》は椅子《いす》から立《た》ち上《あ》がった。

「捜査《そうさ》に協力《きょうりょく》しろって言《い》うから、面会《めんかい》してやったのに！　関係《かんけい》ないことベラベラと！」

そう言《い》って、御厨《みくりや》は椅子《いす》を乱暴《らんぼう》に蹴《け》り飛《と》ばした。面会室《めんかいしつ》の隅《すみ》にあるデスクに向《む》かっていた刑務官《けいむかん》が立《た》ち上《あ》がる。

「御厨《みくりや》！」

「俺《おれ》は今《いま》こうして償《つぐな》ってんだ！　俺《おれ》を売《う》った鷲頭《わしず》と違《ちが》ってな！」

噛《か》みつかんばかりの勢《いきお》いで叫《さけ》ぶ御厨《みくりや》を、刑務官《けいむかん》が押《お》さえる。

「面会終了《めんかいしゅうりょう》だ。房《ぼう》に戻《もど》れ」

刑務官《けいむかん》に引《ひ》っ張《ぱ》られながらも、御厨《みくりや》はアクリル板《ばん》の向《む》こうにいる小五郎《こごろう》に向《む》かって叫《さけ》ぶ。

「ああ、奴《やつ》を殺《ころ》してやりたかったよ！　アンタ頭《あたま》いいな、大正解《だいせいかい》だよ！」

「黙《だま》りなさい！」

「絶対《ぜったい》に！　ここを出《で》たら絶対《ぜったい》、殺《ころ》しに行《い》ってやるからな！」

御厨《みくりや》は刑務官《けいむかん》に引《ひ》きずられるようにして、面会室《めんかいしつ》を出《で》ていった。

アクリル板《ばん》の前《まえ》に立《た》った高明《たかあき》は、御厨《みくりや》が消《き》えたドアをじっと見《み》つめる。

小五郎《こごろう》もまた何《なに》かに思《おも》いふけるように、アクリル板越《ばんご》しにドアを見《み》つめていた。

夜《よる》になり、コナンたちは越智《おち》が運転《うんてん》するワゴン車《しゃ》で、天体観測《てんたいかんそく》をするキャンプ場《じょう》に向《む》かっていた。

「これから行《い》くキャンプ場《じょう》は未宝岳《みたからだけ》にありますよ。山《やま》は空気《くうき》が澄《す》んでいて、星《ほし》を観察《かんさつ》するには最適《さいてき》な場所《ばしょ》です」

蘭《らん》の隣《となり》に座《すわ》ったコナンは、越智《おち》の説明《せつめい》を聞《き》きながら、スマホの地図《ちず》アプリで未宝岳周辺《みたからだけしゅうへん》を確認《かくにん》する。

(未宝岳《みたからだけ》……大和警部《やまとけいぶ》が雪崩《なだれ》に遭《あ》った山《やま》。ということは……やはりな。山梨刑務所《やまなしけいむしょ》の近《ちか》くを通《とお》る)

スマホをポケットにしまったコナンは、隣《となり》の蘭《らん》に小声《こごえ》で話《はな》しかけた。

「蘭姉《らんねえ》ちゃん、お願《ねが》い。協力《きょうりょく》して」

「え?」

コナンは蘭《らん》にこそこそ耳打《みみう》ちすると、「越智先生《おちせんせい》!」と勢《いきお》いよく手《て》を上《あ》げた。

「ボクちょっとトイレ!」

「えーっ⁉」

越智《おち》が驚《おどろ》いて思《おも》わず後《うし》ろを振《ふ》り返《かえ》る。

「困《こま》ったな。キャンプ場《じょう》まであと三十分《さんじっぷん》以上《いじょう》あるし……。我慢《がまん》できないよね？」

「う、うん！　漏《も》れちゃいそう！　出《で》そうな感《かん》じが上《あ》がったり下《さ》がったり……山《やま》だけに」

コナンは股《また》を押《お》さえてもじもじしたり、ぴょんぴょんと腰《こし》を浮《う》かせた。

コナンの斜《なな》め後《うし》ろに座《すわ》った灰原《はいばら》が、冷《さ》めた視線《しせん》を送《おく》る。

すると、蘭《らん》が「あ、あの」と越智《おち》に声《こえ》をかけた。

「もうすぐ山梨刑務所《やまなしけいむしょ》の前《まえ》を通《とお》るんですが、その近《ちか》くに刑務所《けいむしょ》に差《さ》し入《い》れをするお店《みせ》がありま す。そこならもしかして貸《か》してくれるかもしれません」

「そうだねぇ……じゃあ山梨刑務所《やまなしけいむしょ》の前《まえ》でいったん停《と》めようか」

「ありがとうございます」

ほっと胸《むね》をなでおろす蘭《らん》に、後《うし》ろの席《せき》の子《こ》どもたちが声《こえ》をかける。

「蘭姉《らんねえ》さん、すごーい。なんでそんなに詳《くわ》しいの？」

「刑務所《けいむしょ》に入《はい》ったことあんのか？」

「あのねぇ……」

ため息《いき》をついた蘭《らん》は、隣《となり》のコナンに小声《こごえ》で訊《き》く。

「でも、なんでこんなこと知《し》ってたの？」

「新一兄《しんいちにい》ちゃん情報《じょうほう》」

コナンはいつものように新一《しんいち》から聞《き》いたと嘘《うそ》をついた。

御厨《みくりや》との面会《めんかい》を終《お》えた小五郎《こごろう》たちが山梨刑務所《やまなしけいむしょ》の正門《せいもん》から出《で》る頃《ころ》には、外《そと》はすっかり暗《くら》くなっていた。

「もう大丈夫《だいじょうぶ》なのか？」

小五郎《こごろう》は、先《さき》に面会室《めんかいしつ》を出《で》ていった大和《やまと》に声《こえ》をかけた。

「すまん、迷惑《めいわく》かけた」

そのとき、正門《せいもん》の前《まえ》に一台《いちだい》のワゴン車《しゃ》が停《と》まった。スライドドアが開《あ》いて、出《で》てきたのはコナンだ。

「あ、おじさん。偶然《ぐうぜん》だね！」

「お前《まえ》、なんで⁉」

「今《いま》、みんなと天文台《てんもんだい》ツアーをしてるんだ。これから山《やま》に行《い》ってキャンプして……」

「はぁ〜〜〜？」

小五郎《こごろう》が事態《じたい》をのみ込《こ》めずにいると、車《くるま》から降《お》りて店《みせ》を探《さが》しに行《い》った越智《おち》と阿笠博士《あがさはかせ》が戻《もど》ってきた。

「コナン君《くん》、ダメだ。お店《みせ》、閉《し》まってる」

「他《ほか》に借《か》りられそうなところも見当《みあ》たらんぞい」

「あ、大丈夫《だいじょうぶ》。もうオシッコ止《と》まった」

コナンはけろっとした顔《かお》で言《い》った。

「……はあ？」

一瞬言葉《いっしゅんことば》を失《うしな》った越智《おち》のそばで、事情《じじょう》を察《さっ》した阿笠博士《あがさはかせ》が小《ちい》さくため息《いき》をつく。

「え、えーと、じゃあ車《くるま》に戻《もど》ろうか。キャンプ場《じょう》に急《いそ》ごう」

気《き》を取《と》り直《なお》した越智《おち》が促《うなが》すと、大和《やまと》が「いや」と引《ひ》き留《と》めた。

「またいつしたくなるかわからねぇ。小僧《こぞう》は俺《おれ》たちと一緒《いっしょ》に県警《けんけい》に来《こ》い」

「私《わたし》もそれがよろしいかと」

高明《たかあき》もコナンを見《み》ながら同調《どうちょう》する。二人《ふたり》はコナンの意図《いと》を汲《く》み取《と》ってくれたようだ。

「うん！　ボク、そうするね！」

コナンは子《こ》どもっぽく言《い》って万歳《ばんざい》した。

大和《やまと》たちからやや離《はな》れたところにいた林《はやし》は、佐藤《さとう》と高木《たかぎ》に近《ちか》づいた。

「では、私《わたし》は山梨県警《やまなしけんけい》に戻《もど》ります」

「あ、お世話《せわ》になりました」

「お疲《つか》れ様《さま》です」

一礼《いちれい》した林《はやし》が駐車場《ちゅうしゃじょう》へ向《む》かおうとすると、コナンが追《お》いかけて「ねぇ！」と声《こえ》をかけた。

「おじさん、公安《こうあん》の人《ひと》だったんだね」

「!!」

立《た》ち止《ど》まって振《ふ》り返《かえ》った林《はやし》は、顔《かお》を強張《こわば》らせた。

「大丈夫《だいじょうぶ》、誰《だれ》にも言《い》わないよ。じゃあね」

他《ほか》の人《ひと》に聞《き》こえないように小声《こごえ》で言《い》うと、コナンは立《た》ち去《さ》ろうとした。が、足《あし》を止《と》めて後《うし》ろ歩《ある》きで戻《もど》り、くるりと林《はやし》に背中《せなか》を向《む》ける。

「と、そうそう。これ、このまんまにしておくね」

上着《うわぎ》の襟《えり》を指差《ゆびさ》して、ニッコリと微笑《ほほえ》むと、

「いつでも聞《き》いていいからね！」

手《て》を振《ふ》りながら、大和《やまと》たちの方《ほう》へ駆《か》け出《だ》していった。

林《はやし》はその後《うし》ろ姿《すがた》を呆然《ぼうぜん》と見送《みおく》る。

「なんなんだ、あの子《こ》は……」


その後《ご》、山梨刑務所《やまなしけいむしょ》から長野県警《ながのけんけい》に戻《もど》った小五郎《こごろう》たちは、会議室《かいぎしつ》で高木《たかぎ》と佐藤《さとう》と共《とも》に鮫《さめ》谷《たに》に関《かん》する情報《じょうほう》を整理《せいり》した。

コナンも小五郎《こごろう》の隣《となり》の席《せき》で聞《き》いている。

「鮫谷警部《さめたにけいぶ》は御厨《みくりや》に、雪崩《なだれ》に遭《あ》う前《まえ》に誰《だれ》か見《み》なかったか訊《き》いたそうです」

高木《たかぎ》の言葉《ことば》を受《う》けて、コナンが言《い》った。

「大和警部《やまとけいぶ》にも同《おな》じこと訊《き》こうとしてたのかな」

「だが、俺《おれ》は会《あ》ってない」

大和《やまと》がきっぱりと言《い》った。

「つまり急《きゅう》に会《あ》えなくなった。または会《あ》う必要《ひつよう》がなくなった」

高明《たかあき》の言葉《ことば》に、コナンが異議《いぎ》を唱《とな》える。

「だけど、その次《つぎ》の日《ひ》は小五郎《こごろう》のおじさんに会《あ》うはずだったんだよ？」

「でもその前《まえ》にライフルで狙撃《そげき》された……」

佐藤《さとう》が言《い》うと、小五郎《こごろう》とコナンが「ライフル？」と訊《き》き返《かえ》した。

「はい、三十口径《さんじっこうけい》のライフル弾《だん》です」

ライフルと聞《き》いて、コナンは鮫谷《さめたに》を撃《う》った犯人《はんにん》の姿《すがた》を思《おも》い浮《う》かべた。

地面《じめん》に倒《たお》れた鮫谷《さめたに》のそばでかがんでいた、フードを被《かぶ》った人物《じんぶつ》。その人物《じんぶつ》こそが鮫谷《さめたに》を撃《う》った犯人《はんにん》のはずなのだが——。

（でもあのとき、アイツはライフルなんか持《も》っていなかった……）

コナンが考《かんが》えている横《よこ》で、小五郎《こごろう》は腕《うで》を組《く》んだまま椅子《いす》の背《せ》もたれに寄《よ》りかかった。

「どうやら少《すこ》しだけ犯人《はんにん》が見《み》えてきたかもな」

「え？」

と高木《たかぎ》が身《み》を乗《の》り出《だ》す前《まえ》で、高明《たかあき》が「ええ」と同意《どうい》する。

「鮫谷警部《さめたにけいぶ》を殺《ころ》した犯人《はんにん》は、あの雪崩《なだれ》のとき、その現場《げんば》にいた」

「そこで見《み》られちゃ困《こま》る何《なに》かをしてたんだ」

だから犯人《はんにん》は、それを調《しら》べ始《はじ》めた鮫谷《さめたに》を殺害《さつがい》したのだ。

高明《たかあき》と小五郎《こごろう》の言葉《ことば》に、大和《やまと》は思《おも》いを巡《めぐ》らせた。

十カ月前《じっかげつまえ》、御厨《みくりや》を追《お》った雪山《ゆきやま》で雪崩《なだれ》に遭《あ》った、あのとき。鮫谷《さめたに》を撃《う》った犯人《はんにん》もそこにいたのだ。そして大和《やまと》はそれを見《み》た。

「だとすると……俺《おれ》が忘《わす》れてる記憶《きおく》の中《なか》に、犯人《はんにん》がいる……」

うつむいた大和《やまと》が独《ひと》り言《ごと》のようにつぶやいたとき、ガチャッとドアが開《あ》く音《おと》がした。

「その可能性《かのうせい》はありますね」

ドアの前《まえ》に立《た》った男《おとこ》はそう言《い》うとキザな笑《え》みを浮《う》かべて、足《あし》を踏《ふ》み入《い》れた。

一同《いちどう》が驚《おどろ》く中《なか》、コナンはとっさにテーブルの下《した》に隠《かく》れた。

堂々《どうどう》とした様子《ようす》で会議室《かいぎしつ》に入《はい》ってきた男《おとこ》は、一同《いちどう》の前《まえ》で立《た》ち止《ど》まって正面《しょうめん》を向《む》いた。

「東京地検《とうきょうちけん》の長谷部《はせべ》です」

あっ、と佐藤《さとう》が立《た》ち上《あ》がり、みんなに紹介《しょうかい》する。

「黒田管理官《くろだかんりかん》から聞《き》いてます。今回《こんかい》の事件《じけん》の捜査本部付《そうさほんぶつき》の検事《けんじ》です」

腕組《うでぐ》みを解《と》いた小五郎《こごろう》が、怪訝《けげん》そうな顔《かお》をして長谷部《はせべ》を見《み》る。

「普通《ふつう》、その手《て》の検事《けんじ》がこんなとこまで来《く》るのか？」

「来《き》ますよ。必要《ひつよう》があればね。〝元《もと》〟警視庁捜査一課《けいしちょうそうさいっか》の刑事《けいじ》だった、毛利小五郎《もうりこごろう》さん」

長谷部《はせべ》は余裕《よゆう》の笑《え》みと共《とも》に言葉《ことば》を返《かえ》した。

テーブルの下《した》に隠《かく》れていたコナンは、長谷部《はせべ》の顔《かお》をこっそり覗《のぞ》き見《み》た。

——来《き》ますよ。必要《ひつよう》があればね。

コナンは長谷部《はせべ》の意味深《いみしん》な言葉《ことば》が気《き》になった。


長谷部《はせべ》が現《あらわ》れた後《あと》は特《とく》に進展《しんてん》もなく、捜査会議《そうさかいぎ》はお開《ひら》きとなった。

会議室《かいぎしつ》を出《で》て屋上《おくじょう》に上《あ》がったコナンは、安室《あむろ》に電話《でんわ》をかけた。

安室《あむろ》は、会議室《かいぎしつ》でのコナンたちの推理《すいり》を、盗聴《とうちょう》している風見《かざみ》から聞《き》いているに違《ちが》いない。

「安室《あむろ》さん。鮫谷警部《さめたにけいぶ》はなぜ十カ月前《じゅっかげつまえ》の雪崩事故《なだれじこ》を調《しら》べたのか。その現場《げんば》にいた何者《なにもの》かをなぜ捜《さが》していたのか。教《おし》えて、安室《あむろ》さん。鮫谷警部《さめたにけいぶ》がいた『改革準備室《かいかくじゅんびしつ》』ってどんな部署《ぶしょ》？」

安室《あむろ》はすぐに答《こた》えようとはしなかった。沈黙《ちんもく》が流《なが》れる。

「安室《あむろ》さんが言《い》えないなら、風見《かざみ》さんに訊《き》くよ。それとも〈隠《かく》れ公安《こうあん》〉の林《はやし》さんに訊《き》いた方《ほう》がいい？」

『……相変《あいか》わらず困《こま》った子《こ》だ』

安室《あむろ》はやれやれといった様子《ようす》で答《こた》えた。

『司法取引制度《しほうとりひきせいど》の話《はなし》はしたね？　それが今《いま》、変《か》わろうとしている』

コナンはテレビのニュース番組《ばんぐみ》を思《おも》い出《だ》した。

某衆議院議員《ぼうしゅうぎいんぎいん》のスキャンダルの追及《ついきゅう》で国会《こっかい》が停滞《ていたい》し、〈刑事訴訟法改正案《けいじそしょうほうかいせいあん》〉の審議《しんぎ》が止《と》まっているのだ。

「うん。今《いま》、国会《こっかい》に改正案《かいせいあん》が出《で》てるけど審議《しんぎ》がストップしているね。それで？」

『参《まい》ったな……』

電話《でんわ》の向《む》こうから、安室《あむろ》のため息《いき》が聞《き》こえてきた。

『それが改正《かいせい》されたときに備《そな》えていろいろ準備《じゅんび》しておく部署《ぶしょ》だ。君《きみ》の尋問《じんもん》に答《こた》えられたかな？』

「ありがとう。また連絡《れんらく》する」

コナンはそう言《い》うと、通話《つうわ》を切《き》った。

7

未宝岳《みたからだけ》にあるキャンプ場《じょう》。満天《まんてん》の星《ほし》の下《した》で、阿笠博士《あがさはかせ》や蘭《らん》、子《こ》どもたちはバーベキューを楽《たの》しんでいた。

元太《げんた》は肉《にく》の串焼《くしや》きにかぶりつき、歩美《あゆみ》と光彦《みつひこ》はコンロで焼《や》いたおやきを食《た》べている。

灰原《はいばら》はみんなから離《はな》れたところで、コナンと電話《でんわ》をしていた。

殺《ころ》された鮫谷《さめたに》は、司法取引制度《しほうとりひきせいど》の改正《かいせい》に向《む》けた準備《じゅんび》をする部署《ぶしょ》に所属《しょぞく》していたという。

「つまり、鮫谷《さめたに》さんは新《あら》たな司法制度《しほうせいど》に備《そな》えて、その雪崩《なだれ》の現場《げんば》にいた何者《なにもの》かを捜《さが》していたってこと？」

『ああ。そのせいで殺害《さつがい》されたんだとしたら、犯人《はんにん》は司法取引《しほうとりひき》に反対《はんたい》する人物《じんぶつ》って可能性《かのうせい》はないかな？』

「すでに国会《こっかい》で審議《しんぎ》されてる法律《ほうりつ》よ？　警察官《けいさつかん》一人《ひとり》殺害《さつがい》されたからって止《と》まるわけないいんじゃない？」

『そうだよなぁ……』

落胆《らくたん》する声《こえ》が聞《き》こえてきて、灰原《はいばら》は「ねぇ」と呼《よ》びかけた。

「その改正案《かいせいあん》が通《とお》ったら、〈証人保護《しょうにんほご》プログラム〉も始《はじ》まるのよね……」

アメリカやイタリアなどで導入《どうにゅう》されている〈証人保護《しょうにんほご》プログラム〉は、日本《にほん》にはまだない。

灰原《はいばら》は、ＦＢＩ《エフビーアイ》捜査官《そうさかん》のジョディから〈証人保護《しょうにんほご》プログラム〉を受《う》けてほしいと言《い》われたときのことを思《おも》い出《だ》した。

黒《くろ》ずくめの組織《そしき》のベルモットに正体《しょうたい》がバレて殺《ころ》されそうになった灰原《はいばら》に、ジョディは〈証人保護《しょうにんほご》プログラム〉を受《う》けることを勧《すす》めてきた。〈証人保護《しょうにんほご》プログラム〉は、証言《しょうげん》する代《か》わりに身《み》を守《まも》ってくれる制度《せいど》で、名前《なまえ》や住所《じゅうしょ》などを全《すべ》て変《か》えてまったくの別人《べつじん》として過《す》ごすことになる。適用《てきよう》されると、それまでの縁《えん》を全《すべ》て断《た》ち切《き》らなくてはならないのだ。

結局《けっきょく》、灰原《はいばら》は逃《に》げたくないからと断《ことわ》ったのだが、ジョディは反対《はんたい》しなかった。「ガンバって！」と笑顔《えがお》で応援《おうえん》してくれたのだ――。

『どうかしたか？』

コナンの声《こえ》で、灰原《はいばら》はハッと我《われ》に返《かえ》った。

「ううん。なんでもない」

電話《でんわ》を切《き》った灰原《はいばら》は、バーベキューをしている子《こ》どもたちのところへ戻《もど》っていった。


長野県警本部《ながのけんけいほんぶ》を後《あと》にした大和《やまと》は、由衣《ゆい》が運転《うんてん》する車《くるま》で未宝岳《みたからだけ》に向《む》かった。

向《む》かう途中《とちゅう》から雪《ゆき》がちらつき始《はじ》め、未宝岳《みたからだけ》に着《つ》く頃《ころ》には降《ふ》る雪《ゆき》の密度《みつど》が増《ま》してきた。山《やま》道《みち》を進《すす》んだ由衣《ゆい》の車《くるま》は、突《つ》き当《あ》たりで停《と》まった。日《ひ》も暮《く》れて、ヘッドライトの灯《あか》りに山《やま》の木々《きぎ》と闇《やみ》に降《ふ》る雪《ゆき》が映《うつ》し出《だ》される。

「この先《さき》だ。俺《おれ》が雪崩《なだれ》に遭《あ》ったのは」

助手席《じょしゅせき》に座《すわ》った大和《やまと》は、鋭《するど》い目《め》でフロントガラスの向《む》こうの闇《やみ》を見《み》つめた。

「俺《おれ》はあのとき、一体誰《いったいだれ》を見《み》たんだ……」

大和《やまと》は思《おも》い出《だ》せないのがもどかしかった。そのときに見《み》た人物《じんぶつ》が、鮫谷《さめたに》を殺害《さつがい》した犯人《はんにん》かもしれないというのに——。

運転席《うんてんせき》の由衣《ゆい》は、大和《やまと》をチラリと見《み》た。

「雪《ゆき》も降《ふ》ってきたし、明日《あした》にしない？」

「帰《かえ》りたきゃ帰《かえ》れ。俺《おれ》は一人《ひとり》でも行《い》く」

大和《やまと》が車《くるま》を降《お》りようとドアに手《て》をかけると、

「……あのときだってそうだった」

由衣《ゆい》が前《まえ》を向《む》いたまま、ぽつりと言《い》った。

「敢《かん》ちゃん、御厨《みくりや》を見《み》つけたって言《い》い残《のこ》して、一人《ひとり》で勝手《かって》に追《お》いかけて……行方不明《ゆくえふめい》になって、何《なん》カ月《げつ》も連絡《れんらく》がつかなくて……」

「なんだよ、急《きゅう》に」

ドアから手《て》を離《はな》した大和《やまと》は、うつむき気味《ぎみ》の由衣《ゆい》を見《み》た。

「……殺《ころ》されたって思《おも》った」

「なわけあるか、バカ」

大和《やまと》がそっぽを向《む》くと、由衣《ゆい》は顔《かお》を上《あ》げて大和《やまと》を見《み》た。

「でもみんなそう思《おも》ったのよ！　長野県警《ながのけんけい》のみんなが！」

「……で、俺《おれ》が行方不明《ゆくえふめい》の間《あいだ》に警察《けいさつ》辞《や》めて、地元《じもと》の名士《めいし》と結婚《けっこん》した、と」

助手席《じょしゅせき》の窓《まど》からしんしんと降《ふ》る雪《ゆき》を見《み》つめながら、大和《やまと》はぽつりと言《い》った。

由衣《ゆい》は一度《いちど》警察《けいさつ》を辞《や》めている。そして地元《じもと》の名家《めいか》の跡取《あとと》り息子《むすこ》と結婚《けっこん》したのだが、その跡取《あとと》り息子《むすこ》が謎《なぞ》の転落死《てんらくし》を遂《と》げ、その後《ご》も次々《つぎつぎ》と殺人事件《さつじんじけん》が起《お》きた――。

「わかってるよ。甲斐《かい》さんの事件《じけん》の謎《なぞ》を解《と》くためだったたってことは」

六年前《ろくねんまえ》に転落死《てんらくし》した甲斐巡査《かいじゅんさ》は、村中《むらじゅう》の人々《ひとびと》から慕《した》われ、大和《やまと》と由衣《ゆい》にとっても大切《たいせつ》な存在《そんざい》だった。甲斐《かい》に憧《あこが》れて刑事《けいじ》になった二人《ふたり》は、甲斐《かい》の転落死事件《てんらくしじけん》の真相《しんそう》を突《つ》き止《と》めようとした。しかし、大和《やまと》が雪崩《なだれ》に遭《あ》って行方不明《ゆくえふめい》になり、大和《やまと》が死《し》んだと思《おも》った由衣《ゆい》は自分《じぶん》だけで事件《じけん》の真相《しんそう》を追及《ついきゅう》しようと、事件《じけん》の関係者《かんけいしゃ》の一人《ひとり》である地元《じもと》の名士《めいし》と結婚《けっこん》したのだ。

「ま、俺《おれ》がお前《まえ》だったら、結婚《けっこん》まではしてねぇがな」

大和《やまと》の言葉《ことば》にハッとした由衣《ゆい》は、大和《やまと》の右腕《みぎうで》をつかんだ。

「じゃあその場合《ばあい》、敢《かん》ちゃんがもうこの世《よ》にいなくて、他《ほか》に探《さぐ》る手立《てだ》てもなかったら……私《わたし》である敢《かん》ちゃんはどうしてた⁉　答《こた》えて！」

真剣《しんけん》な眼差《まなざ》しで問《と》い詰《つ》めるようにたずねられ、大和《やまと》はとまどった。

由衣《ゆい》は答《こた》えを待《ま》っている。

しばし見《み》つめ合《あ》ったあと、大和《やまと》が何《なに》かを言《い》いかけた。

その瞬間《しゅんかん》、バン！　と銃声《じゅうせい》が響《ひび》いて、助手席側《じょしゅせきがわ》のサイドミラーが割《わ》れた。


蘭《らん》や阿笠博士《あがさはかせ》たちはバーベキューを終《お》えて、近《ちか》くの山荘《さんそう》に入《はい》っていた。

すると突然《とつぜん》、外《そと》にいた光彦《みつひこ》と元太《げんた》が入《い》り口《ぐち》のドアを開《あ》けて、中《なか》に入《はい》ってきた。

「さっき銃声《じゅうせい》みたいな音《おと》がしたんです」

「どこかで狩《か》りをしてるのかな」

「この時間《じかん》にそれはないと思《おも》うわ」

入《い》り口《ぐち》に集《あつ》まってきた歩美《あゆみ》と灰原《はいばら》が言《い》うと、ドアの外《そと》でパアァン！　と乾《かわ》いた音《おと》がした。

蘭《らん》が開《ひら》いたドアの外《そと》を見《み》る。

「やっぱり銃声《じゅうせい》！」

「きっと誰《だれ》かが決《き》まりを破《やぶ》って動物《どうぶつ》を撃《う》ってるんですよ！」

「文句《もんく》言《い》ってやろうぜ！」

正義感《せいぎかん》に燃《も》える光彦《みつひこ》と元太《げんた》は、外《そと》に飛《と》び出《だ》した。

「オイ、こら！　待《ま》つんじゃ！」

阿笠博士《あがさはかせ》が後《あと》を追《お》おうとすると、

「博士《はかせ》、哀《あい》ちゃんと歩美《あゆみ》ちゃんをお願《ねが》い！」

蘭《らん》が先《さき》に外《そと》へ走《はし》っていった。


車内《しゃない》にいた大和《やまと》と由衣《ゆい》が後《うし》ろを振《ふ》り返《かえ》った瞬間《しゅんかん》、リアウインドウが撃《う》ち抜《ぬ》かれて、ガラス片《へん》が飛《と》び散《ち》った。

さらにそこから一発《いっぱつ》撃《う》ち込《こ》まれた銃弾《じゅうだん》が、フロントガラスを粉砕《ふんさい》する。

後輪《こうりん》タイヤも撃《う》ち抜《ぬ》かれた。

「逃《に》げるぞ！」

大和《やまと》は由衣《ゆい》の体《からだ》を運転席《うんてんせき》から引《ひ》っ張《ぱ》り上《あ》げ、助手席《じょしゅせき》のドアを開《あ》けて、由衣《ゆい》を抱《だ》きかかえて車《くるま》から飛《と》び出《だ》した。

それと同時《どうじ》に、車《くるま》の排気管《はいきかん》に銃弾《じゅうだん》が撃《う》ち込《こ》まれた。

排気管《はいきかん》が火《ひ》を噴《ふ》いて、一瞬《いっしゅん》のうちに大爆発《だいばくはつ》を起《お》こす。

爆発《ばくはつ》でひっくり返《かえ》った車《くるま》は真《ま》っ赤《か》な炎《ほのお》に包《つつ》まれ、もうもうと黒煙《こくえん》が立《た》ち昇《のぼ》った。油臭《あぶらくさ》い煙《けむり》が周囲《しゅうい》に広《ひろ》がる中《なか》、フードを被《かぶ》った人物《じんぶつ》が現《あらわ》れた。手袋《てぶくろ》をした手《て》に、ライフルカバーを付《つ》けた銃《じゅう》を持《も》っている。

フードの人物《じんぶつ》は、崖《がけ》の方《ほう》へ逃《に》げていく大和《やまと》と由衣《ゆい》の姿《すがた》を見《み》つけると、二人《ふたり》を追《お》うように歩《ある》いていく。

既《すんで》のところで車《くるま》から脱出《だっしゅつ》した大和《やまと》と由衣《ゆい》は、降《ふ》り積《つ》もる雪《ゆき》の中《なか》を早足《はやあし》で進《すす》んだ。相手《あいて》は銃《じゅう》を所持《しょじ》している。少《すこ》しでも遠《とお》ざからなければいけない。

杖《つえ》をついて歩《ある》く大和《やまと》の後《うし》ろを、由衣《ゆい》が心配《しんぱい》げな眼差《まなざ》しを向《む》けながらついていく。

二人《ふたり》が歩《ある》いていたのは、急《きゅう》な傾斜地《けいしゃち》だった。大和《やまと》の足《あし》が積《つ》もった雪《ゆき》を踏《ふ》む。その雪《ゆき》の下《した》に地面《じめん》はなかった。

「うっ！」

足《あし》を踏《ふ》み外《はず》した大和《やまと》は雪《ゆき》の上《うえ》に倒《たお》れて、急斜面《きゅうしゃめん》を滑《すべ》り落《お》ちた。

助《たす》けようと手《て》を伸《の》ばした由衣《ゆい》も足《あし》を取《と》られ、雪煙《ゆきけむり》を上《あ》げながら落《お》ちていく――。

山荘《さんそう》を飛《と》び出《だ》して山《やま》の中《なか》を走《はし》っていた光彦《みつひこ》と元太《げんた》は、大《おお》きな爆発音《ばくはつおん》を聞《き》いた。

「急《いそ》ぎましょう！」

「おうっ！」

爆発音《ばくはつおん》がした方《ほう》へ走《はし》っていくと、焦《こ》げ臭《くさ》いにおいが漂《ただよ》ってきた。山道《さんどう》の先《さき》に赤《あか》い光《ひかり》が見《み》える。

薄暗《うすぐら》く青白《あおじろ》い雪《ゆき》の中《なか》に見《み》える赤《あか》い光《ひかり》は、一台《いちだい》の車《くるま》を包《つつ》み込《こ》む猛火《もうか》だった。

「車《くるま》が燃《も》えてます！」

「なんだこれ！」

「元太君《げんたくん》は博士《はかせ》たちを呼《よ》んできてください！　ボクは怪我人《けがにん》がいないか探《さが》してみます！」

元太《げんた》は「おう！」と来《き》た道《みち》を戻《もど》っていく。残《のこ》った光彦《みつひこ》は、燃《も》えさかる車《くるま》の周《まわ》りを注意深《ちゅういぶか》く見《み》ながら近《ちか》づいていった。

「熱《あつ》っ……」

炎《ほのお》の勢《いきお》いが強《つよ》くて、思《おも》うように近《ちか》づけない。

光彦《みつひこ》は周《まわ》りの地面《じめん》を見《み》た。車《くるま》が何《なに》かにぶつかった様子《ようす》はない。怪我人《けがにん》もいない。

「ただの事故《じこ》じゃないような……」

光彦《みつひこ》がつぶやいた瞬間《しゅんかん》、背後《はいご》からいきなり口《くち》を塞《ふさ》がれ抱《だ》きかかえられた。

近《ちか》くにいたフードの人物《じんぶつ》が光彦《みつひこ》たちに気《き》づき、背後《はいご》から襲《おそ》ったのだ。

「ん――!!」

光彦《みつひこ》は塞《ふさ》がれた口《くち》から必死《ひっし》で声《こえ》を出《だ》し、宙《ちゅう》に浮《う》いた足《あし》をバタバタさせた。その声《こえ》に気《き》づいた元太《げんた》が、走《はし》る足《あし》を止《と》めて振《ふ》り返《かえ》る。

「光彦《みつひこ》⁉」

フードの人物《じんぶつ》に抱《かか》えられている光彦《みつひこ》を見《み》て、元太《げんた》は跳《は》ねるように飛《と》び出《だ》した。

「やめろ――!!」

光彦《みつひこ》を抱《かか》えたフードの人物《じんぶつ》に飛《と》びかかり、腕《うで》にしがみつくと、手袋《てぶくろ》をした手首《てくび》にガブリと噛《か》みついた。

「⁉」

手首《てくび》を噛《か》まれたフードの人物《じんぶつ》は、反対《はんたい》の腕《うで》で抱《かか》えていた光彦《みつひこ》を思《おも》わず手放《てばな》した。光彦《みつひこ》がうわっと声《こえ》を上《あ》げて雪面《せつめん》に倒《たお》れる。

元太《げんた》はフードの人物《じんぶつ》の手首《てくび》を噛《か》んだままだった。フードの人物《じんぶつ》は腕《うで》を振《ふ》り回《まわ》し、食《く》らいついている元太《げんた》を振《ふ》り払《はら》った。

「元太君《げんたくん》！」

腹《はら》ばいに倒《たお》れた元太《げんた》に、光彦《みつひこ》が這《は》って近寄《ちかよ》る。

「無事《ぶじ》ですか⁉」

寄《よ》り添《そ》った二人《ふたり》がおそるおそる顔《かお》を上《あ》げると、フードの人物《じんぶつ》がゆっくりと近《ちか》づいてくる。

その手《て》には銃《じゅう》があった。歩《ある》きながら、二人《ふたり》に銃口《じゅうこう》を向《む》ける。

撃《う》たれる――と思《おも》った瞬間《しゅんかん》、轟々《ごうごう》と燃《も》えさかる炎《ほのお》を何《なに》かが飛《と》び越《こ》えた。

「はあああ――――!!」

それは蘭《らん》だった。炎《ほのお》を飛《と》び越《こ》えた蘭《らん》は、そのままフードの人物《じんぶつ》に飛《と》び蹴《げ》りを食《く》らわす。

「蘭《らん》お姉《ねえ》ちゃん！」

雪面《せつめん》に着地《ちゃくち》した蘭《らん》は、すばやく飛《と》び出《だ》して鉤突《かぎづ》きを放《はな》った。かわすフードの人物《じんぶつ》に、さらに左《ひだり》の鉤突《かぎづ》き、回《まわ》し蹴《げ》りの連打《れんだ》を繰《く》り出《だ》す。

蘭《らん》の蹴《け》りをかすめたフードの人物《じんぶつ》は、のけぞって後《あと》ずさった。

「はあああ——‼」

すかさず間《ま》を詰《つ》めた蘭《らん》は、フードの人物《じんぶつ》の顔面《がんめん》に正拳突《せいけんづ》きを食《く》らわせた。後《うし》ろへ吹《ふ》っ飛《と》びフードが外《はず》れて、人物《じんぶつ》の頭《あたま》があらわになる。

「あっ」

蘭《らん》は思《おも》わず声《こえ》を上《あ》げた。フードの人物《じんぶつ》はフルフェイスのヘルメットを被《かぶ》っていたのだ。

踏《ふ》みとどまったフードの人物《じんぶつ》は、ライフルカバーを付《つ》けた銃《じゅう》を構《かま》え、銃口《じゅうこう》を蘭《らん》に向《む》けた。

蘭《らん》は姿勢《しせい》を低《ひく》くしてジグザグに走《はし》り、フードの人物《じんぶつ》に接近《せっきん》した。そのまま前転《ぜんてん》して、カバーで覆《おお》われた銃《じゅう》の銃床《じゅうしょう》を踵《かかと》で蹴《け》る。すると、銃身《じゅうしん》を支《ささ》える硬《かた》いはずの銃床《じゅうしょう》がまるで手《て》ごたえがなく、蘭《らん》の足《あし》が空《くう》を切《き》る。

「えっ？」

驚《おどろ》いた蘭《らん》は、雪面《せつめん》に転《ころ》がった。倒《たお》れたまま振《ふ》り返《かえ》ると、フードの人物《じんぶつ》が蘭《らん》に向《む》けて銃《じゅう》を構《かま》えている。

避《よ》けられない——！　そう思《おも》った次《つぎ》の瞬間《しゅんかん》、強烈《きょうれつ》な光《ひかり》がフードの人物《じんぶつ》のヘルメットを照《て》らした。あまりの眩《まぶ》しさにフードの人物《じんぶつ》が顔《かお》を背《そむ》ける。

元太《げんた》が腕時計型《うでどけいがた》ライトでフードの人物《じんぶつ》を照《て》らしていた。そばにいる光彦《みつひこ》がスマホを耳《みみ》に当《あ》てている。

「悪《わる》い奴《やつ》が蘭《らん》お姉《ねえ》さんを襲《おそ》っています！　すぐ来《き》てください！　今《いま》、画像《がぞう》を送《おく》ります！」

光彦《みつひこ》はそう言《い》うと、フードの人物《じんぶつ》にスマホを向《む》けてパシャパシャと写真《しゃしん》を撮《と》りだした。

スマホを向《む》けられたフードの人物《じんぶつ》は、銃《じゅう》を下《お》ろし、すばやく走《はし》り去《さ》っていった。

「蘭《らん》お姉《ねえ》さーん！」

フードの人物《じんぶつ》が見《み》えなくなると、光彦《みつひこ》と元太《げんた》が走《はし》り寄《よ》ってきた。蘭《らん》が立《た》ち上《あ》がる。

「二人《ふたり》とも大丈夫《だいじょうぶ》？」

「おう！」

「光彦君《みつひこくん》、１１０番《ばん》してくれたの？」

光彦《みつひこ》は首《くび》を横《よこ》に振《ふ》った。

「携帯《けいたい》、圏外《けんがい》でした」

「え。じゃあ、お芝居《しばい》……」

スマホを持《も》つ光彦《みつひこ》の手《て》は、小刻《こきざ》みに震《ふる》えていた。

二人《ふたり》とも気丈《きじょう》に振《ふ》る舞《ま》っていたけれど、本当《ほんとう》は怖《こわ》くて仕方《しかた》なかったのだ。

光彦《みつひこ》と元太《げんた》は、蘭《らん》に抱《だ》きついた。蘭《らん》も二人《ふたり》を抱《だ》きしめる。

「すごいよ、二人《ふたり》とも。うん、怖《こわ》かったよね……ありがとう」


急斜面《きゅうしゃめん》を滑《すべ》り落《お》ちた大和《やまと》と由衣《ゆい》は、雪《ゆき》に埋《う》もれるようにうつ伏《ぶ》せに倒《たお》れていた。

「上原《うえはら》……大丈夫《だいじょうぶ》か」

大和《やまと》が顔《かお》を向《む》けると、由衣《ゆい》は「ええ、なんとか」と上半身《じょうはんしん》を起《お》こした。

積《つ》もった雪《ゆき》がクッションになったおかげで、二人《ふたり》とも怪我《けが》はなかった。

「どこかに避難《ひなん》しないと……」

起《お》き上《あ》がろうとする大和《やまと》の体《からだ》を支《ささ》えた由衣《ゆい》は、周囲《しゅうい》を見回《みまわ》した。

闇雲《やみくも》に歩《ある》くのは危険《きけん》だが、ここにいたら凍《こご》え死《し》んでしまう。

起《お》き上《あ》がった二人《ふたり》は、降《ふ》りしきる雪《ゆき》の中《なか》を歩《ある》き出《だ》した。

しばらく歩《ある》くと、遠《とお》くの方《ほう》にぼんやりとした明《あ》かりが見《み》えた。それは雪原《せつげん》にひっそりとたたずむ小《ちい》さな小屋《こや》だった。すぐそばにはトタンの三角屋根《さんかくやね》に覆《おお》われた炭焼《すみや》き窯《がま》がある。

明《あ》かりがついている小屋《こや》には『ブッパ』と書《か》かれた看板《かんばん》が掛《か》けられていた。

「すみません、警察《けいさつ》です！」

留守《るす》なのか戸《と》は一向《いっこう》に開《あ》く気配《けはい》はなく、由衣《ゆい》は引《ひ》き戸《ど》をそっと開《あ》けた。

六畳《ろくじょう》ほどの土間《どま》の中心《ちゅうしん》には大《おお》きな薪《まき》ストーブが置《お》かれ、壁際《かべぎわ》に造《つく》り付《つ》けられたコの字型《じがた》のベンチの上《うえ》には座布団《ざぶとん》や布団《ふとん》が敷《し》かれていた。

薪《まき》ストーブにかかったやかんからは、湯気《ゆげ》が上《あ》がっている。

「留守《るす》かしら……」

由衣《ゆい》が部屋《へや》を見回《みまわ》していると、後《あと》から入《はい》ってきた大和《やまと》が引《ひ》き戸《ど》を閉《し》めた。

「PⅢ《ピースリー》（警察用《けいさつよう》データ端末《たんまつ》、ポリストリプルアイの略《りゃく》）はあるか。俺《おれ》のはさっき落《お》としちまった」

「でも、ここは圏外《けんがい》――」

「緊急発信《きんきゅうはっしん》なら通《つう》じるかもしれん」

「そっか」

由衣《ゆい》はポケットからPⅢ端末《ピースリーたんまつ》を取《と》り出《だ》すと、画面《がめん》に表示《ひょうじ》された緊急《きんきゅう》ボタンをタップした。

すると突然《とつぜん》、入《い》り口《ぐち》の引《ひ》き戸《ど》がガラッと開《あ》いて、雪風《ゆきかぜ》が吹《ふ》き込《こ》んだ。

由衣《ゆい》と大和《やまと》が振《ふ》り返《かえ》ると、ライフルのような物《もの》を持《も》った男《おとこ》が入《い》り口《ぐち》に立《た》っていた。

小五郎《こごろう》、高明《たかあき》、佐藤《さとう》、高木《たかぎ》が長野県庁本館《ながのけんちょうほんかん》のエントランスホールに下《お》りてきたとき、突如《とつじょ》、緊迫《きんぱく》した館内放送《かんないほうそう》が流《なが》れた。

『警察無線《けいさつむせん》による緊急信号《きんきゅうしんごう》を受信《じゅしん》。無線機《むせんき》のＩＤ《アイディー》により発信者《はっしんしゃ》は捜査一課《そうさいっか》、上原由衣《うえはらゆい》。ＧＰＳ《ジーピーエス》位置情報《いちじょうほう》により、発信場所《はっしんばしょ》は未宝岳五合目《みたからだけごごうめ》、炭焼《すみや》き小屋《ごや》「ブッパ」。繰《く》り返《かえ》します――』

放送《ほうそう》を聞《き》いた高明《たかあき》は、そばにいる小五郎《こごろう》に声《こえ》をかけた。

「行《い》きましょう」

「ああ」

小五郎《こごろう》たちが歩《ある》き出《だ》すと、そこに屋上《おくじょう》から一階《いっかい》に下《お》りてきたコナンが現《あらわ》れた。

「お前《まえ》はここにいろ！」

小五郎《こごろう》に止《と》められたコナンは、ちぇっと小《ちい》さく舌打《したう》ちした。と同時《どうじ》に、ポケットの中《なか》のスマホが振動《しんどう》する。

灰原《はいばら》からのメールだった。

（えっ！　蘭《らん》たちが⁉）

メールを読《よ》んだコナンは、人目《ひとめ》に付《つ》かない場所《ばしょ》へ駆《か》け出《だ》した。上着《うわぎ》の襟《えり》をつかんで、仕《し》掛《か》けられた盗聴器《とうちょうき》を口《くち》に近《ちか》づける。

「風見《かざみ》さん。オレの仲間《なかま》が山《やま》で銃《じゅう》を持《も》った奴《やつ》に襲《おそ》われた」

元太《げんた》と光彦《みつひこ》を連《つ》れて山荘《さんそう》に戻《もど》ってきた蘭《らん》は、阿笠博士《あがさはかせ》に銃《じゅう》を持《も》った人物《じんぶつ》に出《で》くわしたことを話《はな》した。

光彦《みつひこ》はスマホで撮《と》った犯人《はんにん》の写真《しゃしん》を灰原《はいばら》や歩美《あゆみ》に見《み》せようと、スマホの写真《しゃしん》フォルダのアイコンをタップする。

「あれー？」

連写《れんしゃ》で撮《と》った写真《しゃしん》はどれもブレたりボケたりして、肝心《かんじん》なところが写《うつ》っていなかった。

「ちゃんと写《うつ》ってる写真《しゃしん》はないわね」

「えー、こんなはずじゃあ……」

首《くび》を傾《かし》げる光彦《みつひこ》のそばで、元太《げんた》はさっきから奥歯《おくば》を気《き》にして指《ゆび》でカリカリかいている。

一同《いちどう》は山荘《さんそう》の前《まえ》で越智《おち》の車《くるま》が来《く》るのを待《ま》った。

「まぁ何《なに》にせよ、無事《ぶじ》戻《もど》ってきて安心《あんしん》したぞい」

阿笠博士《あがさはかせ》の言葉《ことば》に、蘭《らん》が小《ちい》さくうなずく。

ほどなくして、一台《いちだい》のワゴン車《しゃ》が走《はし》ってきた。

「おお、来《き》たようじゃ」

ワゴン車《しゃ》は山荘《さんそう》の前《まえ》で停《と》まった。運転席《うんてんせき》のウインドウが下《お》りて、越智《おち》が顔《かお》を出《だ》す。

「いやぁ、大変《たいへん》なことになったねぇ」


小五郎《こごろう》たちは緊急信号《きんきゅうしんごう》が発信《はっしん》された炭焼《すみや》き小屋《ごや》ブッパに到着《とうちゃく》した。

明《あ》かりがついている小屋《こや》にそっと近《ちか》づき、高木《たかぎ》が引《ひ》き戸《ど》を一気《いっき》に開《あ》ける。すかさず室内《しつない》に突入《とつにゅう》した佐藤《さとう》が拳銃《けんじゅう》を構《かま》えた。

「え？」

拳銃《けんじゅう》を構《かま》えた佐藤《さとう》は、ぽかんと口《くち》を開《あ》けた。

緊急信号《きんきゅうしんごう》を発信《はっしん》した由衣《ゆい》と大和《やまと》が、薪《まき》ストーブを囲《かこ》んでお茶《ちゃ》を飲《の》んでいたのだ。

「緊急信号《きんきゅうしんごう》をキャッチしてくれたようだな」

入《い》り口《ぐち》に立《た》っている佐藤《さとう》や高木《たかぎ》を見《み》て、大和《やまと》が言《い》った。

大和《やまと》たちの向《む》かいに一人《ひとり》の男《おとこ》が座《すわ》っていた。その姿《すがた》は手前《てまえ》にある戸棚《とだな》でちょうど隠《かく》れていて、室内《しつない》に入《はい》った高木《たかぎ》が「わっ！」と驚《おどろ》く。

由衣《ゆい》が立《た》ち上《あ》がって、男《おとこ》を紹介《しょうかい》した。

「助《たす》けてもらった、ここのご主人《しゅじん》です」

「あ、大友隆《おおともたかし》といいます。えー……はい、すんません」

口元《くちもと》から顎《あご》にかけて立派《りっぱ》な髭《ひげ》を蓄《たくわ》えた強面《こわもて》の男《おとこ》は、恐縮《きょうしゅく》したように頭《あたま》を下《さ》げる。

遅《おく》れて入《はい》ってきた小五郎《こごろう》は、珍《めずら》しそうに部屋《へや》の中《なか》を見回《みまわ》した。

戸口《とぐち》から顔《かお》を覗《のぞ》かせた高明《たかあき》が、大友《おおとも》にたずねる。

「ここの炭焼《すみや》き小屋《ごや》は……最近《さいきん》ですよね？」

「はあ、五年前《ごねんまえ》からここでやってます」

「五年前《ごねんまえ》……」

高明《たかあき》は、部屋《へや》の隅《すみ》に立《た》てかけられたライフルのような物《もの》を見《み》た。

一方《いっぽう》、コナンは風見《かざみ》の車《くるま》に乗《の》って、蘭《らん》たちがいる山荘《さんそう》へ向《む》かった。

山荘《さんそう》から少《すこ》し離《はな》れたところに停《と》めた車《くるま》から降《お》りて、山荘《さんそう》の入《い》り口《ぐち》に向《む》かう。

山荘《さんそう》のエントランスには、阿笠博士《あがさはかせ》と越智《おち》、蘭《らん》や子《こ》どもたちが集《あつ》まっていた。

「発砲事件《はっぽうじけん》の関係《かんけい》で、勝手《かって》に下山《げざん》しないように警察《けいさつ》から指示《しじ》があったそうじゃ」

「じゃあ、今夜《こんや》はここに泊《と》まるんですか？」

光彦《みつひこ》がたずねると、越智《おち》は「うーん」と困《こま》った顔《かお》をした。

「その予定《よてい》じゃなかったから、部屋《へや》は取《と》ってないんだ」

「えー、じゃあどーすんだよ」

「車《くるま》でお泊《と》まりするのぉ？」

元太《げんた》と歩美《あゆみ》が口《くち》をとがらせていると、エントランスのドアが開《あ》いてコナンが入《はい》ってきた。

「ねぇ、だったらこの近《ちか》くの炭焼《すみや》き小屋《ごや》に行《い》こうよ。小五郎《こごろう》のおじさんたちもそこにいるはずだよ」

小五郎《こごろう》らは薪《まき》ストーブを囲《かこ》むようにコの字形《じがた》のベンチに座《すわ》った。

部屋《へや》の一番奥《いちばんおく》に座《すわ》った佐藤《さとう》が、壁《かべ》に立《た》てかけられたライフルのような物《もの》に気《き》づく。

「変《か》わった銃《じゅう》ですね」

「いや、銃《じゅう》じゃないらしい」

大和《やまと》が言《い》うと、一同《いちどう》の前《まえ》に立《た》っている大友《おおとも》が説明《せつめい》した。

「それは音響装置《おんきょうそうち》の一《ひと》つです。銃型《じゅうがた》なのは遊《あそ》び心《ごころ》といいますか……。ここは山《やま》の形状《けいじょう》により、北《きた》と西《にし》の二方向《にほうこう》から雪崩《なだれ》が起《お》こる雪崩交差地《なだれこうさち》なんです。そのため、大《おお》きな雪崩《なだれ》が起《お》こる前《まえ》に、ときどき小《ちい》さな雪崩《なだれ》を意図的《いとてき》に起《お》こすんですね」

大友《おおとも》は説明《せつめい》しながら、壁《かべ》に立《た》てかけてあるライフル型《がた》の音響装置《おんきょうそうち》を見《み》た。

「この音響装置《おんきょうそうち》を雪崩《なだれ》を起《お》こしたい場所《ばしょ》に設置《せっち》したスピーカーに向《む》けて作動《さどう》させると、スピーカーから爆音《ばくおん》が出《で》て、雪崩《なだれ》が起《お》きるんです。雪崩《なだれ》を制御《せいぎょ》するアバランチコントロールの一種《いっしゅ》です」

「雪崩《なだれ》の話《はなし》はわかった」

強面《こわもて》の顔《かお》をほころばせながら説明《せつめい》する大友《おおとも》に、渋《しぶ》い顔《かお》で聞《き》いていた小五郎《こごろう》がストップをかけた。大和《やまと》と由衣《ゆい》を見《み》る。

「で、お前《まえ》らを撃《う》った犯人《はんにん》——顔《かお》、見《み》たか？」

「いや、フードを被《かぶ》ってて……顔《かお》はわからなかった」

答《こた》える大和《やまと》の隣《となり》で、由衣《ゆい》は天文台《てんもんだい》の研究員《けんきゅういん》・円井《つぶらい》まどかの証言《しょうげん》を思《おも》い出《だ》していた。

——いえ、フードを被《かぶ》っていたので……。

まどかを襲《おそ》った人物《じんぶつ》も、フードを被《かぶ》っていた。

ライフルこそ所持《しょじ》していなかったものの、似《に》たような身《み》なりの人物《じんぶつ》が近辺《きんぺん》に出没《しゅつぼつ》していた——。

炭焼《すみや》き小屋《ごや》に向《む》かうワゴン車《しゃ》の中《なか》で、コナンは光彦《みつひこ》たちが襲《おそ》われたときの状況《じょうきょう》を聞《き》いた。

「ヘルメット？」

コナンが訊《き》き返《かえ》すと、後部座席《こうぶざせき》の真《ま》ん中《なか》に座《すわ》った光彦《みつひこ》が答《こた》えた。

「そうです。バイクに乗《の》る人《ひと》が被《かぶ》る、頭《あたま》を全部覆《ぜんぶおお》うタイプの」

「そういや、銃《じゅう》持《も》ってたんだよな？」

「持《も》ってた！　こんななっげーの！」

光彦《みつひこ》の隣《となり》に座《すわ》った元太《げんた》が両手《りょうて》を広《ひろ》げて見《み》せた。

コナンの隣《となり》に座《すわ》った灰原《はいばら》が後《うし》ろを振《ふ》り返《かえ》る。

「ライフル銃《じゅう》の大《おお》きさね」

「その銃《じゅう》にカバーが掛《か》かっていました」

光彦《みつひこ》が言《い》うと、前《まえ》の席《せき》に座《すわ》った蘭《らん》が「あ……」と何《なに》かを思《おも》い出《だ》したように声《こえ》をこぼした。

「確《たし》かに銃《じゅう》にカバーが掛《か》かってたんだけど、わたしがその銃《じゅう》を蹴《け》ったとき、感触《かんしょく》がなかった」

確《たし》かに銃床《じゅうしょう》に踵《かかと》が当《あ》たったはずなのに、カバーの下《した》に何《なに》もないかのように、まるで手《て》ごたえがなかったのだ。

「え……」

蘭《らん》の口《くち》から聞《き》き得《え》た意外《いがい》な事実《じじつ》に、コナンは驚《おどろ》いた。

「では、ライフルカバーを付《つ》けた銃《じゅう》で撃《う》たれたんですか？」

炭焼《すみや》き小屋《ごや》で高木《たかぎ》に確認《かくにん》された大和《やまと》は「ああ」とうなずいた。

入《い》り口《ぐち》のそばで立《た》っていた大友《おおとも》が外《そと》に出《で》ていき、由衣《ゆい》の隣《となり》に座《すわ》った高明《たかあき》は大和《やまと》を見《み》た。

「狙《ねら》われたのはおそらく敢助君《かんすけくん》。君《きみ》です」

「だろうな。犯人《はんにん》は多分十カ月前《たぶんじっかげつまえ》の雪崩《なだれ》の現場《げんば》にいた奴《やつ》だ」

「ええ、君《きみ》に目撃《もくげき》されたと思《おも》っている」

高明《たかあき》と大和《やまと》の間《あいだ》に座《すわ》った由衣《ゆい》が言《い》い添《そ》える。

「でも大和警部《やまとけいぶ》には、その記憶《きおく》がないのよ」

由衣《ゆい》たちの向《む》かいに座《すわ》った小五郎《こごろう》は、両腕《りょううで》を組《く》んだ。

「だとしたら、犯人《はんにん》はまだそれを知《し》らねぇのか」

「または、その記憶《きおく》が戻《もど》る前《まえ》に大和警部《やまとけいぶ》を消《け》そうとした……」

部屋《へや》の一番奥《いちばんおく》に座《すわ》った佐藤《さとう》が、別《べつ》の可能性《かのうせい》を告《つ》げる。

すると引《ひ》き戸《ど》がガラッと開《あ》いて、大友《おおとも》が顔《かお》を出《だ》した。

「すみません。あの、警察《けいさつ》の方《かた》が……」

入《い》り口《ぐち》の前《まえ》には、冬山用《ふゆやまよう》の装備《そうび》に身《み》を包《つつ》んだ警官隊《けいかんたい》がずらりと並《なら》んでいた。その先頭《せんとう》に、スーツの上《うえ》にファー付《つ》きダウンコートを羽織《はお》った長谷部《はせべ》が立《た》っている。

「警察《けいさつ》ではありません。検察《けんさつ》です」

警官隊《けいかんたい》を従《したが》えた長谷部《はせべ》は、堂々《どうどう》とした態度《たいど》で言《い》った。

斜《なな》めに雪《ゆき》が降《ふ》る中《なか》、ヘッドランプを装着《そうちゃく》した警察官《けいさつかん》たちは、警杖《けいじょう》をつきながら山道《やまみち》を登《のぼ》っていった。

隊《たい》の中央辺《ちゅうおうあた》りを歩《ある》いている長谷部《はせべ》が、拡声器《かくせいき》を片手《かたて》に発破《はっぱ》をかける。

「緊急信号受信後《きんきゅうしんごうじゅしんご》、長野《ながの》、山梨両県警《やまなしりょうけんけい》はただちに麓《ふもと》の道路《どうろ》を封鎖《ふうさ》し、検問《けんもん》を始《はじ》めた。つまり！　犯人《はんにん》は必《かなら》ずこの山《やま》にいる！」

山狩《やまが》りに動員《どういん》された警察官《けいさつかん》の中《なか》には、長野県警《ながのけんけい》の高明《たかあき》や山梨県警《やまなしけんけい》の林《はやし》の姿《すがた》もあった。さらに、佐藤《さとう》と高木《たかぎ》、小五郎《こごろう》もいる。

「何《なん》で民間人《みんかんじん》の毛利《もうり》さんまで」

高木《たかぎ》と並《なら》んで歩《ある》いている佐藤《さとう》は、不思議《ふしぎ》そうにつぶやいた。

「まぁ、地元《じもと》の猟友会《りょうゆうかい》の方々《かたがた》にも手伝《てつだ》ってもらってますから」

高木《たかぎ》は後《うし》ろを歩《ある》いている猟友会《りょうゆうかい》のメンバーを振《ふ》り返《かえ》った。

その中《なか》には、目深《まぶか》に被《かぶ》った帽子《ぼうし》の下《した》から険《けわ》しい目《め》を向《む》ける舟久保英三《ふなくぼえいぞう》の姿《すがた》もあった。


炭焼《すみや》き小屋《ごや》に到着《とうちゃく》すると、子《こ》どもたちは我先《われさき》にと小屋《こや》の中《なか》へ駆《か》け込《こ》んだ。

「お邪魔《じゃま》しまーす」

「おー、あったけぇ！」

越智《おち》は小屋《こや》の前《まえ》にいた大友《おおとも》に頭《あたま》を下《さ》げた。

「いきなり押《お》しかけてすみません」

「ゆっくりしていってください。私《わたし》は窯《かま》の方《ほう》にいますので」

大友《おおとも》はそう言《い》って、窯《かま》の方《ほう》へ歩《ある》いていった。

狭《せま》い部屋《へや》を一通《ひととお》り見回《みまわ》した元太《げんた》はベンチに腰《こし》を下《お》ろすと、

「なんか秘密基地《ひみつきち》みてぇだな」

口《くち》の中《なか》に人差《ひとさ》し指《ゆび》を突《つ》っ込《こ》んで動《うご》かした。歩美《あゆみ》と光彦《みつひこ》が不思議《ふしぎ》そうに見《み》る。

「元太君《げんたくん》、さっきから何《なに》やってるの？」

「歯《は》にずっと何《なに》か挟《はさ》まっててよ」

「バーベキューのお肉《にく》ですか？」

「あ、取《と》れた」

元太《げんた》は口《くち》の中《なか》から出《だ》した人差《ひとさ》し指《ゆび》をまじまじと見《み》た。

「なんだこれ？」

指先《ゆびさき》には小《ちい》さな黒《くろ》い切《き》れ端《はし》が載《の》っていた。灰原《はいばら》が元太《げんた》に近《ちか》づいて覗《のぞ》き込《こ》む。

「革《かわ》の切《き》れ端《はし》に見《み》えるけど」

灰原《はいばら》の言葉《ことば》に、光彦《みつひこ》は何《なに》かを思《おも》い出《だ》した。

「それ、もしかして犯人《はんにん》の手袋《てぶくろ》じゃ……」

コナンと由衣《ゆい》、大和《やまと》が、同時《どうじ》に目《め》を見張《みは》る。

「そういや嚙《か》んだな……気持《きも》ちわりぃ！」

人差《ひとさ》し指《ゆび》の先《さき》を見《み》て眉《まゆ》をひそめた元太《げんた》は、親指《おやゆび》で革《かわ》の切《き》れ端《はし》を弾《はじ》き飛《と》ばそうとした。

「待《ま》て、元太《げんた》！　そのまま！」

コナンが慌《あわ》てて制《せい》すると、由衣《ゆい》が元太《げんた》に駆《か》け寄《よ》った。

「ボク！　これ、預《あず》からせてね」

と元太《げんた》の指先《ゆびさき》をハンカチで押《お》さえる。

「ビニール袋《ぶくろ》か何《なに》かもらってくる！」

コナンは由衣《ゆい》に一言《ひとこと》かけて戸口《とぐち》へ走《はし》った。

「あっ、一人《ひとり》で行《い》っちゃダメ！」

由衣《ゆい》は外《そと》へ出《で》ようとするコナンを慌《あわ》てて止《と》めて、一緒《いっしょ》に大友《おおとも》がいる炭焼《すみや》き窯《がま》へ向《む》かった。

小屋《こや》のすぐそばにある炭焼《すみや》き窯《がま》はトタンの三角屋根《さんかくやね》に覆《おお》われていて、窯《かま》の中《なか》には真《ま》っ赤《か》に焼《や》けた炭《すみ》が立《た》て込《こ》められていた。

「こんなのしかないが」

大友《おおとも》は窯《かま》の裏《うら》から持《も》ってきたビニール袋《ぶくろ》を由衣《ゆい》に手渡《てわた》した。

「あ、ありがとうございます」

受《う》け取《と》ったビニール袋《ぶくろ》に、由衣《ゆい》は革《かわ》の切《き》れ端《はし》を包《つつ》んだハンカチを入《い》れた。

「これでよし」

ほっと息《いき》をついた由衣《ゆい》は、炭焼《すみや》き窯《がま》に目《め》をやった。前面《ぜんめん》にある焚《た》き口《ぐち》からは真《ま》っ赤《か》な炎《ほのお》がめらめらと燃《も》え上《あ》がり、周《まわ》りの空気《くうき》は陽炎《かげろう》のように揺《ゆ》らめいて、離《はな》れていても熱気《ねっき》が伝《つた》わってくる。

「すごい熱気《ねっき》ですね」

「炭焼《すみや》き窯《がま》はとても熱《あつ》いので、近《ちか》づかないでくださいね」

コナンたちが出《で》ていこうとしたとき、窯《かま》の熱《ねつ》で暑《あつ》くなった大友《おおとも》が上着《うわぎ》を脱《ぬ》ぎ始《はじ》めた。タンクトップから伸《の》びた太《ふと》い腕《うで》で、額《ひたい》の汗《あせ》を拭《ぬぐ》う。

「あれ?」

振《ふ》り返《かえ》ったコナンは、大友《おおとも》の左《ひだり》の前腕部《ぜんわんぶ》にアザがあるのを見《み》つけた。

「おじさん、そのアザはどうしたの?」

「ん?　ああ……これは炭《すみ》にする木《き》を伐採《ばっさい》するだろ?　そのときにね」

「大変《たいへん》なお仕事《しごと》なんですね」

由衣《ゆい》が軽《かる》くお辞儀《じぎ》をして、休憩小屋《きゅうけいごや》へ戻《もど》っていく。

コナンは「ふーん」と言《い》って、脱《ぬ》いだ上着《うわぎ》を木箱《きばこ》に掛《か》ける大友《おおとも》を見《み》つめた。

(……違《ちが》う。あれは中折《なかお》れ式《しき》のライフルや散弾銃《さんだんじゅう》でできるアザだ)

中折《なかお》れ式《しき》のライフルや散弾銃《さんだんじゅう》は、銃身《じゅうしん》の根元《ねもと》を折《お》ることで弾《たま》を込《こ》める薬室《やくしつ》を開《ひら》くことができる。なので弾《たま》を装塡《そうてん》するときには、左《ひだり》の前腕部《ぜんわんぶ》を銃身《じゅうしん》に載《の》せて折《お》るのだ。

さらに、大友《おおとも》の右脇《みぎわき》にも同《おな》じようなアザがあった。

(あれも発砲《はっぽう》の反動《はんどう》によるアザ……)

ライフルや散弾銃《さんだんじゅう》を発射《はっしゃ》すると、反動《はんどう》で銃床《じゅうしょう》を当《あ》てた脇《わき》が強《つよ》く押《お》されるのだ。

コナンは、長《なが》い鉄《てつ》の熊手《くまで》を持《も》って窯《かま》に向《む》かう大友《おおとも》をじっと見《み》つめた。


炭焼《すみや》き小屋《ごやちか》近くの山道《やまみち》に車《くるま》を停《と》めた風見《かざみ》は、ヘッドセットでコナンたちの会話《かいわ》を聴《き》きながら、いつの間《ま》にか寝落《ねお》ちしていた。

『風見《かざみ》さん、聞《き》こえる?』

突然《とつぜん》、ヘッドセットからコナンの声《こえ》が聞《き》こえてきて、風見《かざみ》はビクッと体《からだ》を跳《は》ねさせた。

『散弾銃《さんだんじゅう》やライフルを持《も》ってる人《ひと》の記録《きろく》、公安《こうあん》で調《しら》べられるよね? その中《なか》に「大友隆《おおともたかし》」って名前《なまえ》があるか調《しら》べてほしいんだけど』

飛《と》び起《お》きた風見《かざみ》は、無意識《むいしき》でハンドルをつかんでいた。そのままハンドルを握《にぎ》りしめて、がっくりともたれかかる。

「人使《ひとづか》いの荒《あら》い子《こ》だ……」

小屋《こや》の中《なか》では、多《おお》くの者《もの》がいつの間《ま》にか眠《ねむ》りに落《お》ちていた。起《お》きているコナン、大和《やまと》、由衣《ゆい》は戸棚《とだな》の近《ちか》くに移動《いどう》して、膝《ひざ》を突《つ》き合《あ》わせる。

「アザ？」

「うん。ここところに」

コナンが左《ひだり》の前腕《ぜんわん》と右腕《みぎうで》の付《つ》け根《ね》の辺《あた》りを指差《ゆびさ》すと、大和《やまと》はすぐにピンと来《き》たようだった。

「なるほど……ライフル銃《じゅう》か」

と、小屋《こや》の隅《すみ》に立《た》てかけられた銃型《じゅうがた》の音響装置《おんきょうそうち》に目《め》を向《む》けた。コナンも見《み》る。

「あれ、ライフルに見《み》えるけど、雪崩《なだれ》を起《お》こす装置《そうち》なんでしょ？」

「と、ここの主《あるじ》は言《い》ってたがな」

大和《やまと》の言葉《ことば》に、由衣《ゆい》が目《め》を見張《みは》る。

「まさか、銃《じゅう》だと思《おも》ってる？」

「数年前《すうねんまえ》、長野《ながの》と山梨《やまなし》の県境《けんざかい》の国道《こくどう》で、珍《めずら》しい銃《じゅう》ばかりがいくつか押収《おうしゅう》されただろ。リボルバーや、やたらと連射《れんしゃ》スピードの速《はや》いオートマや、ライフルのマガジン（弾倉《だんそう》）が使《つか》えるピストルとか」

それは県境《けんざかい》の国道《こくどう》で検問《けんもん》を実施《じっし》したときに、偶然発見《ぐうぜんはっけん》された物《もの》だった。車《くるま》のトランクに、盗品《とうひん》の珍《めずら》しい銃《じゅう》に加《くわ》え弾薬箱《だんやくばこ》や爆竹缶《ばくちくかん》が積《つ》まれていたのだ。

「あの銃《じゅう》は押収《おうしゅう》されて、もう保管期限《ほかんきげん》が過《す》ぎて処分《しょぶん》されたはずよ」

コナンは大和《やまと》と由衣《ゆい》を見《み》た。

「二人《ふたり》を襲《おそ》った銃《じゅう》は、普通《ふつう》のライフルだったんだよね？」

「カバーが付《つ》いてたから、どんなライフルかはわからなかったがな」

（つまり、銃《じゅう》の形《かたち》は不明《ふめい》……）

大和《やまと》の答《こた》えを聞《き》いたコナンは、銃型《じゅうがた》の音響装置《おんきょうそうち》を横目《よこめ》で見《み》た。

山狩《やまが》りに駆《か》り出《だ》された警官隊《けいかんたい》や猟友会《りょうゆうかい》のメンバーは、さらに標高《ひょうこう》が高《たか》いところまで登《のぼ》ってきていた。

平地《へいち》に比《くら》べて空気《くうき》がかなり薄《うす》く、佐藤《さとう》と高木《たかぎ》は酸素《さんそ》スプレーを吸《す》いながら樹林《じゅりん》の中《なか》を歩《ある》いた。

後《うし》ろを歩《ある》いていた猟友会《りょうゆうかい》のメンバーは、いつの間《ま》にか佐藤《さとう》と高木《たかぎ》を追《お》い越《こ》して、どんどん先《さき》を進《すす》んでいく。

「速《はや》いな…」

「やっぱり山《やま》に慣《な》れている人《ひと》たちは、我々《われわれ》と違《ちが》うわね」

遅《おく》れを取《と》った二人《ふたり》は、己《おのれ》を奮《ふる》い立《た》たせるように、歩《あゆ》みを進《すす》めた。

雪《ゆき》は断続的《だんぞくてき》に降《ふ》り続《つづ》いた。暗闇《くらやみ》の中《なか》を青白《あおじろ》い光《ひかり》の群《む》れが登《のぼ》っていく。

捜索活動《そうさくかつどう》は一晩中《ひとばんじゅう》続《つづ》いたが、犯人《はんにん》を見《み》つけることはできなかった。

8

翌朝《よくあさ》。

雲《くも》の隙間《すきま》から朝日《あさひ》が顔《かお》をのぞかせて、炭焼《すみや》き小屋《ごや》の看板《かんばん》を照《て》らし出《だ》した。

大友《おおとも》が炭焼《すみや》き小屋《ごや》の前《まえ》で雪《ゆき》かきをしていると、小屋《こや》から元太《げんた》を先頭《せんとう》に子《こ》どもたちが飛《と》び出《だ》してきた。

炭焼《すみや》き小屋《ごや》の近《ちか》くには、長野県警《ながのけんけい》の捜査員《そうさいん》が乗《の》っているバスが停《と》まっていた。すでに外《そと》に出《で》ていた大和《やまと》と高明《たかあき》はバスの前《まえ》で何《なに》やら話《はな》し合《あ》っていて、そばにいた由衣《ゆい》が小屋《こや》から出《で》てきた蘭《らん》たちに声《こえ》をかける。

「蘭《らん》さん、元太君《げんたくん》、光彦君《みつひこくん》はこちらの車《くるま》に乗《の》ってください」

「犯人《はんにん》の目撃者《もくげきしゃ》だ。県警《けんけい》で保護《ほご》する。俺《おれ》たちは別《べつ》ルートで下山《げざん》する」

大和《やまと》が言《い》うと、蘭《らん》はコナンたちを振《ふ》り返《かえ》った。

「あの、コナン君《くん》や歩美《あゆみ》ちゃん、哀《あい》ちゃん。子《こ》どもたちは一緒《いっしょ》にしてあげたいんですが」

「それもそうね。じゃあみんな一緒《いっしょ》に乗《の》って」

「はーい！」

子《こ》どもたちは元気《げんき》にバスに乗《の》り込《こ》んでいく。その後《うし》ろで、コナンは由衣《ゆい》に目《め》を向《む》けた。

「結局《けっきょく》、犯人見《はんにんみ》つからなかったの？」

「ええ。県警《けんけい》が山《やま》へ続《つづ》く道《みち》は封鎖《ふうさ》したはずなのに」

「犯人《はんにん》はどうやって姿《すがた》を消《け》したんでしょう」

高明《たかあき》が顎《あご》に手《て》を当《あ》てて言《い》うと、バスに乗《の》り込《こ》もうとした小五郎《こごろう》が急《きゅう》に踵《きびす》を返《かえ》した。

「これ以上《いじょう》は満席《まんせき》だ。俺《おれ》はいい。阿笠博士《あがさはかせ》、アンタが代《か》わりに乗《の》ってくれ」

「しかし小五郎君《こごろうくん》――」

「俺《おれ》は彼《かれ》らと下山《げざん》しますから」

小五郎《こごろう》は後《うし》ろにいる佐藤《さとう》と高木《たかぎ》を見《み》た。

「少《すこ》し下《くだ》れば、我々《われわれ》の車《くるま》があります」

高木《たかぎ》が言《い》うと、近《ちか》くにいたコナンが手《て》を上《あ》げた。

「じゃあボクもそれで帰《かえ》る！」

「コラ！　ガキどもは一緒《いっしょ》の車《くるま》に乗《の》っていけ！」

「だって博士《はかせ》が乗《の》るなら二人分必要《ふたりぶんひつよう》だから、ボクも乗《の》らない方《ほう》がいいと思《おも》って」

コナンの言葉《ことば》に、阿笠博士《あがさはかせ》は傷《きず》ついたようだった。

「サラッとひどいこと言《い》うのォ」

先《さき》にバスに乗《の》り込《こ》んでいた灰原《はいばら》は、コナンの声《こえ》を聞《き》いて、小《ちい》さくため息《いき》をついた。

外《そと》にいた蘭《らん》も、もう、とあきれた顔《かお》をする。

「行《い》きましょう、博士《はかせ》。じゃあお父《とう》さん、コナン君《くん》をよろしくね」

「……わかったよ。ったく」

渋々納得《しぶしぶなっとく》した小五郎《こごろう》に、コナンは笑顔《えがお》を向《む》けた。

佐藤《さとう》は外《そと》に残《のこ》っている越智《おち》に声《こえ》をかけた。

「越智《おち》さんも我々《われわれ》の車《くるま》でお送《おく》りしましょうか？」

「いえ、天文台《てんもんだい》の車《くるま》が停《と》めっぱなしなんで、それで帰《かえ》らないと」

「ああ。ではお気《き》をつけて」

会釈《えしゃく》する佐藤《さとう》に、越智《おち》は空《そら》を見《み》て言《い》った。

「まだ朝霧《あさぎり》も濃《こ》く視界《しかい》が悪《わる》いです。積雪《せきせつ》もやわらかいので足元《あしもと》お気《き》をつけくださ い。では」

と、にこやかに微笑《ほほえ》んで去《さ》っていく。

コナンは雪《ゆき》かきをしている大友《おおとも》に声《こえ》をかけた。

「ねぇ、おじさん。『ブッパ』ってどういう意味《いみ》?」

「えっ?」

「小屋《こや》の入《い》り口《ぐち》の看板《かんばん》に書《か》いてあったんだ」

雪《ゆき》かきをする手《て》を止《と》めた大友《おおとも》は、ふっと遠《とお》い目《め》をした。そして、

「……たいした意味《いみ》はないよ。気《き》をつけて帰《かえ》ってね」

とコナンに背《せ》を向《む》けて、由衣《ゆい》や大和《やまと》たちに歩《あゆ》み寄《よ》る。

「皆《みな》さんもお気《き》をつけて」

「お世話《せわ》になりました」

「では」

踵《きびす》を返《かえ》した大友《おおとも》は、炭焼《すみや》き小屋《ごや》へと戻《もど》っていった。

コナンと大友《おおとも》の会話《かいわ》を聞《き》いていた大和《やまと》は、コナンの質問《しつもん》に答《こた》えた。

「ブッパ——マタギの古《ふる》い言葉《ことば》で『鉄砲《てっぽう》を持《も》った狩人《かりうど》』っていう意味《いみ》だ」

「へえ……」

あいづちを打《う》ちながら、コナンは険《けわ》しい目《め》で大友《おおとも》を追《お》った。

(それは知《し》ってる。しかしなぜ炭焼《すみや》き小屋《ごや》にそんな名前《なまえ》をつけたんだ。そしてなぜ隠《かく》すんだ……)


越智《おち》の言《い》うとおり、山《やま》の中《なか》は濃《こ》い霧《きり》が立《た》ち込《こ》めていた。

コナン、小五郎《こごろう》、佐藤《さとう》、高木《たかぎ》は、降《ふ》り積《つ》もった雪《ゆき》に足《あし》を取《と》られないように、一歩一歩《いっぽいっぽ》気《き》をつけながら山道《やまみち》を下《お》りていく。

途中《とちゅう》にやや大《おお》きな段差《だんさ》があり、コナンはジャンプして下《お》りた。前《まえ》を向《む》くと、樹林《じゅりん》の向《む》こうに見《み》える断崖《だんがい》の麓《ふもと》で、墓《はか》に向《む》かって手《て》を合《あ》わせている人《ひと》がいた。ガンケースを背負《せお》った舟久保《ふなくぼ》だ。

佐藤《さとう》たちは墓《はか》に近《ちか》づいて、声《こえ》をかけた。

「舟久保《ふなくぼ》さん。一晩中《ひとばんじゅう》、捜索《そうさく》お疲《つか》れ様《さま》でした」

「それは真希《まき》さんのお墓《はか》ですか」

高木《たかぎ》がたずねると、舟久保《ふなくぼ》は「ああ」とそっけなく答《こた》えた。

自然石《しぜんせき》の小《こ》ぶりの墓《はか》には、花《はな》が供《そな》えられている。

「確《たし》か、今日《きょう》が命日《めいにち》だと……」

小五郎《こごろう》が言《い》うと、墓《はか》に向《む》いた舟久保《ふなくぼ》はぽつりと言葉《ことば》を落《お》とした。

「……俺《おれ》のせいだ。あの日《ひ》……八年前《はちねんまえ》に、俺《おれ》が猟《りょう》に使《つか》う弾薬《だんやく》の在庫《ざいこ》を訊《き》いたら、確認《かくにん》してくるって、わざわざあんな夜中《よなか》に……」

震《ふる》える声《こえ》で話《はな》しながら、舟久保《ふなくぼ》はその夜《よる》のことを思《おも》い出《だ》していた。

真希《まき》は襖《ふすま》に手《て》をかけたところで、振《ふ》り返《かえ》って言《い》った。『店《みせ》から戻《もど》ったら話《はなし》がある』と。

そのときに見《み》せた、どこか照《て》れくさそうな笑顔《えがお》。

それが最後《さいご》に見《み》た真希《まき》の笑顔《えがお》になるとは、思《おも》いもしなかった。

「真希《まき》が誰《だれ》かと付《つ》き合《あ》ってることには気《き》づいていた。もしかしたら、結婚《けっこん》の話《はなし》だったのかもしれない。嬉《うれ》しそうに恥《は》ずかしそうに言《い》った、その言葉《ことば》が今《いま》でも耳《みみ》から離《はな》れない。俺《おれ》はその話《はなし》を、永遠《えいえん》に聞《き》けなくなってしまった……。あれから、命日《めいにち》にはここに花《はな》を供《そな》えに来《く》るんだ」

大人《おとな》たちの陰《かげ》からひょっこり出《で》てきたコナンは、墓《はか》に供《そな》えられた花《はな》を見《み》た。舟久保《ふなくぼ》が供《そな》えた花《はな》の前《まえ》に白《しろ》い花《はな》があり、茶色《ちゃいろ》くしおれている。

「でも、この手前《てまえ》の花《はな》だけ枯《か》れかけてる……？」

コナンが花《はな》を指差《ゆびさ》すと、舟久保《ふなくぼ》は「ああ」とうなずいた。

「この白《しろ》いザゼンソウは、毎年《まいとし》、命日《めいにち》より早《はや》く供《そな》えられてる」

「誰《だれ》がそれを……？」

佐藤《さとう》の問《と》いに、舟久保《ふなくぼ》が首《くび》を横《よこ》に振《ふ》る。

小五郎《こごろう》は珍《めずら》しそうに枯《か》れかけた白《しろ》い花《はな》を見《み》た。

「ザゼンソウ、変《か》わった名《な》ですな」

「花《はな》の形《かたち》が座禅《ざぜん》する僧侶《そうりょ》に見《み》えることから、そう呼《よ》ばれる。雪《ゆき》の中《なか》に咲《さ》く花《はな》だ。この山《やま》にもある」

舟久保《ふなくぼ》の説明《せつめい》を聞《き》きながら、コナンは片膝《かたひざ》を立《た》ててしゃがんだ。墓《はか》の周《まわ》りだけ雪《ゆき》が解《と》けて、まだらに土《つち》が見《み》えている。

土《つち》に手《て》を当《あ》てると、温《あたた》かい。

（お墓周《はかまわ》りの土《つち》が温《あたた》かい？　少《すこ》し雪《ゆき》も解《と》けているのか……）

コナンは顔《かお》を上《あ》げて、舟久保《ふなくぼ》を見《み》た。

「じゃあこの花《はな》は、この山《やま》で摘《つ》んだのかな？」

「だとしたら、よほど山《やま》に慣《な》れた人《ひと》だ。この雪《ゆき》の中《なか》で白《しろ》いザゼンソウを見《み》つけるのは、至《し》難《なん》の業《わざ》だからな」

舟久保《ふなくぼ》はそう言《い》うと、静《しず》かに去《さ》っていく。

コナンは険《けわ》しい表情《ひょうじょう》で、その後《うし》ろ姿《すがた》を見送《みおく》った。


次第《しだい》に霧《きり》が晴《は》れてきて、樹林《じゅりん》の中《なか》にもうっすらと日《ひ》が差《さ》し込《こ》み始《はじ》めた。

杖《つえ》をついた大和《やまと》と由衣《ゆい》は、コナンたちとは別《べつ》に緩《ゆる》い坂道《さかみち》を下《くだ》っていた。

「ついてくるな。お前《まえ》は県警《けんけい》に戻《もど》れ」

「一人《ひとり》になって犯人《はんにん》をおびき出《だ》そうとしてるんでしょ。そんな自殺志願者《じさつしがんしゃ》は放《ほう》っておけない」

「俺《おれ》は死《し》ぬ気《き》はねぇよ」

前《まえ》を歩《ある》いていた大和《やまと》は立《た》ち止《ど》まると、懐《ふところ》から拳銃《けんじゅう》を取《と》り出《だ》した。

それを見《み》た由衣《ゆい》も拳銃《けんじゅう》を取《と》り出《だ》して、両手《りょうて》で持《も》つ。

「なら一人《ひとり》より二人《ふたり》の方《ほう》が——」

銃声《じゅうせい》が由衣《ゆい》の声《こえ》をかき消《け》した。大和《やまと》の足元《あしもと》に咲《さ》いていた紫褐色《しかっしょく》のザゼンソウが弾《はじ》け散《ち》る。

続《つづ》けざまに放《はな》たれた銃弾《じゅうだん》が、大和《やまと》の足元《あしもと》の雪《ゆき》を弾《はじ》き飛《と》ばした。

とっさにその場《ば》から離《はな》れた大和《やまと》と由衣《ゆい》は、近《ちか》くの木陰《こかげ》に飛《と》び込《こ》んだ。木陰《こかげ》でしゃがみ込《こ》んだ大和《やまと》は、懐《ふところ》からPⅢ端末《ピースリーたんまつ》を取《と》り出《だ》す。

「高明《コウメイ》！　今《いま》の見《み》えたか⁉」

高明《たかあき》は崖上《がけうえ》の木陰《こかげ》に身《み》を潜《ひそ》めていた。高明《たかあき》もバスには乗《の》らなかった。炭焼《すみや》き小屋《ごや》を出《で》るとき、山《やま》に潜《ひそ》む犯人《はんにん》を捕《つか》まえる作戦《さくせん》を大和《やまと》と立《た》てたのだ。

『ええ、発砲《はっぽう》したときの光《ひかり》、マズルフラッシュが君《きみ》の進行方向《しんこうほうこう》から見《み》て、八時《はちじ》の方角《ほうがく》でした。挟《はさ》み撃《う》ちといきましょう』

拳銃《けんじゅう》を持《も》った大和《やまと》は、木陰《こかげ》から八時《はちじ》の方向《ほうこう》を覗《のぞ》いた。

緩《ゆる》やかな斜面《しゃめん》の先《さき》にある灌木《かんぼく》の茂《しげ》みで、何《なに》かがキラリと光《ひか》る。銃口《じゅうこう》だ。大和《やまと》はその光《ひかり》に向《む》けて銃弾《じゅうだん》を放《はな》った。

乾《かわ》いた銃声《じゅうせい》が響《ひび》いた。

真希《まき》の墓《はか》を後《あと》に山道《やまみち》を下《お》りていたコナンたちは驚《おどろ》いて、来《き》た道《みち》を振《ふ》り返《かえ》る。

「今《いま》の銃声《じゅうせい》は……⁉」

「こっちだ！」

小五郎《こごろう》が銃声《じゅうせい》のした方《ほう》へ駆《か》け出《だ》すと、コナンたちも後《あと》を追《お》った。

二手《ふたて》に分《わ》かれて木陰《こかげ》に身《み》を隠《かく》した大和《やまと》と由衣《ゆい》は、それぞれ拳銃《けんじゅう》を構《かま》えた。

大和《やまと》が拳銃《けんじゅう》を振《ふ》って合図《あいず》をすると、由衣《ゆい》は木陰《こかげ》から身《み》を乗《の》り出《だ》し、茂《しげ》みに隠《かく》れる犯人《はんにん》に向《む》かって発砲《はっぽう》した。

すると、犯人《はんにん》も茂《しげ》みから身《み》を乗《の》り出《だ》してライフルカバーを付《つ》けた銃《じゅう》を撃《う》ってきた。さらに茂《しげ》みから飛《と》び出《だ》して、斜面《しゃめん》を一気《いっき》に駆《か》け下《お》りる。大和《やまと》と由衣《ゆい》は同時《どうじ》に撃《う》った。銃弾《じゅうだん》が犯《はん》人《にん》の足元《あしもと》に炸裂《さくれつ》して、雪《ゆき》を巻《ま》き上《あ》げる。

フードの下《した》にフルフェイスヘルメットを被《かぶ》った犯人《はんにん》は、走《はし》りながら銃《じゅう》を構《かま》えて発砲《はっぽう》した。

銃弾《じゅうだん》はとっさに身《み》をかがめた大和《やまと》の頭上《ずじょう》をかすめ、木《き》の幹《みき》をえぐる。

大和《やまと》と由衣《ゆい》は撃《う》ち返《かえ》しながら、後退《こうたい》していった。犯人《はんにん》の放《はな》つ銃弾《じゅうだん》が、大和《やまと》たちを崖《がけ》の縁《ふち》へ追《お》い詰《つ》めていく。

大和《やまと》たちが身《み》を潜《ひそ》める木《き》の幹《みき》が、銃弾《じゅうだん》に削《けず》られて樹皮《じゅひ》が飛《と》び散《ち》った。二人《ふたり》の背後《はいご》は崖《がけ》の縁《ふち》で、逃《に》げ場《ば》がない――。

そのとき、犯人《はんにん》の背後《はいご》から銃声《じゅうせい》が鳴《な》って、銃弾《じゅうだん》が犯人《はんにん》の近《ちか》くの木《き》に撃《う》ち込《こ》まれた。

拳銃《けんじゅう》を両手《りょうて》で構《かま》えた高明《たかあき》が斜面《しゃめん》を駆《か》け下《お》りてくる。高明《たかあき》の放《はな》った銃弾《じゅうだん》が、犯人《はんにん》のフードをかすめた。

大和《やまと》と由衣《ゆい》も再《ふたた》び拳銃《けんじゅう》を撃《う》った。上下《じょうげ》から挟《はさ》み撃《う》ちにされた犯人《はんにん》は、たまらず横《よこ》に走《はし》り出《だ》す。

「追《お》うぞ！」

大和《やまと》と由衣《ゆい》は木陰《こかげ》から飛《と》び出《だ》し、犯人《はんにん》を追《お》った。

逃《に》げていた犯人《はんにん》は突然《とつぜん》、大和《やまと》たちの方向《ほうこう》を向《む》いて、足元《あしもと》の雪《ゆき》を大《おお》きく蹴《け》り上《あ》げた。煙《けむり》のように舞《ま》い上《あ》がった雪《ゆき》が犯人《はんにん》の姿《すがた》を隠《かく》して、追《お》ってきた大和《やまと》と由衣《ゆい》は木陰《こかげ》に隠《かく》れて雪煙《ゆきけむり》を見《み》つめる。

すると、雪煙《ゆきけむり》から何《なに》かが飛《と》び出《だ》した。それは導火線《どうかせん》に火《ひ》がついた爆竹缶《ばくちくかん》だった。

「伏《ふ》せろ！」

大和《やまと》は由衣《ゆい》を抱《かか》えて木陰《こかげ》から飛《と》び出《だ》した。爆竹缶《ばくちくかん》が木《き》に当《あ》たって激《はげ》しい爆発《ばくはつ》を起《お》こし、幹《みき》を破砕《はさい》された大木《たいぼく》がメキメキと音《おと》を立《た》てて倒《たお》れていく。

雪面《せつめん》に倒《たお》れた大和《やまと》たちはすぐに起《お》き上《あ》がって、犯人《はんにん》が逃《に》げた方向《ほうこう》へと進《すす》んだ。

そのとき、大和《やまと》の杖《つえ》が何《なに》かに引《ひ》っ掛《か》かった。その足元《あしもと》にはロープが張《は》られていた。ロープの先《さき》に付《つ》けられた爆竹缶《ばくちくかん》が飛《と》んでくる。

「離《はな》れろ！」

爆竹缶《ばくちくかん》に気《き》づいた大和《やまと》は、右腕《みぎうで》で由衣《ゆい》を突《つ》き飛《と》ばした。崖《がけ》を背《せ》にして杖《つえ》で爆竹缶《ばくちくかん》を空《そら》へ飛《と》ばすと、銃《じゅう》で撃《う》った。爆竹缶《ばくちくかん》は空中《くうちゅう》で爆発《ばくはつ》して、爆煙《ばくえん》が地上《ちじょう》に覆《おお》いかぶさるような勢《いきお》いで一気《いっき》に広《ひろ》がる。

すると突然銃声《とつぜんじゅうせい》がして、大和《やまと》の手《て》から拳銃《けんじゅう》が弾《はじ》き飛《と》ばされた。

爆煙《ばくえん》が広《ひろ》がる中《なか》、少《すこ》し離《はな》れた小高《こだか》いところで、犯人《はんにん》が銃《じゅう》を構《かま》えていた。

「敢《かん》ちゃん！　逃《に》げてー!!」

雪面《せつめん》に倒《たお》れた由衣《ゆい》が叫《さけ》ぶ。

犯人《はんにん》がライフルの引《ひ》き金《がね》を引《ひ》くと同時《どうじ》に、何《なに》かが大和《やまと》の体《からだ》を突《つ》き飛《と》ばした。

それは高明《たかあき》だった。

犯人《はんにん》の放《はな》った弾丸《だんがん》が、横《よこ》に飛《と》んで大和《やまと》を押《お》し出《だ》した高明《たかあき》の左太《ひだりふと》ももをえぐる。

崖《がけ》の方向《ほうこう》に飛《と》んだ高明《たかあき》は、そのまま崖下《がいか》へと落《お》ちていった。

崖《がけ》を流《なが》れる滝《たき》は凍《こお》り、雪《ゆき》で覆《おお》われた滝《たき》つぼも厚《あつ》い氷《こおり》が張《は》っていた。

高明《たかあき》は氷瀑《ひょうばく》に沿《そ》って落《お》ちていった。落下《らっか》する途中《とちゅう》で、ポケットからPⅢ端末《ピースリーたんまつ》をすばやく取《と》り出《だ》し、ボタンを押《お》して崖《がけ》の上《うえ》に投《な》げる。

氷《こおり》を突《つ》き破《やぶ》って水《みず》の中《なか》に落《お》ちた瞬間《しゅんかん》、耐《た》えがたい冷《つめ》たさが針《はり》のように肌《はだ》に突《つ》き刺《さ》さる。

水中《すいちゅう》に沈《しず》んだ高明《たかあき》は、なんとか水面《すいめん》まで浮上《ふじょう》してきた。しかし、頭上《ずじょう》は厚《あつ》い氷《こおり》に覆《おお》われていた。持《も》っていた拳銃《けんじゅう》の銃床《じゅうしょう》で叩《たた》くが、割《わ》れない――。

「高明《コウメイ》ー!!」

崖《がけ》の縁《ふち》に膝《ひざ》をついた大和《やまと》は、崖下《がいか》の滝《たき》つぼに手《て》を伸《の》ばした。

「やめて敢《かん》ちゃん!」

走《はし》ってきた由衣《ゆい》が慌《あわ》てて止《と》める。

少《すこ》し離《はな》れたところから、犯人《はんにん》はまだ二人《ふたり》を狙《ねら》っていた。すると、

「こっちだ!」

「大和警部《やまとけいぶ》!」

銃声《じゅうせい》を聞《き》きつけたコナン、小五郎《こごろう》、佐藤《さとう》、高木《たかぎ》が走《はし》ってくる。

フルフェイスヘルメットに傷《きず》をつけられた犯人《はんにん》は、銃《じゅう》を下《お》ろし、その場《ば》を離《はな》れた。

「大和警部《やまとけいぶ》、怪我《けが》は!?」

駆《か》けつけた小五郎《こごろう》がたずねると、大和《やまと》は持《も》っていた杖《つえ》で崖《がけ》の下《した》を指《さ》した。

「高明《コウメイ》がこの下《した》に!」

氷《こおり》で覆《おお》われた滝《たき》つぼには、高明《たかあき》が落《お》ちて割《わ》れた穴《あな》ができていた。

大和《やまと》たちから離《はな》れた犯人《はんにん》は、樹林《じゅりん》の中《なか》を歩《ある》いていた。

崖《がけ》の近《ちか》くに差《さ》し掛《か》かると、真《ま》っ白《しろ》な雪《ゆき》の上《うえ》に何《なに》かが落《お》ちていた。

近《ちか》づいて、雪《ゆき》に半分《はんぶん》埋《う》もれた物《もの》を拾《ひろ》い上《あ》げる。

それは高明《たかあき》が投《な》げたPⅢ《ピースリー》端末《たんまつ》だった。


長野《ながの》県警《けんけい》のバスで下山《げざん》した蘭《らん》や阿笠博士《あがさはかせ》、子《こ》どもたちは、警察本部《けいさつほんぶ》がある県庁本館十階《けんちょうほんかんじっかい》の食堂《しょくどう》に集《あつ》まっていた。

すると、館内放送用《かんないほうそうよう》のスピーカーから緊迫《きんぱく》した声《こえ》が響《ひび》いた。

『繰《く》り返《かえ》します！　先《さき》ほど受信《じゅしん》した捜査一課《そうさいっか》、諸伏高明《もろふしたかあき》の緊急信号《きんきゅうしんごう》が消失《しょうしつ》！　音信不通《おんしんふつう》となりました。繰《く》り返《かえ》します――』

一同《いちどう》は驚《おどろ》いて、スピーカーを見上《みあ》げた。

「諸伏警部《もろふしけいぶ》が……」

音信不通《おんしんふつう》になったと聞《き》いた蘭《らん》は、心配《しんぱい》でたまらなくなった。

滝《たき》つぼに落《お》ちた高明《たかあき》は、厚《あつ》い氷《こおり》の下《した》に閉《と》じ込《こ》められていた。

水面《すいめん》と氷《こおり》の間《あいだ》には頭一《あたまひと》つ分《ぶん》くらいの隙間《すきま》があって、呼吸《こきゅう》はできるものの、凍《い》てつくような冷《つめ》たい水《みず》で体全体《からだぜんたい》が痺《しび》れて、感覚《かんかく》が奪《うば》われていく。

早《はや》くここから脱出《だっしゅつ》しなければ——高明《たかあき》は水面《すいめん》から顔《かお》を出《だ》し、拳銃《けんじゅう》の銃床《じゅうしょう》で氷《こおり》を叩《たた》き続《つづ》けた。しかし氷《こおり》は一向《いっこう》に割《わ》れなかった。拳銃《けんじゅう》を持《も》つ手《て》がかじかんで力《ちから》が入《はい》らない。

すると突然《とつぜん》、水《みず》が押《お》し寄《よ》せてきた。

「ぐっ」

水流《すいりゅう》にのみ込《こ》まれた高明《たかあき》は、ゴボッと息《いき》を吐《は》き出《だ》し、みるみる水中《すいちゅう》に沈《しず》んでいく。

次第《しだい》に遠《とお》のく意識《いしき》の中《なか》で、高明《たかあき》は中国《ちゅうごく》の軍師《ぐんし》の言葉《ことば》をつぶやいた。

(人生《じんせい》……死《し》あり……修短《しゅうたん》は……命《めい》……なり……)

人《ひと》は死《し》を避《さ》けられない。短《みじか》い生涯《しょうがい》を終《お》えるのは天命《てんめい》である——。

それは、弟《おとうと》・景光《ひろみつ》の死《し》を確信《かくしん》したときに高明《たかあき》がつぶやいた言葉《ことば》だった。

「どこだ、高明《コウメイ》！　返事《へんじ》をしろ！」

崖《がけ》から下《お》りてきた大和《やまと》とコナンたちは、滝《たき》つぼの周辺《しゅうへん》を懸命《けんめい》に捜《さが》した。

「落《お》ちた穴付近《あなふきん》には見当《みあ》たらないぞ！」

割《わ》れた氷《こおり》の穴《あな》の周《まわ》りを見《み》ていた小五郎《こごろう》が叫《さけ》ぶ。

大和《やまと》は足元《あしもと》の雪《ゆき》を見《み》て、由衣《ゆい》にたずねた。

「この雪《ゆき》の下《した》は？」

「凍《こお》った川《かわ》よ」

小五郎《こごろう》は滝《たき》つぼの先《さき》に目《め》を移《うつ》した。

「流《なが》されたのか！」

コナンは足元《あしもと》の雪《ゆき》を靴《くつ》で横《よこ》に除《よ》けた。するとガラスのような氷《こおり》が顔《かお》を出《だ》した。この分厚《ぶあつ》い氷《こおり》の下《した》に高明《たかあき》がいる――。

「諸伏警部《もろふしけいぶ》の無線《むせん》GPS《ジーピーエス》は……」

佐藤《さとう》が言《い》うと、大和《やまと》は自分《じぶん》のPⅢ端末《ピースリーたんまつ》の画面《がめん》を見《み》た。

「圏外《けんがい》だ……」

悔《くや》しそうにうなだれる大和《やまと》を見《み》て、小五郎《こごろう》はクソッと歯噛《はが》みした。振《ふ》り返《かえ》り、滝《たき》つぼの先《さき》に広《ひろ》がる雪面《せつめん》を見《み》たとたん、絶望感《ぜつぼうかん》が押《お》し寄《よ》せる。

「くそっ。くそったれ――!!」

小五郎《こごろう》の悲痛《ひつう》な叫《さけ》びが、雪山《ゆきやま》にむなしく響《ひび》いた。


拳銃《けんじゅう》を握《にぎ》りしめた高明《たかあき》は、意識《いしき》を失《うしな》ったまま冷《つめ》たい水《みず》の中《なか》を漂《ただよ》っていた。

すると、どこからか高明《たかあき》を呼《よ》ぶ声《こえ》がする。

「……兄《にい》さん……兄《にい》さん……」

その声《こえ》は次第《しだい》に大《おお》きくなっていき、

「兄《にい》さん!!」

声《こえ》がすると同時《どうじ》に、誰《だれ》かの手《て》が高明《たかあき》の手《て》をつかんで引《ひ》っ張《ぱ》り上《あ》げた。

水中《すいちゅう》から引《ひ》き上《あ》げられた高明《たかあき》は、ブハッと息《いき》を吹《ふ》き返《かえ》し、激《はげ》しく咳《せ》き込《こ》んだ。

呼吸《こきゅう》が楽《らく》になって顔《かお》を上《あ》げると――高明《たかあき》の手《て》をつかんだ男《おとこ》が、氷《こおり》の上《うえ》で片膝《かたひざ》をついていた。その顔《かお》を見《み》た瞬間《しゅんかん》、高明《たかあき》は自分《じぶん》の目《め》を疑《うたが》った。

「まさか……景光《ひろみつ》……なのか？」

弟《おとうと》の景光《ひろみつ》が目《め》の前《まえ》にいた。死《し》んだはずの弟《おとうと》が、自分《じぶん》を見《み》て爽《さわ》やかに微笑《ほほえ》んでいる。

「なんとか間《ま》に合《あ》った」

「景光《ひろみつ》……お前《まえ》、死《し》んだんじゃなかったのか。公安《こうあん》になったんだろ？」

信《しん》じられないといった顔《かお》つきで高明《たかあき》がたずねると、景光《ひろみつ》は名残惜《なごりお》しそうに高明《たかあき》の手《て》を離《はな》した。

「……潜入先《せんにゅうさき》に、とても頭《あたま》の切《き》れる仲間《なかま》がいてね。その人《ひと》が、俺《おれ》を死《し》んだように偽装《ぎそう》してくれたんだ」

話《はなし》を聞《き》きながら、高明《たかあき》は目《め》の前《まえ》の景光《ひろみつ》をまじまじと見《み》つめた。すると、景光《ひろみつ》の胸《むね》ポケットからはスマホがのぞいていた。

高明《たかあき》の頭《あたま》の中《なか》に、弾痕《だんこん》と血痕《けっこん》が残《のこ》ったスマホが思《おも》い浮《う》かぶ。

「長野《ながの》に帰《かえ》ったら、兄《にい》さんが行方不明《ゆくえふめい》って聞《き》いて、警察無線《けいさつむせん》をたどってここまで来《き》たってわけさ」

ふいに湧《わ》き上《あ》がった漠《ばく》とした違和感《いわかん》が、景光《ひろみつ》の言葉《ことば》によって決定的《けっていてき》なものになった。

高明《たかあき》は、力《ちから》がぬけて開《ひら》きかけていた手《て》を軽《かる》く握《にぎ》った。拳銃《けんじゅう》のような硬《かた》い金属《きんぞく》の感触《かんしょく》がする。意識《いしき》が戻《もど》りかけているのか……。

景光《ひろみつ》はゆっくりと立《た》ち上《あ》がった。

「でも会《あ》いたかったよ、兄《にい》さん。さあ一緒《いっしょ》に帰《かえ》ろう」

「……いや、違《ちが》う」

立《た》ち上《あ》がった高明《たかあき》は、まっすぐ景光《ひろみつ》を見《み》た。

「警察無線《けいさつむせん》をたどって来《き》たなら、お前一人《まえひとり》だけのはずがない。どうやらここは、現実《げんじつ》ではなかったようだ」

高明《たかあき》は改《あらた》めて景光《ひろみつ》の死《し》を実感《じっかん》した。

警視庁《けいしちょう》で受《う》け取《と》った封筒《ふうとう》の中《なか》に入《はい》っていた、弾痕《だんこん》で穴《あな》が開《あ》いた景光《ひろみつ》のスマホ。それを見《み》たとき、景光《ひろみつ》は命《いのち》を落《お》としたのだと悟《さと》ったのだ。

高明《たかあき》の前《まえ》で、景光《ひろみつ》は静《しず》かに微笑《ほほえ》んだ。

「景光《ひろみつ》。残念《ざんねん》だが……」

高明《たかあき》は確《たし》かに右手《みぎて》に握《にぎ》られている拳銃《けんじゅう》を掲《かか》げて引《ひ》き金《がね》を引《ひ》いた。

パアァァン！

銃声《じゅうせい》と共《とも》に、銃弾《じゅうだん》が氷《こおり》を突《つ》き破《やぶ》って飛《と》び出《だ》した。

滝《たき》つぼの周辺《しゅうへん》にいた大和《やまと》たちが一斉《いっせい》に振《ふ》り返《かえ》る。

「あそこだ！」

小五郎《こごろう》は氷《こおり》の破片《はへん》がキラキラと舞《ま》う方《ほう》へ駆《か》け出《だ》した。大和《やまと》たちも後《あと》に続《つづ》く。

滝《たき》つぼからやや離《はな》れた場所《ばしょ》に、そこだけ今《いま》まで人《ひと》がいたかのように雪《ゆき》が解《と》けて氷面《ひょうめん》がむき出《だ》しになっているところがあった。中央《ちゅうおう》に銃弾《じゅうだん》が突《つ》き破《やぶ》ったと思《おも》われる小《ち》さな穴《あな》が開《あ》いている。

「この下《した》か！」

大和《やまと》は杖《つえ》で氷《こおり》を叩《たた》いた。しかし氷《こおり》は想像以上《そうぞういじょう》に厚《あつ》く、何度《なんど》叩《たた》いてもヒビすら入《はい》らない。

「分厚《ぶあつ》い！」

「どうすりゃいいんだ」

小五郎《こごろう》たちが焦《あせ》る中《なか》、コナンはすばやくキック力増強《りょくぞうきょう》シューズを作動《さどう》させた。

「どいて！」

ベルトのバックルからサッカーボールを空《そら》へ放出《ほうしゅつ》したコナンは、大《おお》きくジャンプして、ボールを思《おも》い切《き》り氷盤《ひょうばん》に向《む》けて蹴《け》った。

ボールは佐藤《さとう》と高木《たかぎ》の間《あいだ》を突《つ》き進《すす》み、銃弾《じゅうだん》の穴《あな》が開《あ》いた氷盤《ひょうばん》に直撃《ちょくげき》した。その衝撃《しょうげき》で氷《ひょう》盤《ばん》に亀裂《きれつ》が走《はし》り、割《わ》れた氷《こおり》が崩《くず》れ落《お》ちる。

高木《たかぎ》たちは穴《あな》に駆《か》け寄《よ》って、割《わ》れた氷《こおり》を退《ど》かし始《はじ》めた。

「俺《おれ》が行《い》く！」

水《みず》の中《なか》に入《はい》った小五郎《こごろう》が、氷《こおり》の下《した》に潜《もぐ》っていく。ややあって水面《すいめん》に上《あ》がったときには、気《き》を失《うしな》った高明《たかあき》を抱《かか》えていた。

「おいっ！　無事《ぶじ》か!?」

小五郎《こごろう》が体《からだ》を揺《ゆ》さぶると、高明《たかあき》はううっと小《ちい》さくうめいた。そしてゴホッゴホッと激《はげ》しく咳《せ》き込《こ》む。

「生《い》きてる！」

思《おも》わず声《こえ》を上《あ》げる佐藤《さとう》の前《まえ》で、高木《たかぎ》は高明《たかあき》の体《からだ》を引《ひ》き上《あ》げた。

「ここなら炭焼《すみや》き小屋《ごや》が近《ちか》い。そこから救助《きゅうじょ》を呼《よ》ぶ！」

大和《やまと》が言《い》うと、

「先《さき》に行《い》きます！」

高明《たかあき》を背負《せお》った高木《たかぎ》が佐藤《さとう》と共《とも》に向《む》かった。コナンが後《うし》ろをついていく。すると、

「ヒロミツ……」

高木《たかぎ》の背《せ》で意識《いしき》が朦朧《もうろう》としている高明《たかあき》がつぶやいた。

風見《かざみ》の車《くるま》は炭焼《すみや》き小屋《ごや》近《ちか》くの山道《やまみち》に停《と》まっていた。

運転席《うんてんせき》でヘッドセットをつけている風見《かざみ》の耳《みみ》に、高明《たかあき》のつぶやきが届《とど》く。

「……ヒロミツ？」

風見《かざみ》は訝《いぶか》しげな顔《かお》をして、その名前《なまえ》を繰《く》り返《かえ》した。

炭焼《すみや》き小屋《ごや》に救急車《きゅうきゅうしゃ》が到着《とうちゃく》した。

救急隊員《きゅうきゅうたいいん》が高明《たかあき》を担架《たんか》に乗《の》せて車内《しゃない》へ運《はこ》ぶ。救急車《きゅうきゅうしゃ》に乗《の》り込《こ》んだ由衣《ゆい》は、横《よこ》たわる高明《たかあき》を心配《しんぱい》そうに見《み》つめた。

バックドアが閉《し》まり、救急車《きゅうきゅうしゃ》が走《はし》り去《さ》っていく。炭焼《すみや》き小屋《ごや》の前《まえ》に残《のこ》ったコナンたちが見送《みおく》っていると、大友《おおとも》が近《ちか》づいてきた。

「どうぞウチで休《やす》んでってください。私《わたし》は窯《かま》の片《かた》づけをしたらすぐ戻《もど》ります」

高木《たかぎ》は佐藤《さとう》と顔《かお》を見合《みあ》わせた。

「お言葉《ことば》に甘《あま》えて休《やす》んでいきます？」

「そうね、コナン君《くん》もいるし……」

そう言《い》いながら、佐藤《さとう》は杖《つえ》をつく大和《やまと》の足《あし》を見《み》た。

「俺《おれ》は大丈夫《だいじょうぶ》だ」

告《つ》げる大和《やまと》の隣《となり》で、小五郎《こごろう》は神妙《しんみょう》な面持《おもも》ちで顎《あご》に手《て》を当《あ》てた。

「しかし、犯人《はんにん》は何《なに》が目的《もくてき》なんだ」

小五郎《こごろう》の言葉《ことば》を聞《き》いて、大和《やまと》の表情《ひょうじょう》が険《けわ》しくなる。

「狙《ねら》いは俺《おれ》だ。あのときの光景《こうけい》を何《なに》か思《おも》い出《だ》せれば……」

怒《いか》りをにじませた顔《かお》でうつむく大和《やまと》を、コナンはチラリと見《み》た。

するとそのとき、山頂《さんちょう》の方《ほう》から凄《すさ》まじい音《おと》が響《ひび》いてくるのが聞《き》こえた。

「!?」

一同《いちどう》が一斉《いっせい》に山頂《さんちょう》を見上《みあ》げると――北側《きたがわ》の斜面《しゃめん》を覆《おお》う雪《ゆき》に亀裂《きれつ》が入《はい》った。その亀裂《きれつ》から下《した》の雪《ゆき》がずるりと滑《すべ》る。

――雪崩《なだれ》だ。

崩落《ほうらく》した雪《ゆき》は周囲《しゅうい》の雪《ゆき》を巻《ま》き込《こ》み、雪崩《なだれ》となって、猛烈《もうれつ》なスピードで斜面《しゃめん》を流《なが》れていく。

コナンは、銃型音響装置《じゅうがたおんきょうそうち》とスピーカーを思《おも》い出《だ》した。

「雪崩《なだれ》を起《お》こすスピーカーを誰《だれ》かが鳴《な》らしたんだ!」

斜面《しゃめん》を駆《か》け下《お》りる巨大《きょだい》な雪崩《なだれ》は、谷沿《たにぞ》いに建《た》てられた炭焼《すみや》き小屋《ごや》に向《む》かって押《お》し寄《よ》せてくる。

「急《いそ》いでここから離《はな》れるんだ!」

小五郎《こごろう》の掛《か》け声《ごえ》で、一同《いちどう》は一斉《いっせい》に駆《か》け出《だ》した。だが、コナンは一人《ひとり》小屋《こや》へ向《む》かう。

小屋《こや》に入《はい》ったコナンは、部屋《へや》の中《なか》を見回《みまわ》して、銃型音響装置《じゅうがたおんきょうそうち》を探《さが》した。しかし、部屋《へや》の奥《おく》に立《た》てかけてあった銃型音響装置《じゅうがたおんきょうそうち》はどこにもない。

(ない！　あの銃《じゅう》がなくなってる!?)

そのとき、背後《はいご》から腕《うで》をつかまれた。

「何《なに》してるの！　早《はや》く出《で》て!!」

コナンを追《お》いかけてきた佐藤《さとう》だった。二人《ふたり》を追《お》ってきた小五郎《こごろう》も、小屋《こや》に入《はい》ってくる。

「こんな小屋《こや》、すぐつぶれるぞ！」

コナンは大和《やまと》がいる引《ひ》き戸《ど》の方《ほう》を振《ふ》り返《かえ》って言《い》った。

「この先《さき》に逃《に》げ場《ば》なんかない！　別《べつ》の雪崩《なだれ》を起《お》こして、この雪崩《なだれ》を止《と》める!!」

「なるほど、西《にし》の雪崩《なだれ》で北《きた》の雪崩《なだれ》を止《と》めるのか」

大和《やまと》は西《にし》の方角《ほうがく》を向《む》いた。

大友《おおとも》の説明《せつめい》によれば、この谷《たに》は北《きた》と西《にし》の二方向《にほうこう》から雪崩《なだれ》が起《お》こる場所《ばしょ》で、それぞれの斜《しゃ》面《めん》に雪崩《なだれ》を起《お》こすスピーカーが設置《せっち》されている。北側《きたがわ》の斜面《しゃめん》で起《お》きた雪崩《なだれ》が谷《たに》に流《なが》れ込《こ》む前《まえ》に、西側《にしがわ》の斜面《しゃめん》で起《お》こした雪崩《なだれ》をぶつけて、雪崩《なだれ》の勢《いきお》いを殺《ころ》すのだ。

雪崩《なだれ》と聞《き》いて、佐藤《さとう》も銃型音響装置《じゅうがたおんきょうそうち》を思《おも》い出《だ》し、

「あれ？　ない⁉」

銃型音響装置《じゅうがたおんきょうそうち》がなくなっているのに気《き》づく。

小屋《こや》を飛《と》び出《だ》したコナンは、周囲《しゅうい》をキョロキョロと見回《みまわ》した。

（何《なに》かないか……西《にし》の雪崩装置《なだれそうち》を起動《きどう》させることができる何《なに》かが……）

すると炭焼《すみや》き小屋《ごや》の前《まえ》に、酸素《さんそ》ボンベが三本置《さんぼんお》かれていた。

何《なに》かを思《おも》いついたコナンが、酸素《さんそ》ボンベに駆《か》け寄《よ》る。


「これでいいかい⁉　コナン君《くん》！」

炭焼《すみや》き窯《がま》を覆《おお》う大《おお》きな三角屋根《さんかくやね》の前《まえ》に、高木《たかぎ》は酸素《さんそ》ボンベを置《お》いた。

「うん！」

酸素《さんそ》ボンベを前《まえ》にしたコナンは、蝶々結《ちょうちょむす》びのマフラーをほどき、それを右《みぎ》のキック力増強《りょくぞうきょう》シューズのつま先《さき》に巻《ま》いた。そして、シューズのダイヤルを回《まわ》した。電磁音《でんじおん》と共《とも》にシューズにスパークが走《はし》る。

「大和警部《やまとけいぶ》！　この缶《かん》を銃《じゅう》で撃《う》って！」

コナンは叫《さけ》ぶと、ダッシュして酸素《さんそ》ボンベを思《おも》い切《き》り蹴《け》った。三角屋根《さんかくやね》に直撃《ちょくげき》した酸素《さんそ》ボンベは、軌道《きどう》を変《か》えて、スピーカーが設置《せっち》された西《にし》の斜面《しゃめん》へと飛《と》んでいく。

「よし！」

コナンの意図《いと》を察《さっ》した大和《やまと》は、木《き》の幹《みき》にもたれて杖《つえ》を雪面《せつめん》に突《つ》き刺《さ》すと、拳銃《けんじゅう》を構《かま》えて撃《う》った。

銃弾《じゅうだん》は、西《にし》の斜面《しゃめん》に向《む》かう酸素《さんそ》ボンベをとらえた。しかし、スピーカーが設置《せっち》された場《ば》所《しょ》よりかなり手前《てまえ》で命中《めいちゅう》して、酸素《さんそ》ボンベは爆発《ばくはつ》するが、雪崩《なだれ》は起《お》きない。

「届《とど》かなかった⁉」

目《め》を凝《こ》らして酸素《さんそ》ボンベを追《お》っていた佐藤《さとう》が叫《さけ》ぶ。

大和《やまと》は再《ふたた》び銃《じゅう》を構《かま》えた。

「もう一度《いちど》だ！」

「うん！」

高木《たかぎ》が再《ふたた》び雪《ゆき》の上《うえ》に酸素《さんそ》ボンベをセットすると、コナンはダッシュして力《ちから》の限《かぎ》り蹴《け》った。

三角屋根《さんかくやね》に当《あ》たって軌道《きどう》を変《か》えた酸素《さんそ》ボンベは、斜面《しゃめん》に向《む》かって突《つ》き進《すす》む。しかし途中《とちゅう》で岩場《いわば》にぶつかった。大和《やまと》が放《はな》った銃弾《じゅうだん》が雪面《せつめん》に突《つ》き刺《さ》さり、酸素《さんそ》ボンベは雪面《せつめん》を転《ころ》がっていく。

「くそっ！　外《はず》れた!?」

「コナン君《くん》、もうこれで最後《さいご》だ！」

高木《たかぎ》が酸素《さんそ》ボンベを引《ひ》きずって、雪《ゆき》の上《うえ》に立《た》てた。

コナンは北側《きたがわ》の斜面《しゃめん》を見上《みあ》げた。

巨大《きょだい》な雪崩《なだれ》が、猛烈《もうれつ》な勢《いきお》いで炭焼《すみや》き小屋《ごや》がある谷《たに》へと迫《せま》ってきている。

クッと歯噛《はが》みしたコナンは、正面《しょうめん》に立《た》てられた酸素《さんそ》ボンベをまっすぐ見据《みす》えた。

――これが最後《さいご》の一本《いっぽん》だ。

失敗《しっぱい》は許《ゆる》されない。絶対《ぜったい》、スピーカーに届《とど》かせてみせる！

「うおぉおー!!」

コナンは雄叫《おたけ》びを上《あ》げてダッシュした。蹴《け》り足《あし》を大《おお》きく振《ふ》り上《あ》げ、酸素《さんそ》ボンベを思《おも》い切《き》り蹴《け》る――！

三角屋根《さんかくやね》を伝《つた》った酸素《さんそ》ボンベは、西《にし》の尾根《おね》へ向《む》かって一直線《いっちょくせん》に突《つ》き進《すす》む。

大和《やまと》は拳銃《けんじゅう》を構《かま》えた。酸素《さんそ》ボンベを追《お》う視界《しかい》に、北側《きたがわ》の斜面《しゃめん》を駆《か》け下《お》りる雪崩《なだれ》が映《うつ》る。

その瞬間《しゅんかん》――左眼《ひだりめ》の古傷《ふるきず》がズキッとうずいた。

「!?」

大和《やまと》はとっさに左眼《ひだりめ》を手《て》で押《お》さえた。

西《にし》の斜面《しゃめん》の上《うえ》を飛《と》ぶ酸素《さんそ》ボンベは、まっすぐスピーカーに近《ちか》づいていく。

「今《いま》だ！　大和警部《やまとけいぶ》!!」

酸素《さんそ》ボンベを目《め》で追《お》うコナンが叫《さけ》んだ。

全身《ぜんしん》を震《ふる》わせた大和《やまと》は、左眼《ひだりめ》を押《お》さえながら拳銃《けんじゅう》を構《かま》えた。しかし、拳銃《けんじゅう》を持《も》つ右手《みぎて》が震《ふる》えて狙《ねら》いが定《さだ》まらない――。

ダンッ！

一発《いっぱつ》の銃声《じゅうせい》が響《ひび》いた。大和《やまと》の拳銃《けんじゅう》から放《はな》たれた弾丸《だんがん》が、スピーカーの真上《まうえ》を飛《と》ぶ酸素《さんそ》ボンベをとらえる。凄《すさ》まじい爆発音《ばくはつおん》と爆風《ばくふう》が轟《とどろ》いて、斜面《しゃめん》の雪《ゆき》に亀裂《きれつ》が入《はい》った。亀裂《きれつ》の下《した》の雪《ゆき》がずるりと滑《すべ》り落《お》ち、斜面全体《しゃめんぜんたい》が崩《くず》れ落《お》ちていく。

「成功《せいこう》だ！　雪崩《なだれ》が起《お》きた!!」

歓声《かんせい》を上《あ》げる高木《たかぎ》のそばで、小五郎《こごろう》が北《きた》の斜面《しゃめん》を見上《みあ》げる。

北《きた》の雪崩《なだれ》はすぐそこまで迫《せま》っていた。

「ちくしょう！　ダメだ、間《ま》に合《あ》わねぇ！」

(くそっ……遅《おそ》かったのか!?)

コナンが北《きた》の雪崩《なだれ》を見《み》つめていると、小五郎《こごろう》がその体《からだ》を抱《だ》き上《あ》げた。

「来《こ》い小僧《こぞう》！　窯《かま》の方《ほう》へ逃《に》げ込《こ》め！」

コナンを抱《かか》えた小五郎《こごろう》は、佐藤《さとう》と高木《たかぎ》に声《こえ》をかけて、窯《かま》へと走《はし》った。

小五郎《こごろう》に抱《だ》きかかえられたコナンの目《め》に、木《き》の下《した》でうずくまる大和《やまと》の姿《すがた》が映《うつ》る。

西側《にしがわ》で発生《はっせい》した雪崩《なだれ》は、地鳴《じな》りのような凄《すさ》まじい重低音《じゅうていおん》と共《とも》に斜面《しゃめん》を猛然《もうぜん》と駆《か》け下《お》り、谷《たに》の樹林帯《じゅりんたい》に到達《とうたつ》した北《きた》の雪崩《なだれ》と衝突《しょうとつ》した。

樹林《じゅりん》の間《あいだ》で激突《げきとつ》した二《ふた》つの雪崩《なだれ》は、巨大《きょだい》な白《しろ》い瀑布《ばくふ》となって、谷底《たにぞこ》の炭焼《すみや》き小屋《ごや》に向《む》かって押《お》し寄《よ》せる。

三角屋根《さんかくやね》の下《した》に飛《と》び込《こ》んだ小五郎《こごろう》は、コナンを窯《かま》の中《なか》に投《な》げ入《い》れた。遅《おく》れて高木《たかぎ》と佐藤《さとう》も屋根《やね》の下《した》に入《はい》ってくる。

「待《ま》って、まだ大和警部《やまとけいぶ》が——」

言《い》い終《お》わる前《まえ》に、小五郎《こごろう》がコナンに覆《お》いかぶさった。

次《つぎ》の瞬間《しゅんかん》、巨大《きょだい》な雪《ゆき》の奔流《ほんりゅう》が炭焼《すみや》き小屋《ごや》をのみ込《こ》んだ——。

雪崩《なだれ》で半壊《はんかい》した炭焼《すみや》き小屋《ごや》から出《で》てくると、景色《けしき》が様変《さまが》わりしていた。辺《あた》り一帯《いったい》は雪《ゆき》に埋《う》もれ、なぎ倒《たお》された木《き》があちこちに散《ち》らばっている。

「雪崩《なだれ》は止《と》まったけど、大和警部《やまとけいぶ》は⁉」

コナンは大和《やまと》が立《た》っていた辺《あた》りを見《み》た。大和《やまと》が寄《よ》りかかっていた木《き》は跡形《あとかた》もなくなっていて、その先《さき》で大和《やまと》の杖《つえ》が雪《ゆき》に突《つ》き刺《さ》さっていた。

「そんな……まさか……」

駆《か》け寄《よ》ってきた佐藤《さとう》たちが愕然《がくぜん》とする。

「ここには炭焼《すみや》きの大友《おおとも》さんもいたはずだよね？」

「下山《げざん》して救急隊《きゅうきゅうたい》を呼《よ》ぶわよ」

佐藤《さとう》は雪《ゆき》の上《うえ》を駆《か》け出《だ》した。高木《たかぎ》も後《あと》を追《お》う。

小五郎《こごろう》は辺《あた》りを見回《みまわ》しながら進《すす》むと、膝《ひざ》まである雪《ゆき》を両手《りょうて》でかき始《はじ》めた。

「大和警部《やまとけいぶ》！　返事《へんじ》をしてくれ！」

コナンも目《め》の前《まえ》の雪《ゆき》をかいて大和《やまと》を捜《さが》す。

この雪《ゆき》に埋《う》まってしまったとしたら、一刻《いっこく》も早《はや》く掘《ほ》り出《だ》さないと助《たす》からない。

「大和警部《やまとけいぶ》ー！」

すると、コナンの目《め》の隅《すみ》で何《なに》かが光《ひか》った。光《ひかり》の方《ほう》に顔《かお》を上《あ》げると——棒状《ぼうじょう》の物《もの》が雪《ゆき》に突《つ》き刺《さ》さっていた。

それは、小屋《こや》からなくなった銃型音響装置《じゅうがたおんきょうそうち》だった。

9

眠《ねむ》れない夜《よる》を過《す》ごした蘭《らん》たちは、再《ふたた》び長野県庁《ながのけんちょう》の食堂《しょくどう》に集《あつ》まっていた。

朝《あさ》になっても小五郎《こごろう》やコナンは戻《もど》ってきていなかった。

蘭《らん》は携帯《けいたい》を取《と》り出《だ》して、新一《しんいち》にメールを打《う》ち始《はじ》めた。すると食堂《しょくどう》のドアが開《あ》いて、小五《こご》郎《ろう》とコナンが入《はい》ってきた。

「コナン！」

「コナン君《くん》！」

子《こ》どもたちに続《つづ》いて蘭《らん》も駆《か》け寄《よ》ると、

「すまん、心配《しんぱい》かけたな」

小五郎《こごろう》は蘭《らん》の肩《かた》に手《て》を置《お》いた。「俺《おれ》たちは大丈夫《だいじょうぶ》だ」

二人《ふたり》の顔《かお》を見《み》た蘭《らん》は、ほっと安堵《あんど》の息《いき》を漏《も》らした。

「遅《おそ》くなってごめんなさい」

と謝《あやま》るコナンに、灰原《はいばら》が紙《かみ》コップに入《はい》った紅茶《こうちゃ》を持《も》ってきた。

「ほら、紅茶《こうちゃ》でいい？」

「おう、サンキュー」

「熱《あつ》いから気《き》をつけて」

紙《かみ》コップを受《う》け取《と》ったコナンは、温《あたた》かい紅茶《こうちゃ》を一口《ひとくち》飲《の》んだ。冷《ひ》えた体《からだ》がじんわりと温《あたた》まっていく。

小五郎《こごろう》も阿笠博士《あがさはかせ》が持《も》ってきたコーヒーを飲《の》んでいると、紙《かみ》コップを持《も》った由衣《ゆい》が近《ちか》づいてきた。

「諸伏警部《もろふしけいぶ》は？」

「大丈夫《だいじょうぶ》です。命《いのち》に別状《べつじょう》はありません」

安堵《あんど》する小五郎《こごろう》に、由衣《ゆい》が不安《ふあん》そうにたずねる。

「それで、敢《かん》ちゃ……大和警部《やまとけいぶ》は……」

「今《いま》、救助隊《きゅうじょたい》が捜索《そうさく》してる」

コナンが答《こた》えると、長谷部《はせべ》が近《ちか》づいてきた。

「ところで、その子《こ》どもが噛《か》んだ犯人《はんにん》の手袋《てぶくろ》ですが、鑑定《かんてい》の結果《けっか》、鹿革《しかがわ》でした」

と、ハンカチ越《ご》しに持《も》った鑑定書《かんていしょ》を見《み》せる。

「照合《しょうごう》を科捜研《かそうけん》に依頼《いらい》しています」

そのとき、バタバタと通路《つうろ》を走《はし》る足音《あしおと》が聞《き》こえてきたかと思《おも》うと、ドアの前《まえ》に息《いき》を切《き》らした佐藤《さとう》が現《あらわ》れた。ドアに手《て》をつき、うつむいて肩《かた》で息《いき》をする。

「今《いま》、救助隊《きゅうじょたい》から連絡《れんらく》があって……大和警部《やまとけいぶ》が、見《み》つかりました」

佐藤《さとう》の知《し》らせに、由衣《ゆい》をはじめ一同《いちどう》はほっと安堵《あんど》の表情《ひょうじょう》を浮《う》かべる。

「ただ……」

ためらうような沈黙《ちんもく》が一拍《いっぱく》あってから、うつむいた佐藤《さとう》は声《こえ》を絞《しぼ》り出《だ》すように続《つづ》けた。

「病院《びょういん》に運《はこ》ぶ前《まえ》に、大和警部《やまとけいぶ》の……死亡《しぼう》が、確認《かくにん》されましたッ……」

「!!」

一同《いちどう》がその場《ば》に凍《こお》りついた。

「そんな……」

両手《りょうて》で口《くち》を覆《おお》った蘭《らん》は、由衣《ゆい》に目《め》を向《む》けた。

呆然《ぼうぜん》と立《た》ちすくむ由衣《ゆい》の手《て》から紙《かみ》コップが落《お》ちて、床《ゆか》に液体《えきたい》が飛《と》び散《ち》る。

「嘘《うそ》……」

由衣《ゆい》は崩《くず》れ落《お》ちるように水浸《みずびた》しの床《ゆか》にしゃがみこんだ。

「……敢《かん》ちゃん……敢《かん》ちゃん……！　敢《かん》ちゃあああんー!!」

由衣《ゆい》の悲痛《ひつう》な叫《さけ》びが食堂《しょくどう》にむなしく響《ひび》く。駆《か》け寄《よ》った蘭《らん》は、嗚咽《おえつ》する由衣《ゆい》の肩《かた》にそっと手《て》を置《お》いた。

泣《な》き叫《さけ》ぶ由衣《ゆい》を、一同《いちどう》はただ見《み》つめるしかなかった。

小五郎《こごろう》が、クソッと悔《くや》しそうに顔《かお》をゆがめる。

「大和警部《やまとけいぶ》まで……！」


その日《ひ》の午後《ごご》。

長野県警《ながのけんけい》から車《くるま》で十分《じっぷん》ほどの場所《ばしょ》にある、善光寺《ぜんこうじ》。

日本最古《にほんさいこ》の仏像《ぶつぞう》といわれる『一光三尊阿弥陀如来《いっこうさんぞんあみだにょらい》』を本尊《ほんぞん》とする善光寺《ぜんこうじ》には、多《おお》くの参拝客《さんぱいきゃく》が訪《おとず》れていた。

蘭《らん》、コナン、佐藤《さとう》、高木《たかぎ》と共《とも》に本堂《ほんどう》で手《て》を合《あ》わせた小五郎《こごろう》は、階段《かいだん》を二《に》、三段下《さんだんお》りたところで腰《こし》かけた。

「十カ月前《げつまえ》の雪崩《なだれ》——そこできっと、犯人《はんにん》は見《み》られちゃいけねぇ何《なに》かをしてたんだ」

階段《かいだん》を下《お》りた佐藤《さとう》、高木《たかぎ》、蘭《らん》、そして回廊《かいろう》にとどまっていたコナンが、それぞれ小五郎《こごろう》に目《め》を向《む》けた。

「だからそれを目撃《もくげき》した大和警部《やまとけいぶ》と、それを調《しら》べ始《はじ》めた鮫谷警部《さめたにけいぶ》を殺害《さつがい》した……」

佐藤《さとう》の言葉《ことば》に、小五郎《こごろう》が「ちくしょう」とつぶやく。

「犯人《はんにん》の思《おも》い通《どお》りじゃねぇか。ワニの弔《とむら》い合戦《がっせん》に来《き》たはずなのに、また一人《ひとり》、被害者《ひがいしゃ》を出《だ》しちまった……」

悔《くや》しそうに顔《かお》をゆがめてうつむく小五郎《こごろう》に、蘭《らん》が「お父《とう》さん」と声《こえ》をかける。

「訊《き》こうと思《おも》ってたんだけど、どうして『ワニ』なの？」

「確《たし》かに……鮫谷《さめたに》なのに何《なん》で」

高木《たかぎ》も首《くび》を傾《かし》げる。

「奴《やつ》の故郷《こきょう》では、鮫《さめ》を『ワニ』と言《い》ってたらしい」

「鮫谷《さめたに》さんの故郷《こきょう》って？」

「さあな。忘《わす》れちまったよ」

回廊《かいろう》にいたコナンは、小五郎《こごろう》たちの会話《かいわ》を聞《き》きながら、辺《あた》りを見回《みまわ》した。すると、外《そと》の授与品所《じゅよひんじょ》の陰《かげ》に隠《かく》れるようにして立《た》つ風見《かざみ》を見《み》つけた。こちらに背《せ》を向《む》けて、缶《かん》コーヒーを飲《の》んでいる。

コナンは小五郎《こごろう》たちの方《ほう》をちらりと見《み》て、回廊《かいろう》を反対《はんたい》の方向《ほうこう》へ駆《か》け出《だ》していった。

コナンと合流《ごうりゅう》した風見《かざみ》は、本堂《ほんどう》から日本忠霊殿《にほんちゅうれいでん》へ続《つづ》く石畳《いしだたみ》の道《みち》にあるベンチに並《なら》んで腰《こし》かけた。

「狩猟免許《しゅりょうめんきょ》を持《も》っている人《ひと》の記録《きろく》に、『大友隆《おおともたかし》』の名前《なまえ》はなかった。ただ、長野県《ながのけん》の記録《きろく》に気《き》になる名前《なまえ》があった」

風見《かざみ》はそう言《い》うと、長野県《ながのけん》の第一種《だいいっしゅ》・第二種銃猟免許所有者《だいにしゅじゅうりょうめんきょしょゆうしゃ》のリストを見《み》せた。その中《なか》のある名前《なまえ》を見《み》て、コナンが「やっぱり……」とつぶやく。

「じゃあ、この人《ひと》の戸籍《こせき》、調《しら》べられる？」

風見《かざみ》はがくりと肩《かた》を落《お》としてため息《いき》をついた。

「……ホント、君《きみ》は人使《ひとづか》いが荒《あら》いな」

山門《さんもん》を出《で》たコナンは、大勧進《だいかんじん》に通《つう》じる橋《はし》の上《うえ》で、安室《あむろ》に電話《でんわ》をかけた。

『盗聴器《とうちょうき》はいいの？』

電話《でんわ》に出《で》た安室《あむろ》は、開口一番《かいこういちばん》言《い》った。

「その盗聴器《とうちょうき》を聴《き》いてる風見《かざみ》さんだけど、鮫谷警部《さめたにけいぶ》が殺《ころ》されてからこの事件《じけん》を捜査《そうさ》してるみたいだね。十カ月前《じっげつまえ》の雪崩事故《なだれじこ》の調査《ちょうさ》を命《めい》じたのも安室《あむろ》さんでしょ？〈隠《かく》れ公安《こうあん》〉の鮫谷警部《さめたにけいぶ》に」

『風見《かざみ》に聞《き》いたのか』

「やっぱりそうなんだ」

コナンは納得《なっとく》して微笑《ほほえ》んだ。

「安心《あんしん》して。風見《かざみ》さんはいくら聞《き》いても、安室《あむろ》さんを気《き》にして答《こた》えてくれなかったから。問題《もんだい》は安室《あむろ》さんが、いや、警察庁《けいさつちょう》がそんなことを鮫谷警部《さめたにけいぶ》に調《しら》べさせた理由《りゆう》だ。それがきっと犯人《はんにん》の動機《どうき》――違《ちが》う？」

安室《あむろ》は答《こた》えなかった。沈黙《ちんもく》を破《やぶ》るように、コナンが続《つづ》ける。

「それには多分《たぶん》、国会《こっかい》で審議《しんぎ》がストップしてる〈刑事訴訟法改正案《けいじそしょうほうかいせいあん》〉が関係《かんけい》してる。今《いま》、日本《にほん》で何《なに》が起《お》きてるの？」

『……そこまで君《きみ》が知《し》る必要《ひつよう》はない』

ようやく安室《あむろ》が口《くち》にしたのは、拒絶《きょぜつ》の言葉《ことば》だった。どう訊《き》いても、安室《あむろ》は答《こた》えないようだ。それなら――コナンは切《き》り札《ふだ》のようにそれを口《くち》にした。

「ボクが犯人《はんにん》にたどり着《つ》いてるとしても？」

『！』

スマホの向《む》こうから、安室《あむろ》が息《いき》をのむ音《おと》が聞《き》こえてきた。

蘭《らん》が気《き》づくと、本堂《ほんどう》の回廊《かいろう》からコナンの姿《すがた》が消《き》えていた。

「コナンくーん！」

名前《なまえ》を呼《よ》びながら、蘭《らん》は本堂《ほんどう》の周《まわ》りを探《さが》す。

「あれ、どこ行《い》っちゃったんだろう……」

するとそのとき、バッグに入《い》れた蘭《らん》の携帯《けいたい》が振動《しんどう》した。

と同時《どうじ》に、そばのベンチに腰《こし》かけていた小五郎《こごろう》のスマホも震《ふる》える。

「まさか……」

蘭《らん》はバッグから携帯《けいたい》を取《と》り出《だ》して、画面《がめん》を見《み》た。

小五郎《こごろう》もポケットからスマホを取《と》り出《だ》して、画面《がめん》を確認《かくにん》する。

二人《ふたり》の携帯《けいたい》とスマホには、新一《しんいち》から『事件《じけん》の真相《しんそう》』という件名《けんめい》のメールが届《とど》いていた。


夕方《ゆうがた》になると、雪《ゆき》がちらつき始《はじ》めた。

小五郎《こごろう》はコナン、蘭《らん》、由衣《ゆい》と共《とも》に、天文台《てんもんだい》に来《き》ていた。

施設《しせつ》の奥《おく》にそびえ立《た》つ45m《メートル》電波望遠鏡《でんぱぼうえんきょう》の前《まえ》で、ある人《ひと》がやってくるのを待《ま》つ。

するとしばらくして、レール沿《ぞ》いの一本道《いっぽんみち》の通路《つうろ》を歩《ある》いてくる人影《ひとかげ》が見《み》えた。

小五郎《こごろう》が声《こえ》をかける。

「ご足労《そくろう》おかけしてすみません。舟久保英三《ふなくぼえいぞう》さん」

「ああ、アンタか」

舟久保《ふなくぼ》は小五郎《こごろう》の姿《すがた》を見《み》つけると、歩《あゆ》み寄《よ》ってきた。

「どうしてこんな場所《ばしょ》に」

「あなたが捜《さが》していた鷲頭隆《わしずたかし》が見《み》つかったからです」

小五郎《こごろう》の言葉《ことば》に、舟久保《ふなくぼ》は思《おも》わず立《た》ち止《ど》まった。

「見《み》つかった⁉」

「あの白《しろ》いザゼンソウ……真希《まき》さんのお墓《はか》に供《そな》えたのは、あなたですね？」

「は？」

目《め》をぱちくりさせた舟久保《ふなくぼ》は、ふと背後《はいご》に人《ひと》の気配《けはい》を感《かん》じて、振《ふ》り返《かえ》った。すると、佐《さ》藤《とう》と高木《たかぎ》に連《つ》れられた大友《おおとも》が、驚《おどろ》いた顔《かお》をして立《た》っていた。

舟久保《ふなくぼ》は、今《いま》のは大友《おおとも》に向《む》けられた言葉《ことば》だったと知《し》る。

「彼《かれ》が……？」

舟久保《ふなくぼ》が怪訝《けげん》そうに大友《おおとも》を見《み》ると、小五郎《こごろう》も彼《かれ》をまっすぐ見据《みす》えた。

「大友隆《おおともたかし》さん。あなた、左腕《ひだりうで》と右肩《みぎかた》にアザがあるそうですね」

「え？」

佐藤《さとう》が大友《おおとも》の背後《はいご》に回《まわ》り、「失礼《しつれい》します」と上着《うわぎ》を脱《ぬ》がした。

オーバーオールの下《した》に肩《かた》までまくり上《あ》げたT《ティー》シャツを着《き》た大友《おおとも》の左腕《ひだりうで》には、アザがあった。さらに右腕《みぎうで》の付《つ》け根《ね》にも同《おな》じようなアザがある。

そのアザを見《み》て由衣《ゆい》が言《い》った。

「ライフルを撃《う》つときの反動《はんどう》でつくアザですよね。右脇《みぎわき》と左腕《ひだりうで》のも」

「いや、これは木《き》を伐採《ばっさい》したときに……」

大友《おおとも》が言《い》いかけたとき、

「なるほど」

観測棟《かんそくとう》の方《ほう》から声《こえ》がして、蘭《らん》たちは振《ふ》り返《かえ》った。

「晋《しん》の予譲《よじょう》、身《み》に漆《うるし》し、炭《すみ》を呑《の》むがごとし……」

観測棟《かんそくとう》の前《まえ》に、高明《たかあき》が顎《あご》に手《て》を当《あ》てて立《た》っていた。

「諸伏警部《もろふしけいぶ》！」蘭《らん》が顔《かお》をほころばせる。

「もう退院《たいいん》されたんですか⁉」

佐藤《さとう》が訊《き》くと、高明《たかあき》は「ええ」とうなずいた。

みんなと同様《どうよう》に安堵《あんど》した高木《たかぎ》が、高明《たかあき》の言葉《ことば》を思《おも》い出《だ》す。

「ええっと、『晋《しん》の予譲《よじょう》』……？」

「あ、『史記《しき》』の刺客列伝《しかくれつでん》に出《で》てくる話《はなし》です」

中国《ちゅうごく》の古典《こてん》が好《す》きな蘭《らん》が解説《かいせつ》を買《か》って出《で》た。

「晋《しん》の予譲《よじょう》って人《ひと》が、体《からだ》に漆《うるし》を塗《ぬ》って外見《がいけん》を変《か》え、炭《すみ》を飲《の》んで声《こえ》を変《か》え、正体《しょうたい》がわからないようにして潜伏《せんぷく》したっていう——」

「つまり、大友隆《おおともたかし》さん」

小五郎《こごろう》が蘭《らん》の解説《かいせつ》を遮《さえぎ》って、大友《おおとも》に話《はな》しかけた。

「あなたもそうやって顔《かお》と名前《なまえ》を変《か》えた——違《ちが》いますか？」

「⁉」

険《けわ》しい顔《かお》の大友《おおとも》に、舟久保《ふなくぼ》は怪訝《けげん》な目《め》を向《む》けた。

なぜ今《いま》そんな話《はなし》をするのか、舟久保《ふなくぼ》にはさっぱりわからなかった。

すると、そんな舟久保《ふなくぼ》を察《さっ》した佐藤《さとう》が言《い》った。

「長野県《ながのけん》の狩猟免許《しゅりょうめんきょ》の所有者《しょゆうしゃ》に『鷲頭隆《わしずたかし》』の名《な》がありました」

「そんなことは知《し》ってる。奴《やつ》は狩猟免許《しゅりょうめんきょ》を持《も》ってたから――」

言《い》いかけて、舟久保《ふなくぼ》はハッとした。

「〝隆《たかし》〟……⁉」

目《め》の前《まえ》にいる大友《おおとも》が、鷲頭《わしず》と同《おな》じ名前《なまえ》だと気《き》づく。

鷲頭《わしず》とは似《に》ても似《に》つかないこの男《おとこ》が、鷲頭《わしず》と同《おな》じ『隆《たかし》』だということに――。

「そうです。鷲頭隆《わしずたかし》は養子縁組《ようしえんぐみ》をし、苗字《みょうじ》を『大友《おおとも》』に変《か》えたんです。戸籍《こせき》を調《しら》べてそれがわかったんですよ」

「お前《まえ》が……ッ！」

舟久保《ふなくぼ》が飛《と》び出《だ》して、大友《おおとも》の胸倉《むなぐら》につかみかかった。

「こんな近《ちか》くに！　よくもノコノコと！」

襟首《えりくび》を締《し》め上《あ》げられた大友《おおとも》が、うう……と苦《くる》しそうな声《こえ》を上《あ》げる。

「英三《えいぞう》さん！」「落《お》ち着《つ》いて」

止《と》めに入《はい》る佐藤《さとう》と高木《たかぎ》を前《まえ》に、小五郎《こごろう》が話《はなし》を続《つづ》ける。

「大友《おおとも》さん。あなたは八年前《はちねんまえ》、執行猶予《しっこうゆうよ》付《つ》きの有罪判決《ゆうざいはんけつ》を受《う》けた。その三年《さんねん》の執行猶予《しっこうゆうよ》が終《お》わった後《あと》、姿《すがた》を消《け》し、長野《ながの》に戻《もど》ってきた。真希《まき》さんの墓《はか》がある、あの山《やま》にな」

小五郎《こごろう》は未宝岳《みたからだけ》を指差《ゆびさ》した。

舟久保《ふなくぼ》の手《て》が少《すこ》し緩《ゆる》むと、大友《おおとも》はゴホゴホと咳《せ》き込《こ》んだ。そしてうつむいたまま、ぽつりと言葉《ことば》を落《お》とす。

「……執行猶予《しっこうゆうよ》。私《わたし》がそんな判決《はんけつ》を受《う》けたせいで、真希《まき》さんは……。いてもたってもいられなかった。彼女《かのじょ》の親《おや》に詫《わ》びなきゃならないと思《おも》った。だが、その勇気《ゆうき》がなかった。せめて、彼女《かのじょ》の墓前《ぼぜん》で詫《わ》びなきゃならない、そう思《おも》って……」

毎年《まいとし》、命日《めいにち》より早《はや》い日《ひ》に真希《まき》の墓《はか》を訪《おとず》れた大友《おおとも》は、白《しろ》いザゼンソウを供《そな》えた。そして雪《ゆき》を解《と》かすために、墓《はか》の周《まわ》りに自分《じぶん》で焼《や》いた炭《すみ》の粉《こな》をまいていた。

「それで花《はな》を……」

蘭《らん》が納得《なっとく》したように言《い》うと、小五郎《こごろう》が付《つ》け加《くわ》えた。

「顔《かお》と名前《なまえ》を変《か》え、他《ほか》の人《ひと》と顔《かお》を合《あ》わせないよう、命日《めいにち》よりも早《はや》くな」

大友《おおとも》の胸倉《むなぐら》をつかんだままの舟久保《ふなくぼ》の頭《あたま》に、炭焼《すみや》き小屋《ごや》がよぎる。

「まさか……そのために、あの山《やま》に炭焼《すみや》き小屋《ごや》を構《かま》えたのか……」

「『ブッパ』って名前《なまえ》つけたのも、理由《りゆう》があるんだよね？」

コナンがたずねると、大友《おおとも》は「私《わたし》の、あだ名《な》です」と答《こた》えた。

「あだ名《な》……」

つぶやいた小五郎《こごろう》の頭《あたま》の片隅《かたすみ》に、何《なに》かが引《ひ》っ掛《か》かる。

「私《わたし》と御厨《みくりや》しか知《し》らない、あだ名《な》です」

胸倉《むなぐら》をつかまれた大友《おおとも》は、視線《しせん》を外《はず》すように顔《かお》を背《そむ》けて言《い》った。

そばにいた佐藤《さとう》が「なるほど」とうなずく。

「だから御厨《みくりや》は、この山《やま》にあなたがいると気《き》づいた」

「この山《やま》で待《ま》ってたんだな。奴《やつ》に殺《ころ》されるために」

小五郎《こごろう》の言葉《ことば》に、由衣《ゆい》が続《つづ》く。

「そんな御厨《みくりや》を大和警部《やまとけいぶ》が見《み》つけ、雪崩《なだれ》に遭《あ》った……」

すると、大友《おおとも》の口《くち》から思《おも》いがけない言葉《ことば》が出《で》た。

「その雪崩《なだれ》を、私《わたし》も見《み》ました」

十カ月前《じっげつまえ》。大友《おおとも》が真希《まき》の墓《はか》に手《て》を合《あ》わせていたとき、地鳴《じな》りのような音《おと》が山頂《さんちょう》から聞《き》こえてきたという。それは雪崩《なだれ》の音《おと》だった。

幸《さいわ》いなことに、雪崩《なだれ》は真希《まき》の墓《はか》や炭焼《すみや》き小屋《ごや》の方《ほう》には流《なが》れてこなかった。

雪崩《なだれ》が収《おさ》まったあと、大友《おおとも》は現場《げんば》に向《む》かった。膝上《ひざうえ》まで積《つ》もった雪《ゆき》をかき分《わ》けるように進《すす》んでいると、何《なに》かに足《あし》を取《と》られてつまずいた。それは、雪《ゆき》に埋《う》もれた大和《やまと》だった――。

「じゃあ、敢《かん》ちゃんを助《たす》けたのは……」

由衣《ゆい》は声《こえ》を震《ふる》わせた。

雪崩《なだれ》に巻《ま》き込《こ》まれた大和《やまと》を救出《きゅうしゅつ》し、麓《ふもと》の公衆電話《こうしゅうでんわ》から救急車《きゅうきゅうしゃ》を呼《よ》んだのは、大友《おおとも》だったのだ。

大友《おおとも》の顔《かお》には、全《すべ》てを諦《あきら》めたような暗《くら》い影《かげ》がさしていた。

「私《わたし》は司法取引《しほうとりひき》で御厨《みくりや》を売《う》り、執行猶予《しっこうゆうよ》になった。恨《うら》まれて当然《とうぜん》だ」

「だからこれからも待《ま》つのか？　出所《しゅっしょ》した御厨《みくりや》が、あなたを殺《ころ》しに来《く》るのを」

小五郎《こごろう》が言《い》うやいなや、舟久保《ふなくぼ》は「許《ゆる》さない」とつぶやいた。

「俺《おれ》は、お前《まえ》も御厨《みくりや》も、絶対《ぜったい》に許《ゆる》さない」

大友《おおとも》の胸倉《むなぐら》をつかむ手《て》の力《ちから》が弱《よわ》まり、舟久保《ふなくぼ》はがくりとうなだれた。

「だが……だが、お前《まえ》が奴《やつ》に殺《ころ》されることは、もっと許《ゆる》さん！　お前《まえ》を……お前《まえ》を殺《ころ》したかったのは俺《おれ》だ！　この八年間《はちねんかん》ずっと！　ずっとだ」

大友《おおとも》の胸倉《むなぐら》をつかみながら首《こうべ》を垂《た》れる舟久保《ふなくぼ》の肩《かた》は、小刻《こきざ》みに震《ふる》えていた。落《お》ちた肩《かた》と丸《まる》まった背《せ》が舟久保《ふなくぼ》を小《ちい》さく見《み》せて、大友《おおとも》は八年《はちねん》という長《なが》い年月《ねんげつ》が過《す》ぎてしまったことを否応《いやおう》なく実感《じっかん》する。

「それが……それが俺《おれ》の八年《はちねん》だ！　お前《まえ》の、お前《まえ》の八年《はちねん》はどうなんだッ……真希《まき》を殺《ころ》した後《あと》、どう生《い》きたんだッ」

まくし立《た》てる舟久保《ふなくぼ》の目《め》からは涙《なみだ》があふれていた。伝《つた》った涙《なみだ》が鼻先《はなさき》からぽたぽたと滴《したた》り落《お》ちる。大友《おおとも》も泣《な》いていた。嗚咽《おえつ》をこらえるように、ぎゅっと唇《くちびる》を噛《か》みしめる。

「どんなつもりで花《はな》を供《そな》えてた……その八年間《はちねんかん》を、教《おし》えてくれ……ッ」

舟久保《ふなくぼ》は大友《おおとも》の胸《むね》にすがるようにしてその場《ば》に崩《くず》れ落《お》ちた。

たまらず大友《おおとも》も膝《ひざ》をつき、深々《ふかぶか》と頭《あたま》を下《さ》げる。

「すみませんでした……申《もう》し訳《わけ》ありませんでした……ッ」

八年《はちねん》という長《なが》い年月《ねんげつ》を経《へ》て、大友《おおとも》はようやく舟久保《ふなくぼ》に詫《わ》びることができた——。

一同《いちどう》が膝《ひざ》を突《つ》き合《あ》わせて泣《な》いている二人《ふたり》を見守《みまも》っていると、

「あ、いた！　蘭《らん》さん！　コナン君《くん》！」

観測棟《かんそくとう》から越智《おち》が手《て》を振《ふ》りながら走《はし》ってきた。

「昨日《きのう》あんなことがあってキャンプ場《じょう》で観測《かんそく》できなかったから、レーザーで星《ほし》を作《つく》ってみんなと観測《かんそく》できるように準備《じゅんび》しといたよ」

と、レーザー棟《とう》の屋上《おくじょう》にある銀色《ぎんいろ》のドームを指差《ゆびさ》す。

すると、越智《おち》が出《で》てきた観測棟《かんそくとう》を見《み》て小五郎《こごろう》が言《い》った。

「その前《まえ》に、ここで現場検証《げんばけんしょう》をします」

10

観測棟《かんそくとう》の中《なか》には、プラネタリウムがあった。

階段状《かいだんじょう》に設置《せっち》された座席《ざせき》の中央《ちゅうおう》には投影機《とうえいき》があり、階段《かいだん》を下《お》りた小五郎《こごろう》たちは投影機《とうえいき》の周《まわ》りに集《あつ》まった。

「では、鮫谷警部《さめたにけいぶ》および大和警部《やまとけいぶ》が殺害《さつがい》された事件《じけん》の現場検証《げんばけんしょう》を始《はじ》めます」

小五郎《こごろう》が言《い》うと、越智《おち》は怪訝《けげん》そうな顔《かお》をした。

「殺害《さつがい》って……どうしてここで」

越智《おち》の疑問《ぎもん》に、佐藤《さとう》が答《こた》える。

「それは、殺人事件《さつじんじけん》とここで研究員《けんきゅういん》が襲《おそ》われた事件《じけん》が、同一犯《どういつはん》によるものだからです」

「え⁉」

「――で、いいんですよね？」

佐藤《さとう》が顔《かお》を向《む》けると、小五郎《こごろう》は「ああ」とうなずいた。

「ワニはきっと〈隠《かく》れ公安《こうあん》〉だった。だから事件《じけん》に巻《ま》き込《こ》まれたんだ」

そう言《い》いながら、小五郎《こごろう》は後《うし》ろ手《で》に持《も》ったスマホを握《にぎ》りしめた。スマホの画面《がめん》には、新《しん》一《いち》からのメールが表示《ひょうじ》されている。

コナンは座席《ざせき》の間《あいだ》の階段《かいだん》の方《ほう》を向《む》いた。階段中央辺《かいだんちゅうおうあた》りに長谷部《はせべ》が立《た》っている。

「きっと、あの人《ひと》もそうだよ」

コナンは長谷部《はせべ》の方《ほう》を指差《ゆびさ》した。

「ね？　おじさん」

指《さ》された長谷部《はせべ》は、チラリと後《うし》ろを見《み》た。すると長谷部《はせべ》の背後《はいご》には――林《はやし》が立《た》っていた。

コナンが指《ゆび》を差《さ》したのは、林《はやし》の方《ほう》だった。

「ちょっ、それは言《い》わない約束《やくそく》でって――」

「いや、もういい」

扉《とびら》の方《ほう》から声《こえ》がした。振《ふ》り返《かえ》ると、険《けわ》しい顔《かお》をした風見《かざみ》が立《た》っていた。

「お前《まえ》……」

小五郎《こごろう》がつぶやくと、由衣《ゆい》が「誰《だれ》です？」とたずねる。

「……公安《こうあん》の刑事《デカ》だ」

風見《かざみ》は険《けわ》しい顔《かお》を林《はやし》に向《む》けた。

「林警部補《はやしけいぶほ》。あなたは山梨県警《やまなしけんけい》の警備課《けいびか》に配属《はいぞく》された後《あと》、公安《こうあん》にスカウトされ、〈隠《かく》れ公《こう》安《あん》〉として地域課《ちいきか》へ配属《はいぞく》された」

「そうですけど……」

林《はやし》が困惑気味《こんわくぎみ》に答《こた》えると、風見《かざみ》は続《つづ》けて言《い》った。

「その部署《ぶしょ》では、押収《おうしゅう》した銃器《じゅうき》や爆発物《ばくはつぶつ》を処分《しょぶん》できる立場《たちば》にあった」

「大和警部《やまとけいぶ》に聞《き》いたんだけど」

と前置《まえお》きして、コナンが言《い》った。

「数年前《すうねんまえ》に県境《けんざかい》の国道《こくどう》で、ライフルの弾《たま》が使《つか》えるピストルが押収《おうしゅう》されたんだよね？　それなら服《ふく》に隠《かく》せるね」

「カバーを掛《か》ければ、ライフルに見《み》せかけることもできたはずです」

コナンと高明《たかあき》が言《い》った。

銃身《じゅうしん》の長《なが》いライフルと違《ちが》って、この銃《じゅう》なら上着《うわぎ》の下《した》に忍《しの》ばせることができる。さらに銃《じゅう》床《しょう》を伸《の》ばしてライフルカバーを掛《か》ければ、傍目《はため》にはライフルにしか見《み》えないだろう。

「それでワニを撃《う》ったのか！」

林《はやし》をにらむ小五郎《こごろう》のそばで、佐藤《さとう》は「そうか」とつぶやく。

「その後《ご》、地下鉄《ちかてつ》の出入《でい》り口《ぐち》にバイクを乗《の》り捨《す》て、逃《に》げた」

「そういえば、その通《とお》りに警視庁《けいしちょう》や警察庁《けいさつちょう》があったよ」

コナンが言《い》うと、高木《たかぎ》がハッと気《き》づく。

「警察官《けいさつかん》ならそこへ逃《に》げ込《こ》める！」

コナンたちの会話《かいわ》を黙《だま》って聞《き》いていた長谷部《はせべ》は、納得《なっとく》したように小《ちい》さくうなずいた。

「緊急信号《きんきゅうしんごう》を受《う》けてすぐ山《やま》へ続《つづ》く道《みち》を封鎖《ふうさ》したのに、いくら捜索《そうさく》しても犯人《はんにん》が見《み》つからなかったのは、その捜索隊《そうさくたい》に紛《まぎ》れていたから……」

高明《たかあき》は、崖《がけ》から落《お》ちたときにとっさに投《な》げたPⅢ端末《ピースリーたんまつ》のことを思《おも》い出《だ》した。

「私《わたし》の緊急信号《きんきゅうしんごう》がすぐに途絶《とだ》えたのも、あなたの仕業《しわざ》。PⅢ《ピースリー》の緊急発信《きんきゅうはっしん》を知《し》っている、それを的確《てきかく》にオフできるのは警察官《けいさつかん》くらいですからね」

一同《いちどう》から嫌疑《けんぎ》の視線《しせん》を向《む》けられた林《はやし》は、明《あき》らかに動揺《どうよう》していた。

「いや、私《わたし》は本当《ほんとう》に――」

「ワニ……」

林《はやし》の言葉《ことば》を遮《さえぎ》るように小五郎《こごろう》が言《い》った。

「アンタと初《はじ》めて会《あ》ったとき、俺《おれ》は挨拶《あいさつ》でこう言《い》った」

――本日《ほんじつ》はワニの件《けん》で、世話《せわ》になります。

――では、あなたも警視庁《けいしちょう》の方《かた》――

「お前《まえ》は『ワニ』について何《なん》の疑問《ぎもん》も持《も》たなかった。他《ほか》の連中《れんちゅう》は必《かなら》ず訊《き》き返《かえ》してきた。俺《おれ》しか知《し》らないあだ名《な》じゃ通《つう》じなかったからだ」

小五郎《こごろう》の言葉《ことば》を聞《き》いて、蘭《らん》は鮫谷《さめたに》が撃《う》たれたときのことを思《おも》い出《だ》した。

――ワニ⁉ どうした、ワニ！

――ワニって、その人《ひと》が⁉

あのとき、小五郎《こごろう》は鮫谷《さめたに》を『ワニ』と呼《よ》んでいた。

「そうか……あの現場《げんば》にいた犯人《はんにん》だから！」

「そう。だからお前《まえ》は鮫谷《さめたに》が『ワニ』だと知《し》ってたんだ。違《ちが》うか⁉」

小五郎《こごろう》が追及《ついきゅう》しても、林《はやし》は容疑《ようぎ》を認《みと》めようとしなかった。

「全《すべ》て、ただの状況証拠《じょうきょうしょうこ》。それで私《わたし》を警官殺《けいかんごろ》しの犯人《はんにん》だっていうのは——」

「それ、あったかそうな手袋《てぶくろ》だね」

コナンは林《はやし》の手《て》にはめられた革《かわ》の手袋《てぶくろ》を指差《ゆびさ》した。

「鹿革《しかがわ》かな？」

「こ、これは……」

狼狽《ろうばい》する林《はやし》を、由衣《ゆい》が険《けわ》しい目《め》で見《み》つめる。

「ちなみに、ここの研究員《けんきゅういん》が襲《おそ》われた現場《げんば》から、鹿革《しかがわ》の手袋痕《てぶくろこん》が採取《さいしゅ》されています。現場《げんば》に落《お》ちていたこの鍵《かぎ》からも、あの移動観測車《いどうかんそくしゃ》からもね」

そう言《い》って、由衣《ゆい》は右手《みぎて》に持《も》ったウサギのキーホルダーの付《つ》いた鍵《かぎ》を掲《かか》げた。プラネタリウムのスクリーンには、パラボラアンテナが付《つ》いた移動観測車《いどうかんそくしゃ》が映《うつ》し出《だ》される。

「さらにこれは、大和警部《やまとけいぶ》と上原刑事《うえはらけいじ》を撃《う》った犯人《はんにん》の手袋《てぶくろ》を、元太君《げんたくん》が噛《か》んだときに付着《ふちゃく》した革《かわ》の一部《いちぶ》です」

高木《たかぎ》の説明《せつめい》と共《とも》にスクリーンが切《き》り替《か》わって、ビニール袋《ぶくろ》に入《はい》った革《かわ》の欠片《かけら》が映《うつ》し出《だ》された。

「鑑定《かんてい》の結果《けっか》、ここに侵入《しんにゅう》した犯人《はんにん》の手袋《てぶくろ》の鹿革《しかがわ》と一致《いっち》したわ」

焦《あせ》りの色《いろ》が見《み》えていた林《はやし》の表情《ひょうじょう》が、苦虫《にがむし》を噛《か》みつぶしたような険《けわ》しいものへと変《か》わっていく。

「つまりお前《まえ》は、自分《じぶん》が犯人《はんにん》だって証拠《しょうこ》を山《やま》ほど残《のこ》してたんだよ！」

小五郎《こごろう》が言《い》い放《はな》つと、林《はやし》は風見《かざみ》がいる扉《とびら》の方《ほう》をチラリと見《み》て、弾《はじ》かれたように反対側《はんたいがわ》の扉《とびら》に向《む》かって駆《か》け出《だ》した。

林《はやし》が開《あ》いている扉《とびら》の前《まえ》にたどり着《つ》いたとたん、一本《いっぽん》の杖《つえ》が出入《でい》り口《ぐち》を塞《ふさ》いだ。

それは大和《やまと》の杖《つえ》だった。

「兵《へい》は詭道《きどう》なり」

扉《とびら》の前《まえ》に立《た》った大和《やまと》が、ニヤリと笑《わら》う。

「大和警部《やまとけいぶ》！」

蘭《らん》をはじめ、大和《やまと》は死《し》んだと聞《き》かされていた一同《いちどう》は驚愕《きょうがく》に目《め》を見張《みは》った。

「こういうときはそう言《い》うんだろ？　なあ、高明《コウメイ》」

愕然《がくぜん》としていた高明《たかあき》は、名前《なまえ》を呼《よ》ばれて、我《われ》に返《かえ》る。

「……ええ。戦《たたか》いの基本《きほん》は敵《てき》を欺《あざむ》くこと。孫子《そんし》の言葉《ことば》ですね」

「やっさんよ」

大和《やまと》は、目《め》の前《まえ》に立《た》つ林《はやし》を見《み》た。

「お前《まえ》が起《お》こした雪崩《なだれ》を見《み》たとき、そこで俺《おれ》ははっきりと思《おも》い出《だ》した。十カ月前《じっかげつまえ》のあのとき、俺《おれ》が一体誰《いったいだれ》を目撃《もくげき》したのかを……」

＊　＊　＊

十カ月前《じっかげつまえ》。

雪《ゆき》が積《つ》もる未宝岳《みたからだけ》で御厨《みくりや》を追《お》っていた大和《やまと》は、林道《りんどう》に一台《いちだい》の車《くるま》が停《と》まっているのに気《き》づいた。車《くるま》のそばでは、フードを被《かぶ》った人物《じんぶつ》が何《なに》やら作業《さぎょう》をしている。

「おいッ！　そこで何《なに》してる！　逃《に》げろッ！」

大和《やまと》が呼《よ》びかけると同時《どうじ》に、作業《さぎょう》をしている人物《じんぶつ》のフードが強風《きょうふう》で外《はず》れて、その顔《かお》があらわになる。

フードを被《かぶ》った人物《じんぶつ》は――林《はやし》だった。

炭焼《すみや》き小屋《ごや》の前《まえ》で、北側《きたがわ》の斜面《しゃめん》を駆《か》け下《お》りる雪崩《なだれ》が迫《せま》ってきたとき、大和《やまと》の左眼《ひだりめ》が疼《うず》いた。

鋭《するど》い痛《いた》みに襲《おそ》われると同時《どうじ》に、十カ月前《げつまえ》に雪山《ゆきやま》で見《み》たフードの人物《じんぶつ》の顔《かお》がよみがえる。

大和《やまと》はうずくまり左眼《ひだりめ》を押《お》さえながら、その場《ば》に膝《ひざ》をついた。

雪崩《なだれ》はすぐそこまで来《き》ていた。

コナンたちが炭焼《すみや》き小屋《ごや》へ向《む》かった直後《ちょくご》、逃《に》げ遅《おく》れた大和《やまと》の前《まえ》に大友《おおとも》が現《あらわ》れた。大和《やまと》の体《からだ》を引《ひ》っ張《ぱ》り上《あ》げて、もう一《ひと》つある別《べつ》の炭焼《すみや》き小屋《ごや》へ向《む》かう。

大友《おおとも》は抱《かか》えた大和《やまと》と一緒《いっしょ》に炭焼《すみや》き窯《がま》の中《なか》へ飛《と》び込《こ》んだ。次《つぎ》の刹那《せつな》に、雪《ゆき》の洪水《こうずい》が炭焼《すみや》き小屋《ごや》をのみ込《こ》む――。

やがて、地鳴《じな》りのような轟音《ごうおん》が収《おさ》まると、炭焼《すみや》き窯《がま》の入《い》り口《ぐち》は完全《かんぜん》に雪《ゆき》で埋《う》まっていた。

暗闇《くらやみ》の中《なか》、大和《やまと》は右足《みぎあし》で入《い》り口《ぐち》の雪《ゆき》を思《おも》い切《き》り蹴《け》った。しかし圧《お》し固《かた》められた雪《ゆき》はびくともしない。

そのとき、入《い》り口《ぐち》の反対側《はんたいがわ》にある煙道口《えんどうぐち》の雪《ゆき》が落《お》ちて、わずかに光《ひかり》が差《さ》し込《こ》んだ。

「大和警部《やまとけいぶ》ー！」

遠《とお》くからコナンの声《こえ》がした。大和《やまと》が「ここだ！」と叫《さけ》ぶ。

「大和警部《やまとけいぶ》！」

今度《こんど》は煙道口《えんどうぐち》のすぐ上《うえ》で声《こえ》がした。

「どうやら、炭焼《すみや》き窯《がま》の煙道口《えんどうぐち》のようだ。大友《おおとも》さんが助《たす》けてくれた」

大友《おおとも》は大和《やまと》の隣《となり》で気絶《きぜつ》していた。

「よかった。すぐ救助《きゅうじょ》を呼《よ》ぶよ」

「いや待《ま》て」

立《た》ち去《さ》ろうとするコナンを大和《やまと》は呼《よ》び止《と》めた。

「もう全《すべ》てわかった。十カ月前《じっげつまえ》に俺《おれ》が誰《だれ》を見《み》たのか、鮫谷警部《さめたにけいぶ》や俺《おれ》を襲《おそ》った犯人《はんにん》が誰《だれ》かがな」

＊　＊　＊

十《じっ》カ月前《げつまえ》と昨日《きのう》の雪崩事故《なだれじこ》を振《ふ》り返《かえ》った大和《やまと》は、続《つづ》けて言《い》った。

「そして俺《おれ》は、俺《おれ》たちを最初《さいしょ》に発見《はっけん》してくれた人《ひと》に全《すべ》てを話《はな》した。そうしたら……」

林《はやし》の背後《はいご》から近《ちか》づいてきた由衣《ゆい》が引《ひ》き継《つ》ぐ。

「大和警部《やまとけいぶ》が生《い》きてるってバレれば、また命《いのち》を狙《ねら》われ、周《まわ》りの人《ひと》にも危害《きがい》が及《およ》ぶ」

顎《あご》に手《て》を当《あ》てた高明《たかあき》は、小《ちい》さくうなずいた。

「だから林警部補《はやしけいぶほ》を逮捕《たいほ》するまで、死《し》んだことにした――と」

「その工作《こうさく》は、公安《こうあん》に頼《たの》んだらしい」

大和《やまと》はそう言《い》うと、林《はやし》に目《め》を向《む》けた。「お前《まえ》とは違《ちが》って、信頼《しんらい》できる公安《こうあん》に、な」

扉《とびら》の前《まえ》に立《た》った風見《かざみ》は、険《けわ》しい顔《かお》で大和《やまと》たちの話《はなし》を聞《き》いていた。

林《はやし》の背後《はいご》に迫《せま》った由衣《ゆい》がたずねる。

「十《じっ》カ月前《げつまえ》のあのとき、大和警部《やまとけいぶ》が目撃《もくげき》したのは林警部補《はやしけいぶほ》、あなたね」

「そのときお前《まえ》は、あの車《くるま》のデカいアンテナを広《ひろ》げていた」

大和《やまと》が言《い》うと、越智《おち》はスクリーンに映《うつ》った移動観測車《いどうかんそくしゃ》を見《み》た。

「移動観測車《いどうかんそくしゃ》を……」

由衣《ゆい》は、背中《せなか》を向《む》ける林《はやし》に再《ふた》びたずねた。

「それを先日《せんじつ》、あなたはまた盗《ぬす》もうとした。きっと同《おな》じことをするために。十カ月前《じっげつまえ》、未《み》
宝岳《たからだけ》の雪山《ゆきやま》で何《なに》をしていたの？」

「おそらく目撃《もくげき》されては困《こま》ること」

高明《たかあき》が言《い》い添《そ》えると、大和《やまと》が目《め》の前《まえ》の林《はやし》に吼《ほ》えた。

「答《こた》えろ！　林《はやし》ぃ‼」

すると答《こた》えたのは、長谷部《はせべ》だった。

「衛星電波《えいせいでんぱ》の受信《じゅしん》。それも日本《にほん》の情報収集衛星《じょうほうしゅうしゅうえいせい》の電波《でんぱ》」

蘭《らん》たちが「えっ」と驚《おどろ》く。

長谷部《はせべ》は座席《ざせき》の間《あいだ》を歩《ある》きながら、言葉《ことば》を続《つづ》けた。

「それと当然《とうぜん》、同盟国《どうめいこく》であるアメリカの軍事衛星情報《ぐんじえいせいじょうほう》も含《ふく》まれる。そのデータを全世界《ぜんせかい》に

公開《こうかい》すると、日本政府《にほんせいふ》を脅《おど》したのは、あなただったのですね」

「じゃあ、長谷部《はせべ》さんはずっと、その犯人《はんにん》を捜《さが》してたの？」

「捜査本部付《そうさほんぶつき》の検事《けんじ》さんじゃなかったのか？」

コナンと小五郎《こごろう》が疑問《ぎもん》を投《な》げかけると、長谷部《はせべ》は足《あし》を止《と》めコナンたちの方《ほう》に向《む》き直《なお》った。

「申《もう》し遅《おく》れました。私《わたくし》、『内閣衛星情報《ないかくえいせいじょうほう》センター』所属《しょぞく》の長谷部《はせべ》です」

とお辞儀《じぎ》をする。捜査本部付《そうさほんぶつき》の検事《けんじ》だと聞《き》かされていた小五郎《こごろう》、佐藤《さとう》、高木《たかぎ》は、驚《おどろ》いた。

「黒田管理官《くろだかんりかん》に無理《むり》を言《い》い、捜査本部付検事《そうさほんぶつきけんじ》と偽《いつわ》り、捜査《そうさ》に参加《さんか》しました」

正体《しょうたい》を明《あ》かした長谷部《はせべ》に、高明《たかあき》は「なるほど」と言《い》った。

「日本政府《にほんせいふ》にそんな脅《おど》しが来《き》たから、内調《ないちょう》と公安《こうあん》が動《うご》き出《だ》したわけですか」

「ないちょう？」

蘭《らん》が首《くび》を傾《かし》げると、風見《かざみ》が口《くち》を開《ひら》く。

「『内閣情報調査室《ないかくじょうほうちょうさしつ》』。総理大臣直轄《そうりだいじんちょっかつ》の諜報機関《ちょうほうきかん》——ですよね？」

長谷部《はせべ》は「ええ」と答《こた》えた。

「私《わたし》が問題《もんだい》のデータが受信《じゅしん》された日時《にちじ》と場所《ばしょ》を割《わ》り出《だ》し、それが十《じっ》カ月前《げつまえ》の未宝岳《みたからだけ》だとわかりました」

長谷部《はせべ》の言葉《ことば》を受《う》けて、佐藤《さとう》が考《かんが》え込《こ》む。

「その事件《じけん》ファイルを、鮫谷警部《さめたにけいぶ》が調《しら》べた……」

「そう。公安《こうあん》の指示《しじ》で」

風見《かざみ》が答《こた》えると、高明《たかあき》は林《はやし》の方《ほう》を向《む》いて言《い》った。

「〈隠《かく》れ公安《こうあん》〉であるあなたは、それに気《き》づいたんですね？」

下《した》を向《む》いていた林《はやし》は、観念《かんねん》したように、ぽつりと話《はな》し始《はじ》めた。

「……鮫谷警部《さめたにけいぶ》が、刑務所《けいむしょ》で御厨《みくりや》に面会《めんかい》したことを知《し》ってね。同《おな》じ〈隠《かく》れ公安《こうあん》〉である私《わたし》に、彼《かれ》は警戒《けいかい》せず、いろいろと話《はな》してくれたよ。大和警部《やまとけいぶ》に会《あ》おうとした彼《かれ》に、私《わたし》は警部《けいぶ》の世話係《せわがかり》だったことを伝《つた》え、その警部《けいぶ》は今《いま》、あのときの記憶《きおく》がない事《こと》も伝《つた》えた」

「だから、鮫谷警部《さめたにけいぶ》は大和警部《やまとけいぶ》に会《あ》わずに東京《とうきょう》へ帰《かえ》った……」

不可解《ふかかい》だった鮫谷《さめたに》の足取《あしど》りを解明《かいめい》することができた佐藤《さとう》のそばで、小五郎《こごろう》は林《はやし》をにらみ付《つ》けた。

「だが、お前《まえ》はワニを撃《う》った！　この件《けん》を調《しら》べるワニの口《くち》を塞《ふさ》ぐために……！」

風見《かざみ》は、今《いま》までの林《はやし》の行動《こうどう》を思《おも》い返《かえ》した。

「だから、その事件《じけん》の捜査《そうさ》を命《めい》じられた私《わたし》に接触《せっしょく》し、素直《すなお》に従《したが》ったのも……」

「俺《おれ》たちと一緒《いっしょ》に刑務所《けいむしょ》に行《い》ったのも、事件《じけん》に関《かか》わる俺達《おれたち》を監視《かんし》していたんだな」

大和《やまと》が続《つづ》けて言《い》うと、林《はやし》はフッと皮肉《ひにく》げに唇《くちびる》の端《はし》を持《も》ち上《あ》げた。

「行《い》っといてよかったよ。アンタが何《なに》かを思《おも》い出《だ》しそうになってることがわかったからな」

林《はやし》の思惑《おもわく》を知《し》った小五郎《こごろう》は、怒《いか》りのあまり唇《くちびる》をわなわなと震《ふる》わせる。

「だから、大和警部《やまとけいぶ》も銃撃《じゅうげき》し、それに失敗《しっぱい》したから雪崩《なだれ》を起《お》こして殺《ころ》そうとしたのか！」

雪山《ゆきやま》の北側斜面《きたがわしゃめん》に設置《せっち》したスピーカーを作動《さどう》させたのは、林《はやし》だった。炭焼《すみや》き小屋《ごや》の前《まえ》にいる大和《やまと》たちを確認《かくにん》した林《はやし》は、銃型音響装置《じゅうがたおんきょうそうち》をスピーカーに向《む》けてトリガーを引《ひ》くと、音《おん》響装置《きょうそうち》をその場《ば》に投《な》げ捨《す》てて去《さ》ったのだ。

「なんでそこまで……」

由衣《ゆい》には林《はやし》の行動《こうどう》が理解《りかい》できなかった。なぜそこまでして、目撃者《もくげきしゃ》の大和《やまと》を消《け》そうとしたのか。そもそもなぜ、日本《にほん》の情報収集衛星《じょうほうしゅうしゅうえいせい》のデータを盗《ぬす》んで、政府《せいふ》を脅《おど》したのか——。

一同《いちどう》が抱《いだ》いた疑問《ぎもん》の答《こた》えを口《くち》にしたのは、コナンだった。

「それはきっと、あなたが自殺《じさつ》した真希《まき》さんの恋人《こいびと》だから」

「え!?」

一同《いちどう》が驚《おどろ》きの声《こえ》を上《あ》げると、コナンは慌《あわ》ててポケットからスマホを取《と》り出《だ》した。

「あ、新一兄《しんいちにい》ちゃんのメールにそう書《か》いてあったよ!」

スマホの画面《がめん》を見《み》せて、ハハハ……と笑《わら》ってごまかす。

プラネタリウムのドームスクリーンに、満天《まんてん》の星《ほし》が映《うつ》し出《だ》された。星《ほし》がちりばめられた夜空《よぞら》を横切《よこぎ》るように、白《しろ》い光《ひかり》の帯《おび》が横《よこ》たわる。

スクリーンに映《うつ》る天《あま》の川《がわ》の下《した》で、林《はやし》はぽつりとこぼした。

「……真希《まき》が自殺《じさつ》したのは、御厨《みくりや》や鷲頭《わしず》のせいだ。にもかかわらず、鷲頭《わしず》は司法取引《しほうとりひき》をして執行猶予《しっこうゆうよ》を勝《か》ち取《と》った」

「だから何《なに》？　あなたは警察官《けいさつかん》よ」

佐藤《さとう》の言葉《ことば》に、林《はやし》は冷《ひ》ややかな笑《え》みを浮《う》かべた。

「ああ、警察官《けいさつかん》だ。だから耐《た》えたさ。だが、鷲頭《わしず》は姿《すがた》を消《け》した。卑劣《ひれつ》にも名前《なまえ》と顔《かお》を変《か》えて……ッ」

うつむいて肩《かた》を震《ふる》わせた林《はやし》は、声《こえ》を絞《しぼ》り出《だ》すように続《つづ》ける。

「耐《た》えて……耐《た》えて……。それなのに新《あたら》しい司法取引《しほうとりひき》で、これから鷲頭《わしず》のような犯罪者《はんざいしゃ》がますます増《ふ》える。真希《まき》のような犠牲者《ぎせいしゃ》も……」

ドームスクリーンの映像《えいぞう》が、星空《ほしぞら》からオーロラに切《き》り替《か》わった。澄《す》み切《き》った夜空《よぞら》に現《あらわ》れた緑《みどり》の輝《かがや》きが、ゆらゆらとうねりながら帯状《おびじょう》に変化《へんか》して、カーテン状《じょう》のひだを作《つく》り出《だ》した。大《おお》きくたなびく光《ひかり》のカーテンの中《なか》を流《なが》れ星《ぼし》が駆《か》け抜《ぬ》けると、林《はやし》は堰《せき》を切《き》ったように叫《さけ》んだ。

「もうたくさんだ！　これ以上《いじょう》は耐《た》えられない！　罪《つみ》は償《つぐな》われるべきだ！　人《ひと》の罪《つみ》をチクったら刑《けい》が軽《かる》くなるなんて、絶対《ぜったい》に許《ゆる》せない！　絶対《ぜったい》にあっちゃいけない!!」

振《ふ》り上《あ》げた手《て》を、林《はやし》は懐《ふところ》に入《い》れた。

「衛星《えいせい》のデータはまだ持《も》ってる。まだ政府《せいふ》を脅《おど》せる！」

懐《ふところ》から出《だ》したのは、鮫谷《さめたに》や大和《やまと》を撃《う》った銃《じゅう》だった。

林《はやし》は闇雲《やみくも》に発砲《はっぽう》した。銃声《じゅうせい》が室内《しつない》に響《ひび》き、座席《ざせき》のシートや投影機《とうえいき》が吹《ふ》き飛《と》び、ドームスクリーンに穴《あな》が開《あ》く。

座席《ざせき》の間《あいだ》にしゃがみ込《こ》んだ由衣《ゆい》に、走《はし》ってきた林《はやし》がぶつかった。由衣《ゆい》が持《も》っていた移動《いどう》観測車《かんそくしゃ》の鍵《かぎ》を奪《うば》って、プラネタリウムを出《で》て行《い》く。

「待《ま》ちなさい！」

立《た》ち上《あ》がった由衣《ゆい》は、すぐに林《はやし》を追《お》いかけた。

11

観測棟《かんそくとう》を出《で》ると、雪《ゆき》が強《つよ》くなっていた。

移動観測車《いどうかんそくしゃ》は45m電波望遠鏡《メートルでんぱぼうえんきょう》を囲《かこ》むフェンス沿《ぞ》いに停《と》まっていた。林《はやし》が移動観測車《いどうかんそくしゃ》に向《む》かって走《はし》っている。

「止《と》まれ！」

由衣《ゆい》は、走《はし》る林《はやし》に拳銃《けんじゅう》を向《む》けた。すると、振《ふ》り返《かえ》った林《はやし》が銃《じゅう》を由衣《ゆい》に向《む》けて撃《う》った。

観測棟《かんそくとう》から出《で》てきた風見《かざみ》が由衣《ゆい》に飛《と》びついて、銃弾《じゅうだん》は後《うし》ろに停《と》まっていた越智《おち》の車《くるま》に当《あ》たった。越智《おち》の車《くるま》が爆発《ばくはつ》して、由衣《ゆい》に覆《おお》いかぶさった風見《かざみ》にガラス片《へん》が降《ふ》りかかる。

「移動観測車《いどうかんそくしゃ》で逃《に》げる気《き》よ！」

懐《ふところ》から拳銃《けんじゅう》を取《と》り出《だ》そうとする風見《かざみ》より先《さき》に、観測棟《かんそくとう》から出《で》てきた高明《たかあき》が拳銃《けんじゅう》を構《かま》え、二発続《にはつつづ》けて発砲《はっぽう》した。

銃弾《じゅうだん》は45m電波望遠鏡《メートルでんぱぼうえんきょう》を囲《かこ》むフェンスを突《つ》き抜《ぬ》け、フェンスの外側《そとがわ》に停《と》めてあった移動《いどう》観測車《かんそくしゃ》の右前輪《みぎぜんりん》タイヤと右後輪《みぎこうりん》タイヤに命中《めいちゅう》した。

「くそっ！　移動観測車《いどうかんそくしゃ》が……!!」

移動観測車《いどうかんそくしゃ》にたどり着《つ》いた林《はやし》は、車《くるま》の左側《ひだりがわ》に回《まわ》り、銃《じゅう》で撃《う》ち返《かえ》した。

一発目《いっぱつめ》は地面《じめん》に着弾《ちゃくだん》し、二発目《にはつめ》は風見《かざみ》たちのそばにある配電盤《はいでんばん》に当《あ》たって爆発《ばくはつ》する。

観測棟《かんそくとう》から出《で》てきた高木《たかぎ》、佐藤《さとう》、小五郎《こごろう》、蘭《らん》は、爆煙《ばくえん》を見《み》て立《た》ち止《ど》まった。

さらに林《はやし》は火《ひ》をつけた爆竹缶《ばくちくかん》を投《な》げた。

爆竹缶《ばくちくかん》が45m《メートル》電波望遠鏡《でんぱぼうえんきょう》のフェンス付近《ふきん》で爆発《ばくはつ》した隙《すき》に、林《はやし》はミリ波干渉計《はかんしょうけい》を載《の》せた移《い》動台車《どうだいしゃ》に向《む》かった。由衣《ゆい》が追《お》いかける。

観測棟《かんそくとう》から出《で》てきたコナンは、あちこちで上《あ》がる爆煙《ばくえん》を見《み》て、足《あし》を止《と》めた。すると、

「危《あぶ》ない！」

長谷部《はせべ》が後《うし》ろからコナンを抱《だ》き上《あ》げて、建物《たてもの》のそばへ戻《もど》す。

「あなたたちも下《さ》がって！」

長谷部《はせべ》は出入《でい》り口付近《ぐちふきん》にいた越智《おち》や舟久保《ふなくぼ》も下《さ》がらせた。

ミリ波干渉計《はかんしょうけい》を載《の》せた巨大《きょだい》な移動台車《いどうだいしゃ》は、収納倉庫《しゅうのうそうこ》の前《まえ》に停《と》まっていた。ドアを開《あ》けて運転席《うんてんせき》に乗《の》り込《こ》んだ林《はやし》は、由衣《ゆい》から奪《うば》ったウサギのキーホルダーに付《つ》いていた鍵《かぎ》を使《つか》ってエンジンをかけた。

正面《しょうめん》を照《て》らすヘッドライトの先《さき》に、レールの上《うえ》で銃《じゅう》を構《かま》えた由衣《ゆい》が見《み》える。

「手《て》を上《あ》げて出《で》てきなさい！」

由衣《ゆい》の姿《すがた》を見《み》つけた林《はやし》は、あくどい笑《え》みを浮《う》かべて、移動台車《いどうだいしゃ》を発進《はっしん》させた。

「やめろ、上原《うえはら》！」

由衣《ゆい》を追《お》って移動台車《いどうだいしゃ》のところまで来《き》た大和《やまと》が叫《さけ》んだ。

しかし、走《はし》り出《だ》した移動台車《いどうだいしゃ》は徐々《じょじょ》に加速《かそく》して、由衣《ゆい》に迫《せま》る。

運転席《うんてんせき》の林《はやし》は、レバーを手前《てまえ》に引《ひ》いて、さらに加速《かそく》させた。

スピードを上《あ》げた移動台車《いどうだいしゃ》は、雪《ゆき》を巻《ま》き上《あ》げながらレールの上《うえ》を突《つ》き進《すす》む。

止《と》まらない——猛然《もうぜん》と突《つ》っ込《こ》んでくる移動台車《いどうだいしゃ》を避《よ》けようと、由衣《ゆい》は横《よこ》へ飛《と》び出《だ》した。が、雪《ゆき》に隠《かく》れていたレールに足《あし》を取《と》られる。そこに移動台車《いどうだいしゃ》が迫《せま》ってきて、由衣《ゆい》は思《おも》わず目《め》を閉《と》じた。

移動台車《いどうだいしゃ》が猛《もう》スピードで通過《つうか》して、由衣《ゆい》の拳銃《けんじゅう》が宙《ちゅう》を舞《ま》う。

「お、お父《とう》さん！」

蘭《らん》は風見《かざみ》の車《くるま》に向《む》かう小五郎《こごろう》を呼《よ》び止《と》めた。

「蘭《らん》、お前《まえ》はそっちの刑事《けいじ》たちの車《くるま》に乗《の》れ！」

小五郎《こごろう》は駐車場《ちゅうしゃじょう》に停《と》めてある高明《たかあき》の車《くるま》を指差《ゆびさ》した。

「でも――」

「終《お》わったら迎《むか》えに行《い》く」

高明《たかあき》の車《くるま》の隣《となり》に停《と》めた高木《たかぎ》の車《くるま》が急発進《きゅうはっしん》して、移動台車《いどうだいしゃ》が走《はし》るレールへ向《む》かった。高明《たかあき》の車《くるま》も道路《どうろ》に出《で》て、蘭《らん》の背後《はいご》に停《と》まる。

蘭《らん》は風見《かざみ》の車《くるま》へ走《はし》っていく小五郎《こごろう》を、不安《ふあん》そうに見送《みおく》った。

観測棟《かんそくとう》の前《まえ》では越智《おち》の車《くるま》や配電盤《はいでんばん》が火《ひ》を噴《ふ》いて、黒煙《こくえん》や火《ひ》の粉《こ》をまき散《ち》らしていた。

コナンは越智《おち》の袖《そで》を引《ひ》っ張《ぱ》って長谷部《はせべ》たちから遠《とお》ざけると、レーザー棟《とう》の屋上《おくじょう》にあるドームを指差《ゆびさ》した。

「越智先生《おちせんせい》。あのレーザー、向《む》きは変《か》えられる？」

「あ、ああ」

「それで行《ゆ》く手《て》を阻《はば》んで！」

そう言《い》うと、コナンは走《はし》り出《だ》した。

「急《いそ》いで！」

「はっ、はい！」

越智《おち》は困惑《こんわく》しつつ、レーザー棟《とう》へ向《む》かった。

自分《じぶん》の車《くるま》に乗《の》った風見《かざみ》は、シートベルトを締《し》めると、拳銃《けんじゅう》を取《と》り出《だ》した。マガジンを装《そう》塡《てん》して、スライドを引《ひ》く。

するといきなり助手席側《じょしゅせきがわ》のドアが開《あ》いて、小五郎《こごろう》が乗《の》り込《こ》んできた。

「も、毛利《もうり》さん！」

「出《だ》せ」

ドアを閉《し》めた小五郎《こごろう》は、シートベルトを引《ひ》っ張《ぱ》りながら、もう片方《かたほう》の手《て》で風見《かざみ》の肩《かた》をつかんだ。

「アイツのところまで俺《おれ》も連《つ》れていけ」

レーザー棟《とう》の中《なか》にいる子《こ》どもたちのところにも、爆発音《ばくはつおん》は届《とど》いていた。

「なんか、スゲー音《おと》がしたぞ」

「なんでしょうね」

子《こ》どもたちが不思議《ふしぎ》に思《おも》っていると、越智《おち》が慌《あわ》てた様子《ようす》で部屋《へや》に入《はい》ってきた。阿笠博士《あがさはかせ》の顔《かお》を見《み》て、安堵《あんど》の表情《ひょうじょう》を浮《う》かべる。

「よかった。コナン君《くん》に頼《たの》まれて、レーザーを動《うご》かしてほしいって。協力《きょうりょく》してもらえますか」

さっきからの爆発音《ばくはつおん》といい、外《そと》で何《なに》か大変《たいへん》なことが起《お》きている――阿笠博士《あがさはかせ》のそばにいた灰原《はいばら》は直感《ちょっかん》していた。さらにそんな中《なか》、コナンがレーザーを動《うご》かしてほしいと言《い》ってきた――。

「じゃが、ワシじゃあ……」

ためらう阿笠博士《あがさはかせ》と越智《おち》の間《あいだ》に、帽子《ぼうし》を脱《ぬ》いだ灰原《はいばら》が割《わ》って入《はい》った。

「私《わたし》がやるわ」


ミリ波干渉計《はかんしょうけい》を載《の》せた移動台車《いどうだいしゃ》は、雪《ゆき》を巻《ま》き上《あ》げながら走《はし》っていた。

車両《しゃりょう》の後端《こうたん》には、接触《せっしょく》して気絶《きぜつ》した由衣《ゆい》が乗《の》り上《あ》げられていた。お団子《だんご》にしていた髪《かみ》がほどけ、頭《あたま》から血《ち》を流《なが》している。

爆竹缶《ばくちくかん》をセットし終《お》えた林《はやし》は、運転席《うんてんせき》に戻《もど》った。

後《うし》ろから三台《さんだい》の車《くるま》が追《お》ってきている。高木《たかぎ》、高明《たかあき》、風見《かざみ》の車《くるま》だ。

先頭《せんとう》を走《はし》る高木《たかぎ》の車《くるま》の助手席《じょしゅせき》には、佐藤《さとう》がいた。窓《まど》を開《あ》けて身《み》を乗《の》り出《だ》し、拳銃《けんじゅう》を構《かま》える。

二発続《にはつつづ》けて発砲《はっぽう》した弾《たま》は、移動台車《いどうだいしゃ》の車輪《しゃりん》に当《あ》たった。しかし、大《おお》きなアンテナを載《の》せた車体《しゃたい》を支《ささ》える頑強《がんきょう》な車輪《しゃりん》は、びくともしない。すると、

『撃《う》つな！　上原《うえはら》が乗《の》ってる！』

無線機《むせんき》から、高明《たかあき》の車《くるま》に乗《の》っている大和《やまと》の声《こえ》が聞《き》こえてきた。

高木《たかぎ》は佐藤《さとう》の体《からだ》を引《ひ》き寄《よ》せると、ハンドルを握《にぎ》りしめ、アクセルを踏《ふ》み込《こ》んだ。一直線《いっちょくせん》の道路《どうろ》を猛《もう》スピードで走《はし》る。

すると突然《とつぜん》、移動台車《いどうだいしゃ》に載《の》ったミリ波干渉計《はかんしょうけい》が爆発《ばくはつ》した。林《はやし》がミリ波干渉計《はかんしょうけい》に仕掛《しか》けた爆竹缶《ばくちくかん》を撃《う》ったのだ。

直径十《ちょっけいじゅう》メートルもの巨大《きょだい》なパラボラアンテナが台《だい》からゆっくりと倒《たお》れて、地面《じめん》に叩《たた》き付《つ》けられた。転《ころ》がったミリ波干渉計《はかんしょうけい》が、そばに立《た》っていたミリ波干渉計《はかんしょうけい》に激突《げきとつ》して、パラボラアンテナが粉々《こなごな》に吹《ふ》っ飛《と》ぶ。アンテナ部分《ぶぶん》を失《うしな》った巨大《きょだい》な柱《はしら》は、別《べつ》のミリ波干渉計《はかんしょうけい》の柱《はしら》部分《ぶぶん》にめり込《こ》んで、轟音《ごうおん》を立《た》ててなぎ倒《たお》す。

地面《じめん》に激突《げきとつ》したミリ波干渉計《はかんしょうけい》は、巨大《きょだい》なアンテナの欠片《かけら》をまき散《ち》らした。先頭《せんとう》を走《はし》っていた高木《たかぎ》の車《くるま》のドアガラスを直撃《ちょくげき》して、砕《くだ》けたガラスが高木《たかぎ》たちに降《ふ》りかかる。

後《うし》ろを車《くるま》で走《はし》っていた風見《かざみ》と高明《たかあき》は、巻《ま》き上《あ》がる雪煙《ゆきけむり》と破片《はへん》を見《み》て、とっさにハンドルを切《き》った。

すると、雪煙《ゆきけむり》の中《なか》から何《なに》かが飛《と》び出《だ》した。それは、パラボラアンテナの大《おお》きな破片《はへん》に乗《の》ったコナンだった。

雪面《せつめん》に着地《ちゃくち》すると大《おお》きな破片《はへん》がさらに細《こま》かく割《わ》れ、飛《と》び上《あ》がったコナンは、スケボーほどに小《ちい》さくなった破片《はへん》に乗《の》って雪面《せつめん》を滑《すべ》った。そして、探偵《たんてい》バッジを口《くち》に近《ちか》づける。

「灰原《はいばら》、聞《き》こえるか!?　灰原《はいばら》！」

レーザー棟《とう》でキーボードを操作《そうさ》している灰原《はいばら》の横《よこ》で、歩美《あゆみ》は探偵《たんてい》バッジを灰原《はいばら》に向《む》けていた。

「江戸川君《えどがわくん》！　大丈夫《だいじょうぶ》なの!?」

『ああ、大丈夫《だいじょうぶ》だ。犯人《はんにん》のフロントガラスにレーザーを当《あ》ててくれ！』

別《べつ》のコンソールデスクでキーボードを叩《たた》いている越智《おち》が、灰原《はいばら》の方《ほう》を見《み》る。

『頼《たの》む、灰原《はいばら》！』

「……ったく。しょうがないわね」

そう言《い》うと、灰原《はいばら》はマフラーを外《はず》し、前《まえ》のめりになってキーボードを叩《たた》き始《はじ》めた。

「コナン、何《なに》やってんだ？」

と灰原《はいばら》のデスクに近《ちか》づこうとする元太《げんた》を、阿笠博士《あがさはかせ》が止《と》める。

「哀君《あいくん》に集中《しゅうちゅう》させるんじゃ」

モニターの画面上《がめんじょう》を流《なが》れる大量《たいりょう》のデータを凝視《ぎょうし》しながら、灰原《はいばら》はものすごい速《はや》さでキーボードを叩《たた》いていく。


レーザー棟《とう》の屋上《おくじょう》にある銀色《ぎんいろ》のドームのスリットが開《ひら》いて、四《よっ》つのレーザー発射口《はっしゃこう》が出現《しゅつげん》した。上《うえ》を向《む》いていた発射口《はっしゃこう》がゆっくりと下《さ》がって、水平《すいへい》に近《ちか》い位置《いち》で止《と》まる。

コンソールデスクについた灰原《はいばら》がエンターキーを押《お》すと、二《ふた》つの発射口《はっしゃこう》からレーザーが発射《はっしゃ》された――。


雪《ゆき》が舞《ま》う夕闇《ゆうやみ》の空《そら》に、二本《にほん》のレーザー光《こう》が一直線《いっちょくせん》に伸《の》びる。

「なんだ⁉」

高明《たかあき》の車《くるま》の後部座席《こうぶざせき》に乗《の》っている大和《やまと》が、空《そら》を見《み》て驚《おどろ》く。

運転席《うんてんせき》の高明《たかあき》は、空《そら》を真横《まよこ》に伸《の》びるレーザー光《こう》を見上《みあ》げると、サイドミラーに目《め》を向《む》けた。雪面《せつめん》を滑《すべ》るコナンが、レーザー棟《とう》から伸《の》びるレーザー光《こう》を見上《みあ》げる姿《すがた》が映《うつ》る。

風見《かざみ》の車《くるま》はレールに沿《そ》う一本道《いっぽんみち》を外《はず》れ、別《べつ》ルートを走《はし》っていた。

「い、今《いま》のは一体《いったい》⁉」

突如《とつじょ》、空《そら》に出現《しゅつげん》したレーザー光《こう》に、風見《かざみ》は目《め》を丸《まる》くして、思《おも》わずスピードを緩《ゆる》めた。

「いいから前《まえ》に回《まわ》り込《こ》め！」

助手席《じょしゅせき》の小五郎《こごろう》が前《まえ》を指差《ゆびさ》す。

「は、はい！」

風見《かざみ》は前《まえ》を向《む》くとハンドルを握《にぎ》りしめてアクセルを踏《ふ》み込《こ》んだ。

高明《たかあき》の車《くるま》の後《うし》ろで雪面《せつめん》を滑《すべ》っていたコナンは、空《そら》を横切《よこぎ》るレーザー光《こう》を見上《みあ》げて、眉《まゆ》を寄《よ》せた。

（あれじゃ届《とど》かない――）

レーザーの位置《いち》が高《たか》すぎて、移動台車《いどうだいしゃ》のフロントガラスに当《あ》たらないのだ。

コナンは探偵《たんてい》バッジを口《くち》に近《ちか》づけた。

「もっと下《さ》がらねぇか？」

すると越智《おち》と灰原《はいばら》の声《こえ》が聞《き》こえてきた。

『この角度《かくど》が精一杯《せいいっぱい》だよ！』

『もともと空《そら》に向《む》ける装置《そうち》よ！』

コナンは、クッと歯噛《はが》みした。

レーザーの照射角度《しょうしゃかくど》がこれ以上《いじょう》低《ひく》くできないとなると、移動台車《いどうだいしゃ》に当《あ》てられない。何《なん》とかしてレーザーの光《ひかり》を移動台車《いどうだいしゃ》に当《あ》てることはできないのか——。

空《そら》に伸《の》びるレーザー光《こう》と雪面《せつめん》を滑《すべ》るコナンの姿《すがた》を見《み》た高明《たかあき》は、コナンの意図《いと》を瞬時《しゅんじ》に理解《りかい》した。ハンドルから左手《ひだりて》を離《はな》して、ブレーキレバーの横《よこ》にある小《ちい》さなレバーを上《あ》げる。

すると、車《くるま》のルーフが後方《こうほう》に開《ひら》き出《だ》した。たちまち雪混《ゆきま》じりの風《かぜ》が吹《ふ》き付《つ》けてきて、

「えっ⁉　え〜〜〜‼」

助手席《じょしゅせき》の蘭《らん》が驚《おどろ》きの声《こえ》を上《あ》げる。

車《くるま》のルーフを全開《ぜんかい》にした高明《たかあき》は、風《かぜ》に髪《かみ》を乱《みだ》しながら言《い》った。

「地《ち》を知《し》り、天《てん》を知《し》らば、勝《か》ちは乃《すなわ》ち全《まっと》うすべし……」

「！」

蘭《らん》は、高明《たかあき》がつぶやいたのが孫子《そんし》の言葉《ことば》だとすぐに気《き》づいた。

「地形《ちけい》や気象《きしょう》を把握《はあく》してれば勝利《しょうり》は揺《ゆ》るぎないという、孫子《そんし》の言葉《ことば》……」

風《かぜ》になびく髪《かみ》を押《お》さえながら、言葉《ことば》の意味《いみ》を口《くち》にした蘭《らん》は、ハッと目《め》を見開《みひら》いた。即座《そくざ》に後《うし》ろを振《ふ》り返《かえ》ると、立《た》ち上《あ》がって座席《ざせき》から身《み》を乗《の》り出《だ》す。

「おいっ、危《あぶ》ないぞ！」

後部座席《こうぶざせき》の大和《やまと》が慌《あわ》てて手《て》を伸《の》ばした。

「コナン君《くん》！」

車《くるま》の後《うし》ろをパラボラアンテナの破片《はへん》をスケボーにして滑《すべ》っていたコナンは、座席《ざせき》から身《み》を乗《の》り出《だ》してこっちを見《み》ている蘭《らん》に気《き》づいた。

「コナン君《くん》！　地形《ちけい》と気象《きしょう》を使《つか》ってー!!」

大声《おおごえ》で叫《さけ》んだ蘭《らん》が、力強《ちからづよ》い眼差《まなざ》しでうなずく。

（地形《ちけい》と気象《きしょう》……）

蘭《らん》の言葉《ことば》を反芻《はんすう》したコナンは、後《うし》ろを振《ふ》り返《かえ》った。

レーザー棟《とう》の前《まえ》に立《た》つ45m《メートル》電波《でんぱ》望遠鏡《ぼうえんきょう》の巨大《きょだい》なパラボラアンテナが、雪《ゆき》が舞《ま》う空《そら》を仰《あお》いでいる——。

『灰原《はいばら》！』

歩美《あゆみ》が持《も》つ探偵《たんてい》バッジから、コナンの声《こえ》が聞《き》こえてきた。

『一番大《いちばんおお》きいパラボラにレーザーを当《あ》てるんだ！』

モニターを見《み》ながらキーボードを打《う》っていた灰原《はいばら》は、顔《かお》をしかめた。

「そんなことできるわけ——」

「望遠鏡《ぼうえんきょう》のパラボラを限界《げんかい》まで下《さ》げてみよう」

灰原《はいばら》の言葉《ことば》を遮《さえぎ》ったのは、別《べつ》のコンソールデスクについた越智《おち》だった。

「灰原《はいばら》さん……」

デスクのそばにいる光彦《みつひこ》たちが、心配《しんぱい》そうに灰原《はいばら》を見《み》つめる。

灰原《はいばら》は険《けわ》しい表情《ひょうじょう》で考《かんが》え込《こ》むと、

「……やってみる」

再《ふたた》びモニターに目《め》を向《む》けて、キーボードを打《う》ち始《はじ》めた。

別《べつ》ルートを通《とお》って先回《さきまわ》りした風見《かざみ》と小五郎《こごろう》は、車《くるま》を停《と》めて、一直線《いっちょくせん》に延《の》びたレールに駆《か》け寄《よ》った。

レールの先《さき》から、移動台車《いどうだいしゃ》のヘッドライトの光《ひかり》が近《ちか》づいてくる。

「動力部《どうりょくぶ》を狙《ねら》えるか」

指示《しじ》する小五郎《こごろう》の横《よこ》で、風見《かざみ》は拳銃《けんじゅう》を構《かま》えた。


灰原《はいばら》が目《め》を向《む》けるモニターには、45m電波望遠鏡《メートルでんぱぼうえんきょう》とレーザー射出装置《しゃしゅつそうち》の3D《スリーディー》データが表《ひょう》示《じ》されていた。その横《よこ》では膨大《ぼうだい》なデータが目《め》まぐるしく流《なが》れている。

灰原《はいばら》がキーボードを打《う》つと、モニター上《じょう》のパラボラアンテナの角度《かくど》が変《か》わり、アンテナに当《あ》たったレーザー光《こう》の軌跡《きせき》が修正《しゅうせい》されていく。

ゴォン、ゴォンと低《ひく》い音《おと》を立《た》てながら、45m電波望遠鏡《メートルでんぱぼうえんきょう》の巨大《きょだい》パラボラアンテナが、ゆっくりと動《うご》き出《だ》した。

直径《ちょっけい》45m《メートル》もの巨大《きょだい》な白《しろ》いアンテナが徐々《じょじょ》に下《した》を向《む》き、レーザー棟《とう》の方《ほう》へと向《む》きを変《か》えていく——。


雪《ゆき》が舞《ま》う中《なか》、林《はやし》が運転《うんてん》する移動台車《いどうだいしゃ》は一直線《いっちょくせん》に走《はし》り続《つづ》けた。

銃《じゅう》を片手《かたて》に前《まえ》を向《む》く林《はやし》の顔《かお》に、焦《あせ》りと苛立《いらだ》ちの表情《ひょうじょう》が浮《う》かぶ。

「林《はやし》！　停《と》めなさい!!」

突然《とつぜん》、移動台車《いどうだいしゃ》の後部《こうぶ》から声《こえ》がして、林《はやし》は運転席《うんてんせき》の窓《まど》から顔《かお》を出《だ》した。

すると車両《しゃりょう》の後端部《こうたんぶ》に、左腕《ひだりうで》を押《お》さえた由衣《ゆい》が乗《の》っていた。

「こんなことをしても——」

「うるせぇ!!」

林《はやし》は由衣《ゆい》に銃《じゅう》を向《む》けて発砲《はっぽう》した。由衣《ゆい》がとっさに身《み》を隠《かく》した車両後部《しゃりょうこうぶ》に着弾《ちゃくだん》する。

「お前《まえ》にわかるか？　わかってたまるか！　俺《おれ》の覚悟《かくご》が……!!」

怒《いか》りに満《み》ちた声《こえ》で叫《さけ》んだ林《はやし》は、うつむけた顔《かお》を手《て》で覆《おお》った。持《も》っていた銃《じゅう》を窓《まど》にぶつけて、肩《かた》を震《ふる》わせる。

「もう手遅《ておく》れだ……手遅《ておく》れなんだよ。真希《まき》がもうこの世《よ》にいなくて、他《ほか》になんの手立《てだ》てもなかったら……」

車両後部《しゃりょうこうぶ》の陰《かげ》に身《み》を潜《ひそ》めていた由衣《ゆい》は、話《はなし》を聞《き》くうちに、林《はやし》と自分《じぶん》を重《かさ》ね合《あ》わせていた。愛《あい》する人《ひと》を失《うしな》う気持《きも》ちは、由衣《ゆい》には痛《いた》いほどわかった。

自分《じぶん》も同《おな》じ気持《きも》ちを抱《かか》えていて、未宝岳《みたからだけ》に停《と》めた車《くるま》の中《なか》で、大和《やまと》にたずねたのだ。

――じゃあその場合《ばあい》、敢《かん》ちゃんがもうこの世《よ》にいなくて、他《ほか》に探《さぐ》る手立《てだ》てもなかったら……私《わたし》である敢《かん》ちゃんはどうしてた⁉

林《はやし》は手《て》で覆《おお》っていた顔《かお》を上《あ》げた。その目《め》から涙《なみだ》がこぼれていた。

「お前《まえ》ならどうしたっていうんだ！　答《こた》えろ――――‼」

恨《うら》みと憤《いきどお》りに満《み》ちた声《こえ》で荒々《あらあら》しく叫《さけ》ぶ。由衣《ゆい》は潤《うる》んだ目《め》を見開《みひら》いて、林《はやし》の叫《さけ》びを聞《き》いていた。すると、

「……上原《うえはら》っ！」

風《かぜ》の音《おと》に紛《まぎ》れて、由衣《ゆい》を呼《よ》ぶ声《こえ》が聞《き》こえた。

「上原《うえはら》ー！　由衣《ゆい》――ッ‼」

大和《やまと》の声《こえ》だった。

後《うし》ろを振《ふ》り返《かえ》ると——移動台車《いどうだいしゃ》のすぐ後《うし》ろを高明《たかあき》の車《くるま》が走《はし》っていた。ルーフを全開《ぜんかい》にした車《くるま》の後部座席《こうぶざせき》で、大和《やまと》が立《た》ち上《あ》がって手《て》を広《ひろ》げている。

「由衣《ゆい》——ッ！　来《こ》い!!」

由衣《ゆい》は立《た》ち上《あ》がって、後《うし》ろの柵《さく》に駆《か》け寄《よ》った。林《はやし》が撃《う》った弾《たま》が柵《さく》に当《あ》たって火花《ひばな》が散《ち》る。

柵《さく》をまたいだ由衣《ゆい》は、車《くるま》に向《む》かって大《おお》きくジャンプした。

自分《じぶん》に向《む》かって飛《と》び込《こ》んできた由衣《ゆい》を、大和《やまと》がしっかりと受《う》け止《と》める。

高明《たかあき》はギアをバックに入《い》れてアクセルペダルを踏《ふ》み込《こ》んだ。クラッチペダルから左足《ひだりあし》を離《はな》した瞬間《しゅんかん》、左《ひだり》ももの傷《きず》が痛《いた》んで、うっと顔《かお》をゆがめる。

先回《さきまわ》りした場所《ばしょ》で拳銃《けんじゅう》を構《かま》えていた風見《かざみ》は、近《ちか》づいてくる移動台車《いどうだいしゃ》に向《む》かって発砲《はっぽう》した。

一発目《いっぱつめ》は運転席《うんてんせき》の下《した》に取《と》り付《つ》けられた排障器《はいしょうき》に当《あ》たり、二発目《にはつめ》は動力部《どうりょくぶ》の先端《せんたん》をかすめる。

「くそっ！」

風見《かざみ》が歯噛《はが》みすると、小五郎《こごろう》は外《はず》した手袋《てぶくろ》を風見《かざみ》の顔《かお》に押《お》し付《つ》け、拳銃《けんじゅう》を奪《うば》った。

「ちょっ、毛利《もうり》さん」

尻餅《しりもち》をついた風見《かざみ》が手《て》を伸《の》ばす。

拳銃《けんじゅう》を持《も》った小五郎《こごろう》は、移動台車《いどうだいしゃ》の方《ほう》を向《む》くと、拳銃《けんじゅう》のスライドを引《ひ》いた。

「お前《まえ》が撃《う》ったことにしとけ」


高明《たかあき》は車《くるま》をバックさせて線路《せんろ》から出《で》た。移動台車《いどうだいしゃ》を追《お》いかけると思《おも》いきや、高明《たかあき》はギアをバックに入《い》れたまま、車《くるま》を後《うし》ろへ進《すす》ませる。

ハンドルを握《にぎ》りながら後《うし》ろを見《み》た高明《たかあき》は、シフトレバーの横《よこ》にあるレバーを上《あ》げた。

「おい、高明《コウメイ》！　何《なに》やってんだ!?」

後部座席《こうぶざせき》で由衣《ゆい》を抱《だ》きかかえた大和《やまと》が叫《さけ》ぶと、ルーフを格納《かくのう》しているトランクが後《うし》ろに開《ひら》いていく。

高明《たかあき》は車《くるま》をバックさせながら、右腕《みぎうで》をドアにかけて後《うし》ろを向《む》いていた。暗闇《くらやみ》が広《ひろ》がる道路《どうろ》を見《み》つめている。

すると、暗闇《くらやみ》から何《なに》かが飛《と》び出《だ》した。それはパラボラアンテナの破片《はへん》に乗《の》ったコナンだった。高明《たかあき》の車《くるま》に一直線《いっちょくせん》に向《む》かったコナンは、後《うし》ろに開《あ》いたトランクを駆《か》け上《あ》がって、大《おお》きくジャンプした。

「！」

車《くるま》に乗《の》っていた蘭《らん》、由衣《ゆい》、大和《やまと》が、宙《ちゅう》を飛《と》ぶコナンを見上《みあ》げる。

「江戸川君《えどがわくん》！」

エンターキーを押《お》した灰原《はいばら》が、叫《さけ》んだ。

45m《メートル》電波《でんぱ》望遠鏡《ぼうえんきょう》に向《む》いたレーザー発射口《はっしゃこう》から、四本《よんほん》のレーザー光《こう》が発射《はっしゃ》された。巨大《きょだい》なパラボラアンテナに当《あ》たったレーザー光《こう》は、反射《はんしゃ》して、太《ふと》い光《ひかり》の束《たば》となって伸《の》びていく。宙《ちゅう》を飛《と》んだコナンは、空中《くうちゅう》で体《からだ》をひねり、乗《の》っていたパラボラアンテナの破片《はへん》を、向《む》かってくるレーザー光《こう》に当《あ》てた。パラボラアンテナの破片《はへん》に反射《はんしゃ》したレーザー光《こう》が、移動台《いどうだい》車《しゃ》の運転席《うんてんせき》へと突《つ》き進《すす》む――！

「うわあぁっ！」

サイドのドアガラスからいきなり差《さ》し込《こ》んできた強烈《きょうれつ》な光《ひかり》に目《め》がくらんだ林《はやし》は、運転台《うんてんだい》に手《て》をついて倒《たお》れ込《こ》んだ。ずるりと滑《すべ》り落《お》ちた林《はやし》の手《て》がレバーをつかみ、引《ひ》き下《さ》げる。耳《みみ》をつんざくような激《はげ》しいブレーキ音《おん》が響《ひび》いた。車輪《しゃりん》とレールの狭間《はざま》で火花《ひばな》が飛《と》び散《ち》る。

小五郎《こごろう》は片手《かたて》で銃《じゅう》を構《かま》えていた。

急《きゅう》ブレーキをかけながらも、移動台車《いどうだいしゃ》は火花《ひばな》を散《ち》らして迫《せま》る——。

(今度《こんど》はゼッテー逃《に》がさねぇー!!)

一発《いっぱつ》、二発《にはつ》、三発《さんぱつ》と立《た》て続《つづ》けに引《ひ》き金《がね》を引《ひ》いた。

三発《さんぱつ》の銃弾《じゅうだん》は寸分違《すんぶんたが》わず同《おな》じ場所《ばしょ》に命中《めいちゅう》した。一発目《いっぱつめ》の弾丸《だんがん》が、移動台車《いどうだいしゃ》の動力部《どうりょくぶ》の壁《かべ》にめり込《こ》み、二発目《にはつめ》が一発目《いっぱつめ》の弾丸《だんがん》に突《つ》き刺《さ》さってさらに深《ふか》くめり込《こ》んだ。そして三発目《さんぱつめ》がめり込《こ》んだ二発《にはつ》の弾丸《だんがん》に突《つ》き刺《さ》さり、壁《かべ》を貫《つらぬ》いていく——。

エンジンを撃《う》ち抜《ぬ》かれた移動台車《いどうだいしゃ》は、大爆発《だいばくはつ》を起《お》こした。

その瞬間《しゅんかん》、凄《すさ》まじい爆風《ばくふう》を受《う》けて、宙《ちゅう》を飛《と》んでいたコナンは吹《ふ》き飛《と》ばされた。

「うわっ!」

パラボラアンテナの破片《はへん》を失《うしな》ったコナンが、真《ま》っ逆《さか》さまに落《お》ちていく。落下《らっか》するコナンに気《き》づいた小五郎《こごろう》は、尻餅《しりもち》をついている風見《かざみ》に拳銃《けんじゅう》を投《な》げつけて走《はし》り出《だ》した。レールの横《よこ》を走《はし》り、落《お》ちてきたコナンを無事《ぶじ》にキャッチする。

爆発《ばくはつ》した移動台車《いどうだいしゃ》はレールから外《はず》れ、雪煙《ゆきけむり》を巻《ま》き上《あ》げながら、前《まえ》のめりになった車体《しゃたい》で雪面《せつめん》を滑《すべ》り続《つづ》けた。天文台《てんもんだい》の出入《でい》り口付近《ぐちふきん》の日時計《ひどけい》に激突《げきとつ》して、金属片《きんぞくへん》をまき散《ち》らしながら横転《おうてん》すると、その先《さき》にある受付兼守衛所《うけつけけんしゅえいじょ》に突《つ》っ込《こ》んでいく——。

再《ふたた》び大《おお》きな衝撃音《しょうげきおん》が響《ひび》くと同時《どうじ》に、車体《しゃたい》が大破《たいは》してばらばらになった。運転席《うんてんせき》にいた林《はやし》はフロントガラスを突《つ》き破《やぶ》って車外《しゃがい》に放《ほう》り出《だ》される。

「うう……」

ぼろぼろになって雪《ゆき》の上《うえ》に倒《たお》れた林《はやし》は、手《て》をついてゆっくりと体《からだ》を起《お》こした。すると、目《め》の前《まえ》に銃《じゅう》が落《お》ちていた。

林《はやし》が手《て》を伸《の》ばした瞬間《しゅんかん》、誰《だれ》かの足《あし》が銃《じゅう》を踏《ふ》みつけた。杖《つえ》をついた大和《やまと》だった。

ドアガラスを失《うしな》った車《くるま》で駆《か》けつけた高木《たかぎ》と佐藤《さとう》は、林《はやし》の両手《りょうて》を後《うし》ろに回《まわ》して手錠《てじょう》をかけた。ひざまずかされて後《うし》ろ手《で》に手錠《てじょう》をかけられた林《はやし》が、目《め》の前《まえ》に立《た》つ大和《やまと》を見上《みあ》げる。

「……俺《おれ》は、ツキにも見放《みはな》されたか」

「いや。お前《まえ》にないのはツキじゃねぇ」

大和《やまと》が言《い》うと、林《はやし》は眉《まゆ》をひそめた。

「お前《まえ》も警察学校《けいさつがっこう》で暗唱《あんしょう》させられただろ。警察職員《けいさつしょくいん》の職務倫理《しょくむりんり》」

大和《やまと》の近《ちか》くにいる高明《たかあき》と由衣《ゆい》が、大和《やまと》を見《み》つめる。

林《はやし》のそばで手《て》を後《うし》ろで組《く》んだ佐藤《さとう》が、口《くち》を開《ひら》いた。

「誇《ほこ》りと使命感《しめいかん》を持《も》って、国家《こっか》と国民《こくみん》に奉仕《ほうし》し、恐《おそ》れや憎《にく》しみにとらわれず――」

「いかなる場合《ばあい》も人権《じんけん》を尊重《そんちょう》して、公正《こうせい》に職務《しょくむ》を執行《しっこう》する！」

佐藤《さとう》と一緒《いっしょ》に唱《とな》えた高木《たかぎ》は「……でしたよね？」と大和《やまと》の方《ほう》を向《む》く。

ああ、と大和《やまと》は小《ちい》さくうなずいた。

「真希《まき》さんを殺《ころ》した奴《やつ》を絶対《ぜったい》に許《ゆる》せないと恨《うら》んでいた父親《ちちおや》も、最後《さいご》には懸命《けんめい》に許《ゆる》そうとしていたそうじゃねぇか。娘《むすめ》を死《し》に追《お》いやった奴《やつ》をな。警官《けいかん》でもねぇのによ」

大和《やまと》の話《はなし》を聞《き》きながら、林《はやし》は徐々《じょじょ》にうなだれていき、やがてすすり泣《な》く声《こえ》が聞《き》こえてきた。

高明《たかあき》は支《ささ》えていた由衣《ゆい》を離《はな》すと、林《はやし》に一歩《いっぽ》近《ちか》づいた。

「あなたになかったのは、その勇気《ゆうき》。ツキではありません」

林《はやし》は目《め》を閉《と》じた。そのまぶたを押《お》し上《あ》げるように、大粒《おおつぶ》の涙《なみだ》があふれ出《で》る。

固《かた》く閉《と》じたまぶたの裏《うら》で、優《やさ》しく微笑《ほほえ》む真希《まき》の姿《すがた》が浮《う》かんだ。


「ったく」

コナンを抱《だ》きかかえて歩《ある》いていた小五郎《こごろう》は、足《あし》を止《と》めてコナンを降《お》ろした。

「遊《あそ》びじゃねぇんだって言《い》っただろ。大人《おとな》に任《まか》せとけばいいんだよ」

「ごめんなさい」

頭《あたま》に手《て》をやったコナンは、くるりと向《む》きを変《か》えて走《はし》り出《だ》した。少《すこ》し行《い》ったところで、「ねぇ」と振《ふ》り返《かえ》る。

「やっぱりあのとき、雪崩《なだれ》を止《と》めたのもおじさんだったんでしょ」

あのとき——炭焼《すみや》き小屋《ごや》の前《まえ》で、コナンが蹴《け》った酸素《さんそ》ボンベを大和《やまと》が撃《う》とうとしたとき。

左眼《ひだりめ》の傷《きず》が疼《うず》いて撃《う》てなくなった大和《やまと》から拳銃《けんじゅう》を奪《うば》った小五郎《こごろう》が、酸素《さんそ》ボンベを撃《う》ったのだ。

「バァーカ。ンな訳《わけ》ねぇだろ！」

憎《にく》まれ口《ぐち》を叩《たた》いてごまかした小五郎《こごろう》は、くるりと背中《せなか》を向《む》けた。

いつの間《ま》にか雪《ゆき》が止《や》み、雲《くも》の切《き》れ目《め》に星《ほし》がいくつか瞬《またた》いている。

夜空《よぞら》を見上《みあ》げる小五郎《こごろう》の頭《あたま》の中《なか》に、鮫谷《さめたに》の言葉《ことば》がふと浮《う》かぶ。

——またお前《まえ》の撃《う》つ姿《すがた》を見《み》せてくれよ。今度《こんど》、銃持《じゅうも》っていってやろうか？

小五郎《こごろう》は、フッと微笑《ほほえ》んだ。

(ちゃんと見《み》てたかよ、ワニ……)

小五郎《こごろう》の頭上《ずじょう》に、ひとひらの雪《ゆき》が舞《ま》い降《お》りてきた。

そのひとひらの雪《ゆき》は、別《べつ》の方向《ほうこう》から降《ふ》ってきた雪《ゆき》とじゃれあうようにクルクルと舞《ま》うと、
また風《かぜ》に吹《ふ》かれて離《はな》れていった——。

12

都内某所《とないぼうしょ》にある公安《こうあん》が所有《しょゆう》する地下《ちか》シェルター。

かつてここに隔離《かくり》されたことがある安室《あむろ》は、下降《かこう》するエレベーターの中《なか》で、当時《とうじ》の記憶《きおく》を思《おも》い巡《めぐ》らせた。

長《なが》い間《あいだ》下降《かこう》し続《つづ》けたエレベーターがようやく止《と》まる。

鉄格子《てつごうし》の扉《とびら》が開《あ》き、安室《あむろ》はまっすぐに延《の》びた通路《つうろ》を歩《ある》いた。正面《しょうめん》に二本《にほん》の柱《はしら》が並《なら》び、その先《さき》に特殊強化《とくしゅきょうか》ガラスで仕切《しき》られた空間《くうかん》がある。

ガラスの向《む》こうには、ボサボサの髪《かみ》に襟《えり》のよれたワイシャツ姿《すがた》の林《はやし》が一人用《ひとりよう》のソファに座《すわ》っていた。サイドテーブルには、受話器《じゅわき》の外《はず》れた黒電話《くろでんわ》が置《お》かれている。

安室《あむろ》は柱《はしら》に掛《か》かった電話《でんわ》を取《と》った。

「今回《こんかい》の事件《じけん》……警察官《けいさつかん》を殺《ころ》した上《うえ》これだけのことをすれば、死刑《しけい》の可能性《かのうせい》が高《たか》いですね」

ガラスの向《む》こうの林《はやし》が、ピクリと顔《かお》を上《あ》げる。

『誰《だれ》だ、アンタ』

受話器《じゅわき》を耳《みみ》に当《あ》てた安室《あむろ》は、謎《なぞ》めいた笑《え》みを浮《う》かべた。

「そこで司法取引《しほうとりひき》です。あなたが裁判《さいばん》で公安《こうあん》の名《な》を出《だ》さなければ、無期懲役《むきちょうえき》という名《な》の終身刑《しゅうしんけい》にするよう、検察《けんさつ》を誘導《ゆうどう》する」

『お前《まえ》も公安《こうあん》か……』

林《はやし》はそう言《い》うと、顔《かお》を背《そむ》けた。

『断《ことわ》る。裁判《さいばん》でこの国《くに》が犯《おか》そうとしてる罪《つみ》を暴《あば》いてやる』

司法取引制度《しほうとりひきせいど》を誰《だれ》よりも憎《にく》む林《はやし》が断《ことわ》るのは当然《とうぜん》のことで、安室《あむろ》にとっても想定内《そうていない》の返事《へんじ》だった。

「そうすると、あなたが舟久保真希《ふなくぼまき》さんの恋人《こいびと》だったことも公《おおやけ》になりますね」

安室《あむろ》の言葉《ことば》に反応《はんのう》した林《はやし》が、顔《かお》を向《む》ける。

「自殺《じさつ》した彼女《かのじょ》はもちろん、その父親《ちちおや》も世間《せけん》からどんな目《め》で見《み》られるか……」

『お前《まえ》ッ……！』

怒《いか》りで肩《かた》を震《ふる》わせた林《はやし》が、安室《あむろ》をにらみつけた。

「さ、好《す》きな方《ほう》を選《えら》んでください」

『汚《きたな》いぞ。それがお前《まえ》らのやり方《かた》か！』

安室《あむろ》は、ええ、とうなずき、冷徹《れいてつ》な笑《え》みを浮《う》かべた。

「あなたが今《いま》まで属《ぞく》していた公安《こうあん》のやり方《かた》です。知《し》りませんでしたか？」


交渉《こうしょう》を終《お》えた安室《あむろ》がエレベーターで上《あ》がると、通路《つうろ》の端《はし》に風見《かざみ》が立《た》っていた。

エレベーターを降《お》りた安室《あむろ》は、風見《かざみ》に声《こえ》をかけることなく通《とお》り過《す》ぎていく。

すると、風見《かざみ》が安室《あむろ》の後《うし》ろ姿《すがた》に声《こえ》をかけた。

「毛利《もうり》小五郎《こごろう》が拳銃《けんじゅう》を撃《う》った件《けん》ですが、問題《もんだい》にならないように工作《こうさく》しました」

報告《ほうこく》を受《う》けても、安室《あむろ》は歩《あゆ》みを止《と》めなかった。どんどん風見《かざみ》から離《はな》れていく。

「それと、諸伏《もろふし》警部《けいぶ》なんですが……滝《たき》つぼから救出《きゅうしゅつ》されたとき、『ヒロミツ』ってつぶやいたんです」

「⁉」

安室《あむろ》が突然《とつぜん》立《た》ち止《ど》まった。

風見《かざみ》はおぼろげな記憶《きおく》を頼《たよ》りにたずねる。

「確《たし》か……降谷《ふるや》さんの同期《どうき》に、『諸伏景光《もろふしひろみつ》』って人《ひと》いましたよね？」

顔《かお》を上《あ》げると――すでに安室《あむろ》の姿《すがた》はなかった。


コナンはリビングでテレビを見《み》ていた。

朝《あさ》のニュース番組《ばんぐみ》では、女性《じょせい》アナウンサーが〈刑事訴訟法改正案《けいじそしょうほうかいせいあん》〉の審議《しんぎ》について報《ほう》じていた。

『……そして、新《あら》たな司法取引制度《しほうとりひきせいど》を含《ふく》む〈改正刑事訴訟法《かいせいけいじそしょうほう》〉の審議《しんぎ》が、ようやく再開《さいかい》されました。それに伴《ともな》い――』

コナンがリモコンを手《て》に取《と》ってテレビを消《け》すと、蘭《らん》が自分《じぶん》の部屋《へや》から出《で》てきた。コナンが手《て》にしたリモコンを見《み》て、

「リモコン、見《み》つけてくれたのね」

「うん、ボクじゃないんだけど……」

コナンはリモコンを空《から》の酒瓶《さかびん》が置《お》いてある座卓《ざたく》に戻《もど》した。失《な》くしたリモコンは、今朝起《けさお》

きたら座卓《ざたく》の上《うえ》に置《お》かれていたのだ。

「そういえば、おじさんは？」

座卓《ざたく》の前《まえ》に正座《せいざ》した蘭《らん》に、コナンがたずねる。

「鳥取《とっとり》」

「鳥取《とっとり》？」

コナンが訊《き》き返《かえ》すと、蘭《らん》は「うん」とうなずいた。

「やっと、ワニを納骨《のうこつ》してやれるって」

「じゃあ、鮫谷警部《さめたにけいぶ》の故郷《こきょう》って……」

「そうだったみたい」

コナンは鮫谷《さめたに》の故郷《こきょう》を知《し》ると同時《どうじ》に、鮫《さめ》を『ワニ』と呼《よ》ぶのは山陰地方《さんいんちほう》だと知《し》った。

「ふーん」

空《から》の酒瓶《さかびん》の下《した》には一枚《いちまい》の写真《しゃしん》があった。それは、居酒屋《いざかや》のカウンターで肩《かた》を組《く》み豪快《ごうかい》に笑《わら》っている小五郎《こごろう》と鮫谷《さめたに》の写真《しゃしん》だった。小五郎《こごろう》はビールジョッキ、鮫谷《さめたに》は日本酒《にほんしゅ》グラスを片手《かたて》に、二人《ふたり》とも真《ま》っ赤《か》な顔《かお》をして笑《わら》っている。

鮫谷《さめたに》の横《よこ》にある酒瓶《さかびん》は、座卓《ざたく》に置《お》かれた酒瓶《さかびん》と同《おな》じ銘柄《めいがら》だった。

高明《たかあき》は長野市内《ながのしない》にある総合病院《そうごうびょういん》に入院《にゅういん》していた。

「ったく、無茶《むちゃ》しやがって」

ロビーにいた大和《やまと》は、由衣《ゆい》が押《お》す車椅子《くるまいす》に乗《の》った高明《たかあき》を見《み》たとたん、ぼやいた。

「あのとき病院《びょういん》から無理《むり》やり抜《ぬ》け出《だ》してきてたなんてな」

「君《きみ》も似《に》たようなものでしょう」

高明《たかあき》に嫌味《いやみ》を言《い》われて、大和《やまと》は不機嫌《ふきげん》そうな顔《かお》をした。

「大体《だいたい》なぁ、俺《おれ》が死《し》んだふりしてたこと、高明《コウメイ》、お前《まえ》は知《し》らなかったのかよ」

「ええ、微塵《みじん》も」

高明《たかあき》が即答《そくとう》すると、大和《やまと》は苛立《いらだ》ったように声《こえ》を張《は》り上《あ》げた。

「だったら涙《なみだ》ぐらい流《なが》せってんだよ！」

「いやぁ、君《きみ》のような人間《にんげん》が死《し》ぬこともあるんだと、あっけにとられて……」

車椅子《くるまいす》のハンドルを握《にぎ》っていた由衣《ゆい》は、気《き》まずそうに言《い》う。

「私《わたし》はコナン君《くん》から聞《き》かされて知《し》ってたけど……」

「そうだよ。あの小僧《こぞう》は高明《コウメイ》には教《おし》えずに、なんで上原《うえはら》には教《おし》えたんだ？」

大和《やまと》の言葉《ことば》に、高明《たかあき》は「ふむ」と顎《あご》に手《て》を当《あ》てて考《かんが》え込《こ》む。

「……おそらくあの少年《しょうねん》は、悲《かな》しませたくなかったんじゃないでしょうか」

高明《たかあき》はそう言《い》って、由衣《ゆい》を一瞥《いちべつ》した。

「それが我々警察《われわれけいさつ》とは違《ちが》う、きっと公安《こうあん》とも違《ちが》う、彼《かれ》なりのやり方《かた》なんでしょう」

「よくわかんねぇな」

大和《やまと》は眉《まゆ》をひそめた。微《かす》かに頬《ほお》を赤《あか》らめる由衣《ゆい》にまったく気《き》づいていないようで、

「……ってか上原《うえはら》、お前《まえ》知《し》ってたんなら、さすがにあれはないぞ」

と、あきれたように言《い》う。


長野県庁《ながのけんちょう》の食堂《しょくどう》で佐藤《さとう》が大和《やまと》の死《し》を由衣《ゆい》たちに伝《つた》えたとき、大和《やまと》は駐車場《ちゅうしゃじょう》に停《と》めた風見《かざみ》の車《くるま》に乗《の》っていた。コナンの襟《えり》に付《つ》けた盗聴器《とうちょうき》で、佐藤《さとう》たちの会話《かいわ》を聞《き》いていたのだ。

——敢《かん》ちゃん……敢《かん》ちゃん……！　敢《かん》ちゃあああん‼

泣《な》き叫《さけ》ぶ由衣《ゆい》の過剰《かじょう》な演技《えんぎ》に、

『オイオイ！　泣《な》きすぎ泣《な》きすぎ！　バレるバレる。バレるだろ！』

大和《やまと》は思《おも》わず突《つ》っ込《こ》みを入《い》れたぐらいだ。運転席《うんてんせき》の風見《かざみ》も若干《じゃっかん》引《ひ》いていた。

「あんなオーバーな芝居《しばい》しやがって」

由衣《ゆい》の演技《えんぎ》を思《おも》い出《だ》した大和《やまと》が言《い》うと、

「別《べつ》にオーバーじゃないもん」

由衣《ゆい》は恥《は》ずかしそうに目《め》をそらした。

確《たし》かに今思《いまおも》えば、過剰《かじょう》な演技《えんぎ》だったかもしれない。

でも、嘘《うそ》だとわかっていても、大和《やまと》が死《し》んだと聞《き》かされたとたん、胸《むね》が張《は》り裂《さ》けそうになって、気《き》づいたら泣《な》き叫《さけ》んでいたのだ。

「ただの同僚《どうりょう》が死《し》んだだけで、みんなの前《まえ》であんなに泣《な》くバカがいるか」

さらに突《つ》っ込《こ》んでくる大和《やまと》を、由衣《ゆい》はチラリと見《み》た。

「ただの同僚《どうりょう》……じゃないとしたら？」

「……あ？」

大和《やまと》の表情《ひょうじょう》が固《かた》まる。

二人《ふたり》のやりとりを見《み》ていた高明《たかあき》は、思《おも》わずフッと笑《え》みを漏《も》らした。

［おわり］

★小学館ジュニア文庫★ ワクワク、ドキドキがいっぱいのラインナップ

〈大人気！「名探偵コナン」シリーズ〉

名探偵コナン　世紀末の魔術師
名探偵コナン　瞳の中の暗殺者
名探偵コナン　天国へのカウントダウン
名探偵コナン　迷宮の十字路
名探偵コナン　銀翼の奇術師
名探偵コナン　水平線上の陰謀
名探偵コナン　探偵たちの鎮魂歌
名探偵コナン　紺碧の棺
名探偵コナン　戦慄の楽譜
名探偵コナン　漆黒の追跡者
名探偵コナン　天空の難破船
名探偵コナン　沈黙の15分
名探偵コナン　11人目のストライカー
名探偵コナン　絶海の探偵
名探偵コナン　異次元の狙撃手
名探偵コナン　業火の向日葵
名探偵コナン　純黒の悪夢
名探偵コナン　から紅の恋歌
名探偵コナン　ゼロの執行人
名探偵コナン　紺青の拳
名探偵コナン　緋色の弾丸
名探偵コナン　ハロウィンの花嫁

名探偵コナン　黒鉄の魚影
名探偵コナン　100万ドルの五稜星
名探偵コナン　隻眼の残像

ルパン三世VS名探偵コナン　THE MOVIE
名探偵コナン　江戸川コナン失踪事件　史上最悪の二日間
名探偵コナン　コナンと海老蔵　歌舞伎十八番ミステリー
名探偵コナン　エピソード"ONE"　小さくなった名探偵
名探偵コナン　紅の修学旅行

次はどれにする？　おもしろくて楽しい新刊が、続々登場!!

名探偵コナン　大怪獣ゴメラVS仮面ヤイバー

名探偵コナン　ブラックインパクト！　組織の手が届く瞬間

TVシリーズ特別編集版　名探偵コナンVS.怪盗キッド

小説　名探偵コナン　CASE1～4

名探偵コナン　安室透セレクション　ゼロの推理劇

名探偵コナン　安室透セレクション　ゼロの裏事情

名探偵コナン　怪盗キッドセレクション　月下の予告状

名探偵コナン　怪盗キッドセレクション　月下の幻像

名探偵コナン　京極真セレクション　蹴撃の事件録

名探偵コナン　赤井秀一セレクション　赤と黒の攻防

名探偵コナン　赤井秀一緋色の回顧録セレクション　狙撃手の極秘任務

名探偵コナン　赤井一家セレクション　緋色の推理記録

名探偵コナン　世良真純セレクション　異国帰りの転校生

名探偵コナン　灰原哀セレクション　裏切りの代償

名探偵コナン　灰原哀セレクション　裏切り者と仲間達

名探偵コナン　服部平次セレクション　浪速の名探偵

名探偵コナン　服部平次セレクション　浪速の相棒

名探偵コナン　黒ずくめの組織セレクション　黒の策略

名探偵コナン　警察セレクション　命がけの刑事たち

名探偵コナン　長野県警セレクション　宿命の三人組

名探偵コナン　空想科学読本

まじっく快斗1412　全6巻

★小学館ジュニア文庫★ ワクワク、ドキドキがいっぱいのラインナップ

〈大人気★「アリペン」&「ハイネ」シリーズ〉

華麗なる探偵アリス&ペンギン
華麗なる探偵アリス&ペンギン　ワンダー・チェンジ!
華麗なる探偵アリス&ペンギン　ミラー・ラビリンス
華麗なる探偵アリス&ペンギン　サマー・トレジャー
華麗なる探偵アリス&ペンギン　トラブル・ハロウィン
華麗なる探偵アリス&ペンギン　ペンギン・パニック!
華麗なる探偵アリス&ペンギン　ミステリアス・ナイト
華麗なる探偵アリス&ペンギン　アリスVS.ホームズ!
華麗なる探偵アリス&ペンギン　アラビアン・デート
華麗なる探偵アリス&ペンギン　パーティ・パーティ
華麗なる探偵アリス&ペンギン　ホームズ・イン・ジャパン
華麗なる探偵アリス&ペンギン　ウィッチ・ハント!
華麗なる探偵アリス&ペンギン　ファンシー・ファンタジー
華麗なる探偵アリス&ペンギン　リトル・リドル・アリス
華麗なる探偵アリス&ペンギン　ゴースト・キャッスル
華麗なる探偵アリス&ペンギン　ウエルカム・ミラーランド
華麗なる探偵アリス&ペンギン　ウィッシュ・オン・ザ・スターズ
華麗なる探偵アリス&ペンギン　ダンシング・グルメ
華麗なる探偵アリス&ペンギン　ペンギン・ウォンテッド!
華麗なる探偵アリス&ペンギン　キャッツ・イン・ザ・スカイ
華麗なる探偵アリス&ペンギン　スパイ・スパイ
華麗なる探偵アリス&ペンギン　ハッピー・ホラー・ショー
華麗なる探偵アリス&ペンギン　スイーツ・モンスターズ
華麗なる探偵アリス&ペンギン　イッツ・ショータイム!

探偵ハイネは予言をはずさない
探偵ハイネは予言をはずさない　ハウス・オブ・ホラー
探偵ハイネは予言をはずさない　デートタイム・ミステリー
探偵ハイネは予言をはずさない　スクール・ゴースト・バスターズ
探偵ハイネは予言をはずさない　ファントム・エイリアン

〈ジュニア文庫でしか読めないおはなし!〉

愛情融資店まごころ　全3巻

アズサくんには注目しないでください!
あの日、そらですきをみつけた
いじめ　14歳のMessage
おいでよ、花まる寮!
オオカミ神社におねがいっ!　姫巫女さまの大事件
オオカミ神社におねがいっ!　姫巫女さまの宝さがし
オオカミ神社におねがいっ!　姫巫女さまの再出発

次はどれにする？ おもしろくて楽しい新刊が、続々登場!!

お悩み解決！ ズバッと同盟　全2巻
緒崎さん家の妖怪事件簿　全4巻
家事代行サービス事件簿 ミタちゃんが見ちゃった!?
家事代行サービス事件簿 ミタちゃんが見ちゃった!?　ごちそうレシピで名推理!!

彼方からのジュエリーナイト！　全2巻
ギルティゲーム　全6巻
銀色☆フェアリーテイル　全3巻
ぐらん×ぐらんぱ！ スマホジャック　全2巻
ここはエンゲキ特区！
さくら×ドロップ　レシピ1：チーズハンバーグ
ちえり×ドロップ　レシピ1：マカロニグラタン
みさと×ドロップ　レシピ1：チェリーパイ
さよなら、かぐや姫 ～月とわたしの物語～
12歳の約束
シュガーココムー　小さなお菓子屋さんの物語 ～たいせつなきもち～
白魔女リンと3悪魔　全10巻

世界中からヘンテコリン!?　世にも不思議なおみやげ図鑑 メキシコ＆フィンランド編
ぜんぶ、藍色だった。
そんなに仲良くない小学生4人は謎の島を脱出できるのか!?
転校生 ポチ崎ポチ夫
天才発明家ニコ＆キャット　全2巻
TOKYOオリンピック はじめて物語
猫占い師とこはくのタロット
のぞみ、出発進行!!
初恋×ヴァンパイア
初恋×ヴァンパイア　波乱の学園祭!?
パティシエ志望だったのに、シンデレラのいじわるな姉に生まれ変わってしまいました！
大熊猫ベーカリー　全2巻
姫さまですよねっ!?　姫さまVS.暴君殿さまVS.忍者 大坂城は大さわぎ！
姫さまですよねっ!?弐　でっどorあらいぶ！ 竜宮城で大ピンチの極み!!
姫さまですよねっ!?参　姫さまVS.謎の姫君！ でんじゃらすガチバトルDEATH!!
ホルンペッター
ぼくたちと駐在さんの700日戦争　ベスト版 闘争の巻
三つ子ラブ注意報！　全3巻
見習い占い師 ルキは解決したい!!　友情とキセキのカード
ミラクルへんてこ小学生 ポチ崎ポチ夫
メチャ盛りユーチューバーアイドルいおん☆
メデタシエンド。　全2巻

ヤミーのハピ＊やみ洋菓子店　どんな願いも叶うスイーツ、めしあがれ！

ゆめ☆かわ ここあのコスメボックス　全6巻
4分の1の魔女リアと真夜中の魔法クラス　全3巻
レベル1で異世界召喚されたオレだけど、攻略本は読みこんでます。
レベル1で異世界召喚されたオレだけど、なぜか新米魔王やってます
訳ありイケメンと同居中です!!　推し活女子、俺様王子を拾う

わたしのこと、好きになってください。

★小学館ジュニア文庫★ ワクワク、ドキドキがいっぱいのラインナップ

〈みんな読んでる「ドラえもん」シリーズ〉

小説 映画ドラえもん のび太と緑の巨人伝
小説 映画ドラえもん のび太の人魚大海戦
小説 映画ドラえもん のび太と奇跡の島
小説 映画ドラえもん のび太のひみつ道具博物館
小説 映画ドラえもん のび太の宇宙英雄記
小説 映画ドラえもん のび太の南極カチコチ大冒険
小説 映画ドラえもん のび太の宝島
小説 映画ドラえもん のび太の月面探査記
小説 映画ドラえもん のび太の新恐竜
小説 映画ドラえもん のび太の宇宙小戦争 2021
小説 映画ドラえもん のび太と空の理想郷
小説 映画ドラえもん のび太の地球交響楽
小説 映画ドラえもん のび太の絵世界物語

小説 STAND BY ME ドラえもん

小説 STAND BY ME ドラえもん 2

ドラえもん 5分でドラ語り ことわざひみつ話
ドラえもん 5分でドラ語り 四字熟語ひみつ話
ドラえもん 5分でドラ語り 故事成語ひみつ話

〈時代をこえた面白さ!! 世界名作シリーズ〉

小公女セーラ
小公子セドリック
トム・ソーヤの冒険
フランダースの犬
オズの魔法使い
坊っちゃん

家なき子
あしながおじさん
赤毛のアン（上）（下）
ピーターパン
宝島

〈大好き！　大人気まんが原作シリーズ〉

小説 アオアシ　全5巻

小説 青のオーケストラ 1
小説 青のオーケストラ 2
小説 青のオーケストラ 3

いじめ　全11巻
おはなし 猫ピッチャー　全2巻
学校に行けない私たち
思春期♡革命 ～カラダとココロのハジメテ～
12歳。アニメノベライズ ～ちっちゃなムネのトキメキ～　全8巻

小説 二月の勝者 ―絶対合格の教室―
小説 二月の勝者 ―絶対合格の教室― 春夏の陣
小説 二月の勝者 ―絶対合格の教室― 秋の陣
小説 二月の勝者 ―絶対合格の教室― 決戦開幕
小説 二月の勝者 ―絶対合格の教室― 不屈の熱戦
小説 二月の勝者 ―絶対合格の教室― 未来への一歩

人間回収車　全3巻
はろー！ マイベイビー
はろー！ マイベイビー2
はろー！ マイベイビー3
はろー！ マイベイビー4

ブラックチャンネル 動画クリエイターが悪魔だった件
ブラックチャンネル 鬼ヤバ動画がブラック校則をあばいた件
ブラックチャンネル 異世界では鬼ヤバ動画の撮れ高サイコーな件

小説 柚木さんちの四兄弟。1
小説 柚木さんちの四兄弟。2

次はどれにする？　おもしろくて楽しい新刊が、続々登場!!

★小学館ジュニア文庫★ ワクワク、ドキドキがいっぱいのラインナップ

〈ゾクッとするホラー&ミステリー〉

1話3分 こわい家、あります。 くらやみくんのブラックリスト 全3巻

絶滅クラス！ ～暴走列車から脱出しろ！～

謎解きはディナーのあとで 全3巻

リアル鬼ごっこ
リアル鬼ごっこ リプレイ
リアル鬼ごっこ セブンルールズ
リアル鬼ごっこ リバースウイルス
リアル鬼ごっこ ラブデスゲーム
リアル鬼ごっこ ファイナル（上）

リアル鬼ごっこ ファイナル（下）

ニホンブンレツ（上）（下）

ブラック

リアルケイドロ 捜査ファイル01 渋谷編 逃亡犯を追いつめろ！

〈話題の映像化ノベライズシリーズ〉

一礼して、キス
ういらぶ。
映画くまのがっこう パティシエ・ジャッキーとおひさまのスイーツ
映画 4月の君、スピカ。
映画刀剣乱舞
映画妖怪ウォッチ FOREVER FRIENDS
怪盗ジョーカー ①～⑦
がんばれ！ ルルロロ 全2巻
小説 金の国 水の国
キラッとプリ☆チャン～プリティオールフレンズ～
小説 劇場版すとぷり はじまりの物語

心が叫びたがってるんだ。
坂道のアポロン
小説 イナズマイレブン アレスの天秤 全4巻
小説 イナズマイレブン オリオンの刻印 全4巻
小説 おそ松さん 6つ子とエジプトとセミ

世界からボクが消えたなら 映画「世界から猫が消えたなら」キャベツの物語
世界から猫が消えたなら
世界の中心で、愛をさけぶ
小説 アニメ 葬送のフリーレン 1
小説 アニメ 葬送のフリーレン 2

NASA超常ファイル ～地球外生命からの挑戦状～
8年越しの花嫁 奇跡の実話
花にけだもの
花にけだもの Second Season
ヒノマルソウル ～舞台裏の英雄たち～
ぼくのパパは天才なのだ 「深夜！天才バカボン」ハジメちゃん日記
劇場版ポケットモンスター キミにきめた！
劇場版ポケットモンスター みんなの物語
ミュウツーの逆襲 EVOLUTION

劇場版ポケットモンスター ココ

ミステリと言う勿れ

名探偵ピカチュウ
未成年だけどコドモじゃない
MAJOR 2nd 1 二人の二世
MAJOR 2nd 2 打倒！東斗ボーイズ
ラスト・ホールド！
レイトン ミステリー探偵社 ～カトリーのナゾトキファイル～1～4

次はどれにする？ おもしろくて楽しい新刊が、続々登場!!

★「小学館ジュニア文庫」を読んでいるみなさんへ★

この本《ほん》の背《せ》にあるクローバーのマークに気《き》がつきましたか？

オレンジ、緑《みどり》、青《あお》、赤《あか》に彩《いろど》られた四《よ》つ葉《ば》のクローバー。これは、小学館《しょうがくかん》ジュニア文庫《ぶんこ》のマークです。そして、それぞれの葉《は》の色《いろ》には、私《わたし》たちがジュニア文庫《ぶんこ》を刊行《かんこう》していく上《うえ》で、みなさんに伝《つた》えていきたいこと、私《わたし》たちの大切《たいせつ》な思《おも》いがこめられています。

オレンジは愛《あい》。家族《かぞく》、友達《ともだち》、恋人《こいびと》。みなさんの大切《たいせつ》な人《ひと》たちを思《おも》う気持《きも》ち。まるでオレンジ色《いろ》の太陽《たいよう》の日差《ひざ》しのように心《こころ》を暖《あたた》かにする、人《ひと》を愛《あい》する気持《きも》ち。

緑《みどり》はやさしさ。困《こま》っている人《ひと》や立場《たちば》の弱《よわ》い人《ひと》、小《ちい》さな動物《どうぶつ》の命《いのち》に手《て》をさしのべるやさしさ。緑《みどり》の森《もり》は、多《おお》くの木々《きぎ》や花々《はなばな》、そこに生《い》きる動物《どうぶつ》をやさしく包《つつ》み込《こ》みます。

青《あお》は想像力《そうぞうりょく》。芸術《げいじゅつ》や新《あたら》しいものを生《う》み出《だ》していく力《ちから》。立場《たちば》や考《かんが》え方《かた》、国籍《こくせき》、自分《じぶん》とは違《ちが》う人《ひと》たちの気持《きも》ちを思《おも》い、協力《きょうりょく》しあうことも想像《そうぞう》の力《ちから》です。人間《にんげん》の想像力《そうぞうりょく》は無限《むげん》の広《ひろ》がりを持《も》っています。まるで、どこまでも続《つづ》く、澄《す》みきった青《あお》い空《そら》のようです。

赤《あか》は勇気《ゆうき》。強《つよ》いものに立《た》ち向《む》かい、間違《まちが》ったことをただす気持《きも》ち。くじけそうな自分《じぶん》の弱《よわ》い気持《きも》ちに立《た》ち向《む》かうことも大《おお》きな勇気《ゆうき》です。まさにそれは、赤《あか》い炎《ほのお》のように熱《あつ》く燃《も》え上《あ》がる心《こころ》。

四《よ》つ葉《ば》のクローバーは幸《しあわ》せの象徴《しょうちょう》です。愛《あい》、やさしさ、想像力《そうぞうりょく》、勇気《ゆうき》は、みなさんが未来《みらい》を切《き》りひらき、幸《しあわ》せで豊《ゆた》かな人生《じんせい》を送《おく》るためにすべて必要《ひつよう》なものです。

体《からだ》を成長《せいちょう》させていくために、栄養《えいよう》のある食《た》べ物《もの》が必要《ひつよう》なように、心《こころ》を育《そだ》てていくためには読書《どくしょ》がかかせません。みなさんの心《こころ》を豊《ゆた》かにしていく本《ほん》を一冊《さつ》でも多《おお》く出《だ》したい。それが私《わたし》たちジュニア文庫編集部《ぶんこへんしゅうぶ》の願《ねが》いです。

みなさんのこれからの人生《じんせい》には、困《こま》ったこと、悲《かな》しいこと、自分《じぶん》の思《おも》うようにいかないことも待《ま》ち受《う》けているかもしれません。どうか「本《ほん》」を大切《たいせつ》な友達《ともだち》にしてください。どんな時《とき》でも「本《ほん》」はあなたの味方《みかた》です。そして困難《こんなん》に打《う》ち勝《か》つヒントをたくさん与《あた》えてくれるでしょう。みなさんが「本《ほん》」を通《つう》じ素敵《すてき》な大人《おとな》になり、幸《しあわ》せで実《みの》り多《おお》い人生《じんせい》を歩《あゆ》むことを心《こころ》より願《ねが》っています。

小学館ジュニア文庫編集部

Shogakukan Junior Bunko

★小学館ジュニア文庫★

名探偵コナン 隻眼の残像《フラッシュバック》

2025年 4 月23日　初版第１刷発行

著／水稀しま
原作／青山剛昌
脚本／櫻井武晴

発行人／畑中雅美
編集人／杉浦宏依
編集／伊藤　澄

発行所／株式会社　小学館
〒101-8001　東京都千代田区一ツ橋２－３－１
電話／編集　03-3230-5105
販売　03-5281-3555

印刷・製本／中央精版印刷株式会社

口絵構成／内野智子
カバーデザイン／石沢将人＋ベイブリッジ・スタジオ

Printed in Japan　ISBN 978-4-09-231510-5